古典詩歌研究彙刊

第十三輯

龔鵬程 主編

第 4 冊

王勃詩的季節意象研究

劉 叡 穎 著

國家圖書館出版品預行編目資料

王勃詩的季節意象研究／劉叡穎 著 — 初版 — 新北市：花木
蘭文化出版社，2013〔民 102〕
目 2+198 面；17×24 公分
（古典詩歌研究彙刊 第十三輯；第 4 冊）
ISBN 978-986-322-072-5（精裝）
1.（唐）王勃 2. 唐詩 3. 詩評
820.91 102000923

ISBN-978-986-322-072-5

9 789863 220725

古典詩歌研究彙刊
第十三輯 第 四 冊 　ISBN：978-986-322-072-5

王勃詩的季節意象研究

作 者 劉叡穎
主 編 龔鵬程
總 編 輯 杜潔祥
出 版 花木蘭文化出版社
發 行 所 花木蘭文化出版社
發 行 人 高小娟
聯絡地址 235 新北市中和區中安街七二號十三樓
　　　　電話：02-2923-1455 ／傳眞：02-2923-1452
網 址 http://www.huamulan.tw 信箱 sut81518@gmail.com
印 刷 普羅文化出版廣告事業
初 版 2013 年 3 月
定 價 第十三輯 20 冊（精裝）新台幣 28,000 元

王勃詩的季節意象研究

劉叡穎　著

作者簡介

劉叡穎，一九八一年生，台灣桃園縣人。銘傳大學應用中國文學所碩士畢業。台灣大學華語文研習班結業。台灣首位赴蒙古從事海外華語教學教師，現任銘傳大學華語教師。文學研究領域為古典詩歌。發表有論文《王勃詩的季節意象研究》。

提　　要

　　王勃為初唐四傑之首，作品自然質樸而又高華典麗，為時人所肯定，對詩歌藝術的承傳與開拓有重要影響與貢獻。觀其詩作，可感知季節的意象多，且集中於春、秋二季，意涵豐富創新，既清新開闊，又溫婉明媚，處處可見詩人樂觀昂揚的積極情志，感情真摯，自然深刻，技巧亦表現成熟，卓具藝術之美。

　　故本論文以其春、秋季節意象詩之意涵，與詩風格的展現為研究主軸。歸納統計其春、秋季節意象詞，發現詩人於季節物色、景物變化對應人事感知特別強烈，除受生平經歷、節慶人事活動影響，人對於季節特性的身、心理、思想觀層面的交感，以及詩人特殊的喜好，更為其詩旨多表現閒情之要因，即便秋愁傷感，亦有高曠欣閒之作。其次，比較其季節詩中之春感、秋感意象，皆具「以物詠季節」或「以季節表意」兩大使用規律，春詩多以物詠春，秋詩則多以秋表意。另外，其春意象詩偏重動植物意象，秋意象偏重於天地意象的現象，除對應自然時序，亦反映出詩人對春天活潑鮮豔的印象，對秋愁氛圍，則是清爽又沉落的感受，因而呈現出溫婉柔美、清麗明媚，與高曠清遠、肅穆悲戚的春、秋基調。綜上分析，歸納出其詩之春意象意涵有生機、思愁、惜時、繁盛的春情表現；秋則為悠豁、衰亡、思愁、肅穆、邊塞意識的秋意展現。

　　由於色彩為視覺上感受季節變化最直接的要素，故內容表現外，亦就色彩的移情作用，分析此對王勃春、秋意象風格形塑的強化與影響。最後，整合各研究論點，客觀的認識與評價王勃季節詩意象的藝術貢獻。

謝　誌

　　在應中所修業的研究生生涯，隨著論文的付梓，即將劃上句點，這段時間以來，不論是在課業學習、品格陶冶、生活態度、師生的相處，以及屬於學生時代，努力奮發的認真精神，點點滴滴的過程與回憶，既不捨，亦滿心感謝，期間也逐步確立了目標，在邁向夢想與未來展望的過程，成就了追尋夢想的勇氣。

　　本論文能順利完成，幸蒙陳師溫菊的指導與教誨，對於研究的方法、架構的匡正、行文的修正與致學，一一斧正，並且不斷提點、討論與鼓勵，以至今日，由衷獻上最深的敬意與感謝。論文口試期間，承蒙口試委員陳院長德昭與孫主任永忠，對論文疏漏之指正，與修改建議，使得本論文，更臻完備，在此謹深致謝忱。

　　研究所修業期間，感謝陳院長德昭、林老師平和、陳老師溫菊等諸位老師在學業知識的傳授，以及楊老師在行政事務的協助，獲益良多，永難忘懷。

　　本論文主要透過王勃詩中極重要的季節意象的歸納統計，得見意象的規律、使用形態、豐富的詩意象意涵，所呈顯出的詩風格藝術與詩人情意的表現。論文寫作期間，同時參酌各家學者論點、各人移情的觀感，以期能更具體、客觀。感謝同窗、學長姐、學弟妹在這段期間裡，對論文格式上提供許多行文需注意的要點，在諸多諮詢大家的

經驗之下,而能更順利的完成;摯友們的支持、關懷與鼓勵亦給予很大的動力能堅持下去,在此,對於所有幫助過我、關懷過我的人,致上由衷感謝。

最後,特將本文獻給我最敬愛的家人,家人是我一生最重要的堡壘與扶持,感謝大家在這段期間的體諒關懷、分享與照顧,父母親、姊妹、弟弟為我提供許多的靈感,與作法的建議,由於你們的支持,使我無後顧之憂,專注於研究,願以此與家人共享。

生命追求的過程,在一次又一次的試煉之後,將一次又一次汰舊煥新,更臻完全。今後,更將透過此次的學習經驗,發用於日常生活中及工作決策上,期勉自己的未來能繼續精進不懈,向著標竿直跑。

中華民國一○○年七月

劉叡穎 謹誌於銘傳大學應用中文研究所

目次

第一章　緒　論

　　在詩歌創作流於形式爭構的初唐詩壇裡，初唐四傑的發聲，爲沉寂的詩壇注入一股活水氣象。王勃爲初唐四傑之首，作品兼及文學理論、文賦、詩的創作，而其詩作中，與季節相關者多，但尙無專論研究，故本文擬以季節意象作歸納統計，以微觀角度，探究其季節意象詞的使用概況，與意象意涵的呈現。

　　本章共分四節，首先說明論文研究的動機與目的；其次說明研究範圍與方法；第三是界定「意象」的概念，對意象的分類舉例略作分析，並且定義本文意象分類的研究範疇；最後爲文獻探討，分古籍、今人研究之專著與學術論文三部分，概觀至今前人對意象研究、王勃生平、王勃詩歌創作等三方面的研究成果，以便更清楚開展本論文的研究。

第一節　研究動機與目的

　　中國是一個詩的國度，而唐朝爲中國歷史上一個國力強盛、氣象開闊的朝代，不僅威服四夷，且繁華富裕，處在經濟繁盛與民生安定的社會環境下，蘊育出兼容並蓄的開放風氣與多元文化，並促使人文娛樂與藝術活動蓬勃發展，文學便在文人酬唱聚會之中，益發滋長茁壯。詩歌的發展至唐代，不論詩歌形式、體裁或題材內容，

所徵引的材料範圍，皆開始擴大發展，並逐漸臻於成熟，更由於氣象盛大、多元開放而獨特的時代環境，繼使唐詩於中國古典詩歌發展上躍升高峰，獨具一格，並綻放炫麗光芒，形成獨屬於唐詩的時代特色，盛況空前，後難為繼，中國古典詩歌亦以唐詩的研究成果最豐，然唐朝國祚長達二百八十餘年，不同階段的詩歌發展，便因不同的背景與思想而呈現出相異的唐詩風貌。相較於中、後期時代的盛唐、中唐、晚唐詩歌的萬丈鋒芒，屬於開拓、尚未完整成熟的初唐詩歌，便為唐朝詩歌研究中較受冷落的一環，於初唐詩歌藝術所作的研究上則更少，故有待開發。

　　初唐詩人王勃，以當時詩壇背景的反應而言，為初唐四傑排名之首，其文學成就自古或褒或貶，多有爭議，而近代學者則多以詩歌發展史的角度，其人於「詩風轉變的先鋒」上，給予肯定，褒揚其貢獻。唯研究方向多就初唐四傑作品的「共性」而論，忽略詩人本身的「個別性」，並且認為王勃的文賦成就高於詩歌，因此，忽略其詩歌而少有研究。王勃詩雖不脫六朝錦色，但相較於前人與當時風靡詩壇之宮體詩而言，其在詩歌創作的內容上，不僅已有明顯轉變，且嘗試以「氣凌雲漢，自挾風霜」〔註1〕作詩，並追求「開闢翰苑，掃蕩文場，得宮商之正律，受山川之傑氣。……思飛情逸，風雲坐宅於筆端；興洽神清，日月自安於調下」〔註2〕的「氣勢」，在詩歌技巧上，不僅典故的使用純熟，對自然物象之意象意涵使用，亦較創新豐富，力倡詩之美與創新，於詩歌藝術的傳承上有其貢獻，值得加以研究。

　　目前兩岸研究王勃者，多以「四傑共性」做比較論述，而單就詩人本身做研究者，大致可分兩方面：一為詳究有關王勃生死疑慮、考辨著作版本等，一則論述王勃文學成就，或對其詩文創作藝術做整體探討。而在王勃詩歌意象的研究上，僅蘇愛風《王勃詩歌藝術研究》

〔註1〕見王勃〈平台秘略贊〉。〔唐〕王勃著，〔清〕蔣清翊注：《王子安集注》卷十五，（臺北市：大化書局，1977年5月），頁189。
〔註2〕見王勃〈山亭思友人序〉。同註1，卷九，頁133。

對王勃詩歌意象有所論述，其意象研究依王勃詩歌風格而選取明媚、開闊、險峻等三類自然意象略述，由於王勃詩歌自然詩的藝術成就最為歷代各家所讚賞，自然詩又以「意境」的營造為關鍵，「意境」的形塑又必須建立於「意象」的淘選與組合，如袁行霈於《中國古典詩歌藝術研究》中所說：

> 意象是形成意境的材料，意境是意象組合之後的昇華。意象好比細微的水珠，意境則是漂浮於天上的雲。雲是由水珠聚集而成的，但水珠一旦聚集成雲，則有了雲的千姿百態。〔註3〕

又說：

> 境界是中國古典詩歌美學的重要範疇……但是，講詩歌藝術僅僅講到境界這個範疇，仍然顯得籠統。能不能再深入一步，在中國古典詩歌裡找出一種更基本的藝術範疇，通過對這個範疇的分析揭示中國古典詩歌的某些藝術規律呢？我摸索的結果，找到了意象。〔註4〕

故自然詩以自然景物的描摹形成意境，意境如雲，縹緲倏忽可形成千姿百態，若無水珠聚集雲氣，何有所謂萬千變化？象實而境虛，富有情趣的意象，經過詩人匠心獨具的剪裁綜合才可得昇華之境。筆者窺探王勃詩歌自然意象的使用，發現王勃著重以「季節」呈顯「自然」，詩人心靈受自然四季時序的更替而波動，喚起種種對生死悲歡的體認與感悟，敏銳的詩心甚至將觸角擴及對社會現象的關注與生活的現實面，藉由時節物候的交替與起落而興感懷，以自然或其他意象鋪敍呈現，抒發想法、心情，是故本論文就所蒐錄的一〇九首王勃詩作中，以意象研究中不可或缺之歸納統計法，歸類王勃詩歌的季節意象，觀察其使用趨向，以及其意象詞意涵的使用脈絡等情形，進而深入探討其詩歌藝術之美、特色與價值，並試就其季節意象相關之作，重新評

〔註3〕袁行霈：《中國詩歌藝術研究》，（北京：北京大學出版社，1987年6月），頁56。

〔註4〕同前註，頁58。

定王勃的詩歌成就。

第二節 研究範圍與方法

一、研究範圍

目前王勃詩文集的流傳以〔清〕蔣清翊《王子安集註》為最詳盡集注本〔註5〕，分二十卷，共收王勃詩七十九題，九十五首詩。本論文選詩以蔣本為主，另蒐〔明〕張燮所輯十六卷《王子安集》中蔣本未見之〈盧照鄰和得樽字〉、〈盧照鄰九月九日玄武山旅眺〉、〈邵大震九月九日玄武山旅眺〉三首，以及童養年所輯錄之《全唐詩續補遺》中所補之〈隴西行〉十首、〈隴上行〉，共計一○九首。

研究範圍，主要針對王勃詩歌中可明顯感知季節的詩作，分析、歸類詩中可感知季節的自然、人文活動或其他等意象詞，並觀察季節詩的意象詞使用與意象意涵呈現的關聯，最後論述王勃詩季節意象的形式表現與藝術特色，同時參酌詩人成長、生活背景所形成的思想觀念對詩作的影響，以及其對後世的價值，作一整體性的概述，以期給予客觀評價。王勃季節詩中，春、秋二季占絕大多數，夏詩無，冬詩因僅有一首，無法成「類」，故不列入研究範圍。此外，由於唐朝君主重視節令，逢節則君宴群臣，舉行盛大儀式的慶祝活動，社會上亦尊習佛道等習俗，加以初唐詩時期，社會繁榮帶動娛樂宴遊風氣，文人遊賞宴慶時，往往作詩助興，促成文學創作的滋長；又因初唐時期宮廷詩壇盛行「奉和應制」，文人常應特定節令、節日之制而參與聚會賦詩之情事眾多，因此多有因應節令民俗而做的「節令詩」，本文將王勃的節令詩一併納入季節意象詩作的範疇，但另立一節分析，並統整於春詩、秋詩中分析整體意象意涵的表現，最後並透過詩人王勃於形式藝術——色彩的使用情形以對照印證。

〔註5〕〔唐〕王勃著，〔清〕蔣清翊注：《王子安集注》，（臺北市：大化書局，1977 年 5 月）。

二、研究方法

　　詩歌的情意表現爲中國古典詩歌藝術形式呈現的傳統，因興感而發文，萬千心緒便透過各樣形象紛沓而至，不同的情感，往往展現出不同的意象特徵，「籠天地於形內，挫萬物於筆端」〔註6〕，「關意象而運斤」〔註7〕，而達「規矩虛位，刻鏤無形」〔註8〕之效，故文學藝術構思的過程裡，意象便爲詩歌創作，並表現主體心靈的最佳基本符號，吾人藉由意象的觀察與意象詞的分析研究，可窺探出詩人運用語言文字結構的藝術層次，並可進一步對創作者的情意與語言藝術作更深入的理解與認識。

　　目前學術論文對於詩詞意象的研究方向〔註9〕大致有以下六種：以主題學的方法，探討某一主題在文學作品中的形成及流變，如《心靈地圖——文學意象的主題史研究》〔註10〕等；或以某一總集爲中心，分析作品中的意象，如《唐詩三百首之星象意象研究》〔註11〕、《漱玉詞花鳥意象研究》〔註12〕等；研究某一斷代某類主題的詩歌中所呈現的意象，如《初唐詩歌中季節之研究》〔註13〕、《梁代閨怨詩研究》〔註14〕等；某個斷代的某個意象，如《台灣童詩自然意象研究》

〔註6〕陸機〈文賦〉。見〔梁〕昭明太子撰，〔唐〕李善注：《昭明文選》，（臺北：文化圖書公司，1995年3月），頁225。

〔註7〕《文心雕龍・神思》。見〔梁〕劉勰著，〔清〕范文瀾註：《文心雕龍注》，（臺北：學海出版社，1988年3月），頁493。

〔註8〕同註7。

〔註9〕吳賢妃：《唐詩中桃源意象之研究》，中正大學中國文學研究所，2003年7月，頁7。

〔註10〕王立：《心靈地圖——文學意象的主題史研究》，（上海：學林出版社，1999年2月）。

〔註11〕邱永昌：《唐詩三百首星象意象研究》，屏東師範學院國民教育研究所碩士論文，2003年6月。

〔註12〕劉淑菁：《漱玉詞花鳥意象研究》，台灣師範大學國文學系在職進修碩士論文，2008年月。

〔註13〕凌欣欣：《初唐詩歌中季節之研究》，中國文化大學中國文學研究所碩士論文，1996年6月。

〔註14〕袁小晴：《梁代閨怨詩研究》，逢甲大學中國文學系碩士在職專班碩

〔註15〕、《魏晉詩歌中月意象研究》〔註16〕等；研究一位詩人的作品，分析作品中呈現的多種或某類意象，如《王維詩之意象研究》〔註17〕、《溫庭筠詞閨情意象探析》〔註18〕等；結合意象與詩歌結構的研究，如〈大歷詩的意象與結構〉〔註19〕等。本論文綜合以上方向，以初唐詩人王勃作品為範圍，又鑑於王勃詩歌中與季節感知相關者為重，故以詩人作品為本，兼採斷代主題的方法，選定以王勃季節詩之意象為研究對象，並採取下列方法處理：

（一）分析綜合法：分析，即將事物的組成份子（內容）予以分解或拆解細察，審查區分其內容構成的要素或概念，以明示內容，為最基本的論證方法。〔註20〕綜合，乃將各方不同事物組合，而成一種新的有別於原來不同的事物，重建新樣貌以達博覽通觀之效。〔註21〕詩歌內容組成要件之一即意象，本論文窺探王勃詩作，首先運用分析法，試以拆解王勃季節詩之意象詞，審視其使用方式、偏好、規律，以及其意象意涵的呈現等，再以綜合法重組，觀覽詩人詩心、詩情的表現，重現王勃季節詩歌藝術的新樣貌。

（二）歸納統計法：歸納，即自個別事實或事例中發現或推導出

士論文，2009 年 5 月。

〔註15〕徐雪櫻：《台灣童詩自然意象研究》，台北教育大學語文與創作學系語文教學碩士暑期班碩士論文，2008 年 8 月。

〔註16〕林曉虹：《魏晉詩歌中月意象研究》，雲林科技大學漢學資料整理研究所碩士論文，2008 年 1 月。

〔註17〕吳啓禎：《王維詩之意象研究》，中國文化大學中國文學研究所碩士論文，2006 年 5 月。

〔註18〕余毓敏：《溫庭筠詞閨情意象探析》，國立師範大學國文學系在職進修班碩士論文，2008 年。

〔註19〕蔣寅：〈大歷詩的意象與結構〉，《中國詩學》第一輯，1987 年 9 月，頁 54～72。

〔註20〕羅敬之：《文學論文寫作講義》，（臺北市：里仁書局，2001 年 10 月），頁 119～121；孟樊：《論文寫作方法與格式》，（臺北縣：威仕曼文化，2009 年 2 月），頁 101～102。

〔註21〕孟樊：《論文寫作方法與格式》，（臺北縣：威仕曼文化，2009 年 2 月），頁 102。

通則，即由特殊事實以推知普遍之原理，並舉例以證。統計，爲意象研究中最不可或缺的一門科學方法，藉由意象詞的歸類後，統計詞彙數量的復現率，得出某種現象的呈現。例如本論文經過歸納統計王勃季節詩歌意象詞後，發現絕多集中於春、秋兩季（可感冬之詩一首、可感夏之詩無），故以可感春之詩與可感秋之詩二大類，做整體研究。又可感春、秋之季節詩中，表現閒情，而透露其對季節喜愛之情又占多數，便可推知詩人王勃作詩的偏好，由此亦可進一步窺探中國古典詩歌偏重春、秋二季的情形。又如王勃季節詩作中柔軟溫和的詞彙使用頻率，高過強烈壯闊的詞彙意象，此乃其詩風大體成形，與呈現何種風貌之重要依據，此現象又與王勃詩集中於春、秋二季有著必然性的關聯。

（三）文獻詮釋法：詮釋，即解說，此法即在歷史或文學典籍、辭典等工具書、近人等研究成果的基礎上，進一步分析、提出新的觀點，或做新的詮釋、評述。〔註22〕例如本論文第二章王勃所處時代詩壇概況、王勃生卒年考察等，即就前人研究、評價而彙整探究。又如初唐獨特的時代背景中，形成眾多與節令相關，應節應俗而賦之節令主題詩，在王勃的季節詩中，亦見節令有感之作。而此類作品又集中於春、秋，但不論因節令「奉和」，或應節令「感懷」而作，詩人情志表現與詩意象的選用，皆受節慶時之民俗活動、景物影響極大，而與一般春、秋景物交替之時，應物生情，而後以物表意之作實有不同，故有必要就歷史或文學典籍、前人與節令詩相關的研究觀點，進一步分析詮釋王勃的節令詩。

（四）比較法：此法是取兩種以上的事物，就其相同性質、相同層次、相同類型等，較量其優劣或辨別其異同。〔註23〕由於王勃季節

〔註22〕羅敬之：《文學論文寫作講義》，（臺北市：里仁書局，2001年10月），一二二；林慶彰：《學術論文寫作指導》，（臺北市：萬卷樓出版社，2003年10月出版七刷）。

〔註23〕孟樊：《論文寫作方法與格式》，（臺北縣：威仕曼文化，2009年2月），頁103。

詩集中於春、秋二季，故本論文即針對王勃春詩、秋詩意象詞彙的性質、詞彙意涵的風格等現象，稍做比較，以區別不同季節之意象營造的差異。

綜合以上研究範圍與方法，共將本論文分為六章：

第一章，說明以王勃詩的意象來研究之動機、目的，研究範圍、方法與論文架構，並略述意象研究的分類情形，而後界定本文意象研究分類情況，最後對歷來文獻與至今有關王勃研究的著作概況，簡要說明。

第二章，分述初唐詩壇概況與詩人生死之疑，由於本論文是以探討王勃詩作的藝術成就為旨，故僅就目前現有史料與各家論調，略微說明有關王勃生死之疑的探討，並簡述其生平行傳。

第三章，分三節探討王勃季節詩中的春詩與春情。第一節，依分類原則選取，並統計王勃詩中明顯感知「春季」的詩作，歸納探討詩人意象使用的方式，而後再歸納並統計春意象詩中春意象詞的趨向與表現。第二節，探討春日節令活動，對詩人情志與作詩時意象使用與表現的影響。第三節，歸類整體意象詞所對應出的詞彙意涵，配合春意象詩作所表達的主旨，一併探討王勃春詩意象意涵的呈現。

第四章，以相同研究方法，探討王勃季節詩中表達的秋詩與秋意。與春詩的研究順序、方法相同，透過「秋」意象的使用方式，意象詞的趨向、表現，並另就「秋日節令詩」之特殊性質，來分析其節令詩意象呈現的異同，與對季節詩的表現之影響。最後，配合詩旨，就秋意象詞之意涵，歸納分類整體意象意涵的主要呈現。

第五章，分兩節探討王勃春、秋意象詩中色彩意象的表現，配合春、秋意象詞與意象意涵的呈現，總結王勃季節意象的藝術表現與特色，給予客觀的認識與評價。最後總述本文的發現及歸納研究成果，以及對本文的檢討。

第三節　意象界定

　　「意象」，顧名思義即「意」與「象」的合成，意爲心意，象爲物象，心意與物象相合，產生詩的意象美。「意象」以客觀形象來表達主觀情意，是爲主觀情感與客觀思維交錯融合後的產物，作者的意識與外界的物象相交會，經過觀察、審思與美的釀造，成爲有意境的景象。故意象的經營，是爲詩之所以不同於散文之要素，亦爲詩歌藝術首要組成成分之一。意象本身並無高下之分，最適合表現情意主題者即爲最佳意象，於詩則作用於組合材料之鍊條，塑造形象之磚石，表現主題之橋梁，亦深切影響全詩之面孔〔註24〕。若說詩之意境爲人之容貌，面容上所有器官便爲材料物象，各器官因大小長短、深淺高低、方圓扁寬、軟硬色澤、神氣明暗之別形成意象，兩兩相配，部部相接，合爲視覺所視之貌，形式氣韻，千秋各異。因故袁行霈《中國詩歌藝術研究》云：

> 意象是融入主觀情意的客觀物象，或者是藉助客觀物象表現出來的主觀情意。〔註25〕

> 同一個物象，由於融入的情意不同，所構成的意象也就大異其趣。〔註26〕

同一材料物象，因詩人主觀情志相異，時代相異，詩歌題材表達主題相異，藉由各種微妙組合，便構成意趣各異，萬千姿態之意象，展現動人風貌，是故研究詩人作品時，爲一窺詩人藝術創作營造，便需明其意象使用的各種表現，面對這些因詩人淘選而被賦予豐富意象的語言詞彙，必須先將看似龐雜無緒之眾多意象歸類，以便條裡有序地來研究問題。以下參見陳植鍔、袁行霈等說分類，並略析王勃詩作。

〔註24〕參見胡曉靖：〈淺談意象在詩歌中的地位與作用〉，《許昌師專學報》，第二一卷，第四期，頁61～62。

〔註25〕袁行霈：《中國詩歌藝術研究》，（北京：北京大學出版社，1987年6月），頁63。

〔註26〕袁行霈：《中國詩歌藝術研究》，（北京：北京大學出版社，1987年6月），頁63、64。

一、意象分類

在意象的分類上，陳植鍔《詩歌意象論》提到，透過各樣角度分析，有不同分類方式（註27）。若以作品形式而論，可自語言學與心理學角度而分；若觀作品內容，則可自詩作主題、意象詞的內涵作大類區分；自表現功能上則可就描述性、比喻性、象徵性等意象手法歸類。以下略述其要：

（一）作品形式的分類

1. 語言學角度

自語言角度上分類，陳植鍔說：

> 在一首以文字形式固定下來的詩歌裡面，意象既然與語言的基本單位語詞相對，那麼一些常見的語言分析的方法同樣適應於意象的歸類。〔註28〕

生活中所見所觸所感之物象或事象之表象，於藝術創作者的心靈、腦海中，透過其生命歷程、知覺印象、生活經驗等綜合後，分解成為意象，必須藉具體媒介傳達使人感知，此媒介於美術則為畫，於音樂則為歌曲，於詩即為語言文字，反之，若想理解創作者所欲表達之訊息，便可透過分析此媒介而達了解的目的。詩歌藉由語言載體以探究意象，並從而得知詩人生命情意之傳達表現，此類則多由詞彙之詞性、詞組，詞義之構詞，以及詞類內涵等方面探究。

（1）詞彙之詞性、詞組

詞性方面，主要自詩句意象，依詞彙形態所屬詞性為名詞、動詞、形容詞等，區分為「動態意象」及「靜態意象」，以王勃詩〈秋江送別〉之二為例：

> 歸舟歸騎儼成行，江南江北互相望。

〔註27〕參見陳植鍔：《詩歌意象論》，（北京：中國社會科學出版社，1990 年 8 月），頁 127～144。

〔註28〕陳植鍔：《詩歌意象論》，（北京：中國社會科學出版社，1990 年 8 月），頁 127。

誰謂波瀾繞一水，已覺山川是兩鄉。〔註29〕

詩中「江南」、「江北」、「波瀾」、「山川」、「一水」、「兩鄉」爲名詞性詞組，是靜態意象，「歸舟」、「歸騎」二詞的中心語爲名詞「舟」、「騎」，也是靜態意象，「誰謂」雖有動詞成分，作用爲交代情節，故仍屬靜態意象；「儼成行」、「互相望」二詞則是將送別時之場景，由緩至急「成行」推移開展，又將空間自「南」至「北」擴遠擴大，屬動態意象，更深沉拓顯分隔兩地而相距之遙的離別心境，及不捨情意。

（2）詞義構詞

詞義結構裡，詞義較固定的詞彙或詞組歸屬「單純意象」，兩個或兩個以上意義較固定之意象則屬「複合意象」，如王勃詩〈山中〉：

長江悲已滯，萬里念將歸。

況屬高風晚，山山黃葉飛。〔註30〕

「長江」、「萬里」、「山」、「悲」、「晚」、「滯」、「念」、「歸」、「飛」意義固定，爲單純意象，「高風」一詞是由狀態「高」及物象「風」二個單純意象組成，「黃葉」一詞是由色彩「黃」及植物「葉」二個單純意象組成，屬複合意象，組成複合意象往往是爲更清楚、更擴大表現景物或人物情意之特徵。「風」本具動感，或輕巧俐落、溫緩柔麗，或清冷蕭瑟、兇猛嚴峻，「高」本高處，此指時序之中、末期，故進一步精確「風」之型態，點出高風送秋，深秋之時，因暮晚更添上一層清冷面紗，重重山中之「葉」因「黃」而「枯乾」，顯得寂寥深沉，秋日之氣同時浮現，詩人歸鄉之悲落於夜晚山中的氛圍，更襯托顯明思念淒涼的悲哀。

詞義多元，探究詞性意象（物象）類涵，可直接依其本身幹義所指，繼依枝義分「時間意象」與「空間意象」，如王勃〈九日懷封元寂〉詩：

九日郊原望，平野遍霜威。蘭氣添新酌，花香染別衣。

〔註29〕同註5，頁72。

〔註30〕同註5，頁71。

九秋良會夕，千里故人希。今日籠山外，當憶雁書歸。
〔註31〕

「九日」、「九秋」、「夕」、「今日」直接點出大時節、小時間，又，花開有時，故「蘭」字亦點明秋〔註32〕，以上皆爲時間意象；「郊原」、「平野」、「千里」、「籠山」等詞道出地方、地點，爲空間意象，「遍」作動詞，爲「遍地」，模糊指涉範圍較廣大的空間，亦納入空間意象。

（3）詞類內涵

名詞性意象類涵豐富，若依名詞所涵蓋之意涵範圍，可區分物象專名之「特稱意象」及物象總名之「泛稱意象」。

「特稱意象」如一張攝影畫面之特寫物，爲詩中主要意象，所涵蓋意義範圍小而限定，多由多音詞、詞組構成，包含單純意象、複合意象；「泛稱意象」如畫面之背景，爲次要意象，涵蓋之意義範圍廣而可塑，形象模糊，多由單音詞構成，可以單純意象存在，但多半組合成複合意象，修飾或被修飾力高。〔註33〕如「山」、「鳥」二詞：「山」有「巫山」、「崆峒」、「終南山」、「衡山」等，「鳥」有「烏」、「雁」、「鴛鴦」、「黃雀」等，則「山」、「鳥」爲總名，爲單音詞、單純意象之泛稱意象；「巫山」、「崆峒」、「終南山」、「衡山」等爲多音詞、單純意象之特稱意象；「烏」、「雁」爲單音詞、單純意象之特稱意象；「鴛鴦」、「黃雀」，爲多音詞、單純意象之「特稱意象」。「山」又可作被修飾之「青山」、「寒山」、「遠山」、「飛山」、「山黃」、「山清」、「山垂」，亦可爲修飾中心語之「山葉」、「山風」、「山照」等，此屬多音詞、複合意象之「泛稱意象」。

「鳥」、「烏」、「雁」亦然，「烏」、「雁」可被修飾成爲「慈烏」、

〔註31〕同註5，頁72。
〔註32〕蘭花花種不同，花期各異，有的花開於春，有的夏末秋初，中國詩歌出現「蘭」字，表「春」，亦可表「秋」。
〔註33〕「泛稱」、「特稱」意象乃就詞類意涵範圍而定；「單純」、「複合」意象乃就詞彙性質而定。其定義可參見陳植鍔：《詩歌意象論》，（北京：中國社會科學出版社，1990年8月），頁128、214～225。

「鴻雁」、「烏啼」、「雁倦」等，亦可修飾他物，屬多音詞、複合意象
之「特稱意象」；「鳥」可被修飾為「白鳥」、「孤鳥」、「鳥飛」等，亦
可修飾他物，為多音詞、複合意象之「泛稱意象」。

　　詩為短小精煉之藝術形式，泛稱意象因涵蓋意涵廣，形象模糊，
塑性強，詩人多用之「複合」，以最少字數而更密集聯合多重意象，
立刻浮現動靜相生，色彩形態鮮明多樣的場景氛圍，方便且更生動細
緻地刻畫詩人情意，營造如畫意境。如王勃〈詠風〉詩第二句：「驅
煙尋澗戶，捲霧出山楹。」〔註34〕十字中有八字使用複合泛稱之意象，
將風之敏捷、風之流轉，風之姿態、風之無形、風之樣貌多變，巧妙
而生動立體地重現。

　　在意象研究分類步驟中，詩作的「泛稱」、「特稱」意象之歸納統
計，是分析詩作意象表現手法，而探知詩人情志最重要的第一步。

2. 心理學角度

　　意象分類亦可以感官知覺分析詩作，透過眼、耳、口、鼻、肢體
等動靜狀態的個別或聯合轉換，而產生之知覺，回溯重現詩人心思意
念，陳植鍔說：

> 「意象」一詞表示有關過去的感受和知覺的經驗在心中的
> 復現和回憶。首先是視覺的復現，然後是聽覺的、觸覺的、
> 嗅覺的、味覺的和動覺的（與體感和運動感有關），還有一
> 種屬於心理性的對外界作了歪曲反映的錯覺，和訴諸理念
> 的有意轉換感覺意象的聯覺意象⋯⋯〔註35〕

以感官意象為載體，分類為視覺、聽覺、味覺、嗅覺、觸覺、體動感
之動覺等個別意象，及特殊營造而成的錯覺與聯覺。單純感官體動意
象，如「萬里」、「紅花」之於視覺，「馬啼」、「雷鳴」之於聽覺，「苦
情」、「甘霖」之於味覺，「秋香」、「塵味」之於嗅覺，「冷光」、「風輕」

〔註34〕同註5，頁60。
〔註35〕陳植鍔：《詩歌意象論》，（北京：中國社會科學出版社，1990年8月），
　　　　頁129。

之於觸覺，「攬衣」（運動感）、「爲誰容」（體感）之於動覺。

至於錯覺、聯覺意象，兩者皆因詩人主觀理念之轉換與心理活動之變覺而生，現實物象有其對應既定印象，但創作者個人有意將之塑造爲內心意念所欲轉換之新形象、知覺，故加以改造賦予，呈現個別主觀之新意象。詩人李賀以特異觀感將感官意象錯變聯想，營造魅麗奇異通感意象，當推唐詩代表，如其〈金銅仙人辭漢歌〉詩中第六句「東關酸風射眸子」、第八句「憶君清淚如鉛水」。第六句之「酸風」，風本無味，微風吹拂，冷風颼颼，本爲觸覺意象，而詩人主觀有意轉換而聯覺成味覺之酸感；第八句，淚爲水非爲鉛，鉛珠成鉛或對照其心沉重如鉛，而心理性作歪曲反映成爲錯覺。〔註36〕二者是運用較特殊的意象手法。王勃詩作以自然眞率爲主，表達方式坦率直接，加以初唐之詩，爲唐詩開發之初，尚屬試作階段，故未見此意象運用的特殊手法。

（二）作品內容的分類

1. 詩作主題

創作題材，指詩人創作所指，即鋪寫整首詩之主要方向，就唐詩而論，大致可粗分贈別、鄉思、閨怨、宮怨、邊塞、山水、愛情、懷古、詠物、哲理、干謁、朝會、社會詩、政治詩等。此分類是先閱覽全詩後，將全詩依各詩主旨相類者一一歸納，分類主題後，續析詩人以何意象特色表現此類主題。各種不同題材的詩歌，皆有適合表現此類題材之意象意涵。

初唐時期之詩人詩作，於相類主題中所寫的內容多有變化，因此主題與內容表達大量繁雜，王勃之詩亦復如此。在宋滌姬的《王勃文學述論》中，分王勃詩題材爲自述身世、離別、懷鄉、懷友、記遊、懷仙、閒情、宴享、贈送、詠物、閨怨宮怨、其他等類，〔註37〕大抵

〔註36〕同前註，頁 129～131。
〔註37〕宋滌姬：《王勃文學述論》，國立中山大學中國文學研究所碩士論文，

不出初唐詩人的題材範疇。筆者參酌各項分類及定義，直接提取大類及細項主題綜合，或將主題範圍、定義稍作微調後，再加以歸類，有些詩在題材上或有重複，如：寫宴享之樂常表達閒情，同時多為士人奉和應制宴集乘興所作；寫羈旅多半亦表達感時傷逝，並且思鄉，以及描寫行旅風光記遊。本文即配合詩作內容主旨、詩題意旨而歸類，將王勃的詩作大致歸納為以下十三類〔註38〕：

（1）閒　情

計十七首。寫春秋時節寧靜自然之景緻與自得之情，晨暮夜月、郊外閒散之興，歌詠田園窮約生活，與友對酒共享，或獨酌山林，不覺塵囂之隱逸之樂，避世求道之饗慕等。此類詩包括〈田家〉三首、〈仲春郊外〉、〈郊興〉、〈郊園即事〉、〈春日還郊〉、〈對酒春園作〉、〈山扉夜坐〉、〈春莊〉、〈春園〉、〈林泉獨飲〉、〈登城春望〉、〈他鄉敘興〉、〈夜興〉、〈早春野望〉、〈九日〉。其中表現春天之閒適美好便占了十三首，秋日閒趣二首，與季節相關者多達十五首，可知詩人大部分受季節景物變化影響，而觸發喜樂閒情，充分展現詩人對春天美景之喜好、流露自然田園生活之真情。

（2）離　別

計十七首。離別詩可分為：送友離去，賦其依依不捨之情的「送別詩」，與自己將遠行時賦己之心情，或留給友人嘉勉之作的「留別詩」。王勃此類十七首詩中，送別詩十三首，留別詩三首，多去職離鄉詩。送別詩大多屬客中送客、送友餞別之離愁別緒，而留別詩中，除〈送杜少府之任蜀州〉化哀傷為慰勉，展現開闊樂觀、豪壯昂揚之境外，其餘多為孤寂潸然、人事漂泊之心寒，落寞悲歎、不捨涕泣之無奈，及畏羈留滯、悲淒苦痛之吶喊。送別類詩有〈送盧主簿〉、〈餞韋兵曹〉、〈白下驛餞唐少府〉、〈送杜少府之任蜀州〉、〈焦岸早行和陸

1998 年 5 月，頁 26～41。

〔註38〕王勃詩主題歸納詳表參照附件，此題材歸納依詩篇數量，由多至寡排列。

四〉、〈江亭夜月送別〉二首、〈別人〉四首、〈秋江送別〉二首等詩。
留別類詩爲〈別薛華〉、〈重別薛華〉、〈羈遊餞別〉、〈秋日別王長史〉
等。其中寫秋意蕭颯心境之詩有四首。

（3）記 遊

計十六首。多寫遊歷、行旅路途所覽、所見及所感，可分三類：
一類爲純記遊覽，或路途景況，或兼及心有所感、懷鄉傷時者，包括
〈臨高臺〉、〈泥谿〉、〈出境遊山〉二首；次爲抒發行旅艱辛爲主，行
旅中或因羈旅而生思鄉愁緒，或因去官愁悶而歎悲苦，此類詩常同時
重疊思鄉、懷友之情，包括〈散關晨度〉、〈麻平晚行〉、〈長柳〉、〈易
陽早發〉、〈晚留鳳州〉、〈羈春〉、〈春遊〉、〈扶風晝屆離京浸遠〉；三
因歷覽佛寺道觀，賞景而萌仙佛嚮往之志情，共有〈尋道觀〉、〈遊梵
宇三覺寺〉、〈觀佛跡寺〉、〈八仙逕〉四首。其中表現春繁之詩一首，
傷時悲春之詩二首。

（4）懷 鄉

計十首。可分兩類，一因貶謫怨悶，羈旅客中，因而行旅倦遊生
離愁，滿腹思鄉念歸情，或展開闊氣勢，或述淒清慘悲；一因應節、
應景宴遊遠望，油然生思鄉情緒，有孤寂落寞之輕愁，亦有久滯不爲
現用之悲痛。前者有〈深灣夜宿〉、〈臨江二首〉、〈普安建陰題壁〉；
後者有〈山中〉、〈冬郊行望〉、〈始平晚息〉、〈蜀中九日〉、〈盧照鄰九
月九日玄武山旅眺〉、〈邵大震九月九日玄武山旅眺〉。其中秋、晚秋
敘愁思苦者二首。

（5）邊 塞

計十一首。有寫邊地景物、邊地戰事場面、隴西貴族豪華生活者，
也有貶謫歸田、官場現實、歷史人物、閨情等，多勇猛豪壯、豪邁勝
利之景況描述。此類詩有〈隴西行〉十首、〔註39〕〈隴上行〉一首。

〔註39〕〈秋夜長〉、〈採蓮曲〉二首，因詩有描述思婦念征夫之情，故前人
　　　　將之歸入「邊塞類」，但因旨寫思婦之怨，故此將〈秋夜長〉、〈採蓮
　　　　曲〉二首詩與一般閨情詩同列於第九項下。

其中表現邊塞之秋的詩兩首。

（6）宴　享

計七首。分兩類，一類應君王或節令活動之制而作，爲聚會宴集時作，表達其傷時、閒情、春悲、思隱心情；另一類因與友鄉居田園山林，共賞閒情而作，有表達春晚、夜晚、清晨之視、聽、觸、嗅景物動靜之閒適，亦有隱居田園山林，自然清淨之樂。前者有〈上巳浮江宴韻得阯字〉、〈春日宴樂遊園賦韻得接字〉、〈上巳浮江宴韻得遙字〉、〈三月曲水宴得煙字〉諸詩；後者有〈山亭夜宴〉、〈聖泉宴〉、〈盧照鄰和得樽字〉等。其中春悲一首，晚春一首。

（7）懷　友

計七首。旨寫對友人之懷念，或藉自然山水敘兩地相隔之遙思，多半流露關切友人、歸愁傷時、歎人事依舊之情。此類詩有〈林塘懷友〉、〈寒夜思友〉三首、〈寒夜懷友雜體〉二首、〈九日懷封元寂〉等。其中敘春景思念者一首；秋節令而作者一首。

（8）贈　送

計六首。王勃贈詩對象皆是高人道士，故多敘道觀晚景，秋景閒情，及共賞山林、以道會友之樂，並言不拘俗事，嚮慕成仙，歌詠隱居生活，述其深居修學避世之志。此類詩有〈山居晚眺贈王道士〉、〈秋日仙遊觀贈道士〉、〈贈李十四〉四首共計六首。其中有秋閒之詩一首。

（9）閨（宮）怨

計五首。寫閨婦、娼妓等思念征夫、情人、丈夫之情，或因相思、失寵而孤單埋怨、落寞沮喪之況，筆下人物多社會下層角色，如採蓮女、征夫、倡家、宮妓等，多以女子自比有志不得之悲。此類詩有〈秋夜長〉、〈采蓮曲〉、〈銅雀妓〉二首、〈有所思〉。其中有秋怨者二首。

（10）懷　仙

計三首。旨意避世、嚮慕仙佛、渴望成仙之求道心得，經觀內尋跡，闡述修行道成在於己念等。此類詩有〈懷仙〉、〈忽夢遊仙〉、〈觀內懷仙〉。無表現季節相關意象之詩。

（11）詠　物

計二首。〈詠風〉詩，寫物自日至暮動靜之各樣姿態；〈滕王閣〉詩寫景觀之壯麗、惜時，而發物是人非之歎。屬秋天惆悵者一首。

（12）愛　情

計二首。有描寫男女相思之情，亦有仿女子口吻，寫佳人情意。前者如〈江南弄〉，後者如〈河陽橋代竇郎中佳人答楊中舍〉。皆為具有季節意象之作。

（13）其　他

〈傷裴錄事喪子〉，為生者洩哀痛之「傷逝」之作；亦有寫神話人物點滴之〈雜曲〉，關切青樓女子處境之〈落花落〉，以及歎詠懷仙之志的〈述懷擬古詩〉。表現春天意象之詩一首。

王勃詩雖仍存齊梁六朝之韻，但相對於初唐雕琢形式而疏於風骨之宮廷詩而言，其詩作中反映了社會生活，由宮廷、臺閣移向市井街坊、江山塞漠，關注中下層人民的現實生活，並且表達出對社會黑暗現象的憤慨不平心情，展現勇於開拓書寫主題之精神，擴大、豐富了詩歌內容的題材，使整體呈現出質樸自然兼現實主義的新時代氣息，對唐詩發展卓具貢獻。

2. 意象詞的內涵

袁行霈從意象詞的內涵歸類，將中國古典詩歌的意象分為：

> 自然界的，如天文、地理、動物、植物等；社會生活的，如戰爭、遊宦、漁獵、婚喪等；人類自身的，如四肢、五官、臟腑、心理等；人的創造物，如建築、器物、服飾、城市等；人的虛構物，如神仙、鬼怪、靈異、冥界等。〔註40〕

陳植鍔於《詩歌意象論》中則大致分為三大類：

> （1）自然的。這一類意象主要取材於自然界的物象，包括花、鳥、草、木、山、水、風、雲、雨、雪、日、月、

〔註40〕袁行霈：《中國詩歌藝術研究》，（北京：北京大學出版社，1987年6月），頁63。

星辰等。

（2）人生的。這一類意象主要取材於人類的社會活動，如
　　人類、用具、時間、地點、事件、典故等

（3）神話的。這一類意象既不專屬於自然，也不專屬於人
　　生，但它又切切實實是自然和人生的反應……，它包
　　括自古以來就流傳在人們的口頭和書面的神話傳
　　說，和自己根據幻想的創造。〔註41〕

此分類法是依照所研究的詩作整體意象內涵，區分詩中出現的所有物
象、事象。袁行霈與陳植鍔兩人在意象分類上，大抵皆以自然界中的
實體物象、人類生活的事象，以及藉由人類想像創造的虛幻類三大方
向區分大類。由於人類生活的建構相當廣泛而複雜，故袁氏又進一步
將具體、抽象的物象、事象區分成人類社會生活形成的事象，人類身、
心構成的物象、事象，以及人類生活所創造的物象三類，二人的分類
實則大同小異。

　　由於詩歌研究非「骨」即「肉」，自然與人生的物象及事象，不
論在形象或概念上，相較於心理學、抽象的藝術手法等角度，都更具
體，定義亦更明確客觀，且在研究上不易因個人主觀見解或認知而生
歧義，故成為詩歌意象研究上，最常用和最基本的分類方法。有鑑於
此，本文對王勃季節詩作意象的內容即採用此分類。

（三）表現功能的分類

　　若就詩人意匠經營之表現手法分類，可分描述性意象、比喻性意
象、象徵性意象（即傳統的賦、比、興）。比喻性意象指以此一物擬
指他一物者，只在某一特定語言環境成為某一事物之特徵中使用，亦
可細分明喻、暗喻、借喻、轉喻、聯喻、曲喻型等手法，〔註42〕如王
勃〈詠風〉詩第三句：

〔註41〕陳植鍔：《詩歌意象論》，（北京：中國社會科學出版社，1990 年 8 月），
　　　　頁 132。

〔註42〕陳植鍔：《詩歌意象論》，（北京：中國社會科學出版社，1990 年 8 月），
　　　　頁 144～146。

　　　去來固無跡，動息如有情。〔註43〕

將風之動態喻比人之情意，多變而賦予生息，浮現「活」之印象，因而刻畫顯得栩栩如生。

　　象徵性意象指以某一特定物象暗示人生之某一事實者，屬習慣型之意象，所指稱之意義於相同作者、不同作者中皆不斷被重複，成為引出某種現成思路之固定語彙，如「春」之美好、生機或思念，使詩人聯想習引而漸成「愛情」使用之象徵，例如王勃〈河陽橋代竇郎中佳人答楊中舍〉:「那及春朝攜手度」〔註44〕，李白〈春思〉:「春風不相識，何事入羅幃」〔註45〕，李商隱〈無題〉:「相見時難別亦難，春風無力百花殘」〔註46〕等，皆成為詩人詠唱男女情意、相思之現成思路。

　　描述性意象既非用以比喻，亦非因習慣印象而象徵，但此意象詞為詩歌整體形象組成的重要部分，這些意象詞多為單純物象描寫，放入詩中可營造風光、美景、事物之氛圍，以描摹自然山水景物之詩，王勃大部分詩作皆以此法構造。如〈仲春郊外〉之「東園垂柳徑，西堰落花津。」由「東園」、「垂柳」、「徑」，「西堰」、「落花」、「津」白描景物，非喻非徵，但構詩營氛卻不可少。

　　意象經由創作手法塑造，可精煉文句，使含意深遠，讀者藉由創作手法之辨識，可深入了解賞析詩歌意涵，探析藝術表現，及詩人字裡行間暗藏之心緒。

二、本文意象研究之界定

　　由於研究因目的不同，選擇角度不同，分類不同，歸納出之結論便相異，得見詩人情感主要依歸亦不盡相同。對於意象分類的研究，

〔註43〕同註5，頁60。
〔註44〕同註5，頁73。
〔註45〕見王啟興主編:《校編全唐詩》，(武漢:湖北人民出版社，2001年1月)，頁593。
〔註46〕同前註，頁2817。

前賢依據意象的內涵，綜合「物象」及「事象」而大抵概分爲「自然」、「人文」與「虛幻」三大類。〔註47〕「自然」又可分爲「天文」、「地理」與「動植物」等類別，至於屬「時序」之四季更替循環與日夜流轉等並非人爲，不爲「物象」，然卻是藉由「物象」組合與改變得以感知，故亦可歸屬於「自然」。「自然」類中的「天文」尙可分爲日、月、星辰、風、雨、雲、霧、霜、露、雪、雷、電等；「地理」則可分山、水（海、川、江、河、溪、澗、湖、池、塘、潭）、土（洲、渚、岩、巖、墼）、地點（地名），「動植物」包括蟲、魚、鳥、獸，和花、草、樹、木等植物。

「人文」類則可分爲人身相關、人的創造物二小類，「人身相關」包含人類，如：文臣武將（孔明、李廣……）、隱士漁父（陶淵明、阮籍、稽康、揚雄……）、人的器官（眼、耳、口、鼻）等；「人的創造物」有居處、裝飾、器物、典故等，居處舉凡宮、亭、閣、樓、臺、廟、觀、庭園……，裝飾如衣著（襟、衿、袍、玭瑉、羅衣……）、髮、配飾（簪、髻、珮玉、珠環、鐲……）、絹繡（手絹、刺繡、旌旗、巾、裘……）、被褥織品（氈、被、錦衾……）、器物（簍網、箕箅、瓢壺、蓮座、壇、杯尊、車、琴、杖、錢……）、典故（巫山、楚夢、彭澤、仲長園……）等。

「虛幻」類則可包括神仙、佛祖、鬼怪、靈異、幽冥……等人類幻想虛構之神話、傳說，或相關者，如女媧、后羿、嫦娥、智瓊神女、白蛇、玉兔……。本文研究之意象取類，即就其「內涵」（內容）角度加以區分。

觀王勃詩作所見意象內容，集中於自然意象與人文意象二類：其一爲「自然意象」：含表現時間之四季與晝夜，以及展現天文地理之日月、風雲、霜露、山水、岩墼等，還有描摹動植物之蟲鳥、花草、樹木。「人文意象」則多描寫人物，包括詩人生命受挫、仕途失意後，

〔註47〕綜合陳植鍔《詩歌意象論》、袁行霈《中國詩歌藝術研究》前賢的分類概述。

對隱逸人物、仙佛、修道之追求懷想；或關注當時社會生活下層階級之江童山女、征夫思婦、娼妓、採蓮擣衣女等；也有一些亭閣樓臺、宮室廟宇等器物之雕鏤鋪寫。大抵王勃詩之自然意象遠多於人文意象，鑒於時間與篇幅、個人能力之限，本文僅就其「自然意象」進行研究，並將研究視角縮小至季節詩篇，其他詩作則留待後學補之。

第四節　文獻探討

一、原典文獻

由於王勃著作流傳至今，多散失亡佚，或已亡佚不可考，或僅徒具篇名，或有篇名不一等紛雜情形，故以下就其著述概況、集本流傳概況，以及其集本之卷數問題，概述其要。

（一）王勃之著述概況

1.〈王子安集序〉提及之著述

王勃亡故後，楊炯為其所輯之《王勃集》，是為最早之王集本，並附〈王子安集序〉。楊序中言王勃指《漢書》之誤而著《指瑕》十卷，但原書已佚，原書題亦不得而知；《平台秘略》、〈平台秘略論〉十篇、〈平台秘略贊〉十篇等，清·蔣清翊本名為《平台秘略》，而楊序則以其之功在鈔錄蒐集，為類書之屬，故稱作《平台鈔略》；楊序所言王勃九隴縣〈孔子廟堂碑〉，於宋初各集均作〈益州夫子廟碑〉，有駢體序文一篇，以及用四言八句詩對仗所成的銘文十首，除此碑文外，王勃入蜀之行期間所作亦有序文及碑文若干，為其創作高峰期；《次論》一書，陽序提及書名乃因於「次論語」之故，其功能為編次、校勘《論語》原書文字，並作注，是王勃校勘註釋經典之作，但兩《唐書》之原題，未必如是；據楊序，王勃祖父王通曾法《春秋》，而述《元經》，以續《詩》、《書》，王通門人薛收同為《元經》之傳，未完而歿，王勃續薛收所遺之《元經傳》，並為文中子續《詩》、《書》之

序，於今皆不存；楊序提到王勃爲《周易》作注解，但未言書名，蔣本注曰王勃撰《周易發揮》五卷，但不傳，王勃易學，師承曹元，其周易所受乃爲漢注《周易》本，其易學屬東吳系統，但未完而歿；王勃之《黃帝八十一難經注》，楊序言勃注此書，幸就其功，故於初唐時尙存，今已佚，序文存於蔣本王集；至於楊序提及之〈合論〉十篇，見行於唐，但查王勃集本，卻無此十篇。〔註48〕

2. 王勃現存作品內容中，提及其著述概況者

王集散逸後，散入於類書、選集，各書內容，成爲輯王集重要資料來源之一；蔣本輯自《文苑英華》的〈九成宮頌〉、〈拜南郊頌〉、〈乾元殿頌〉三頌皆四言頌體詩，爲上呈天子之作，並以駢體鋪張爲序，除〈乾元殿頌〉無表外，另兩篇有表（〈上九成宮頌表〉、〈上拜南郊頌表〉）；干謁之文〈宸遊東嶽頌〉，今不存，蔣本〈上李常伯啓〉提及上呈此頌之事；〈古君臣贊十篇並序〉隨〈上吏部裴侍郎啓〉上呈，序、贊並佚，今存〈太公遇文王贊〉，應爲用以自薦而作；《百里昌言》一書已不存，蔣本收〈上《百里昌言》疏〉一篇，仿仲長統《昌言》之體，屬政論著作；王勃爲文中子所續《書》之序文中說明，是爲補亡王通所撰，因歷年永久而稍見殘缺的《續尙書》逸文十六篇，重編輯、刊寫，凡百二十篇，勒成二十五卷；王勃兩篇〈上武侍極啓〉中曾提及，「舊文」、「蕪音」，是爲王勃舊作詩文，內容不得而知，爲一干謁小集。〔註49〕另有王勃自編之詩作小集《入蜀紀行詩》三十首。

3. 史傳、書誌中著錄之王勃著作

此類有《舟中纂序》五卷，著錄於《新唐書・藝文志》、《宋史・藝文志》，爲王勃乘舟路上，自纂而成之「序」集，日本正倉院藏卷本中提到之《詩序》，其內容即抄錄自此；《雜序》一卷，著錄於《宋

〔註48〕詳見陳偉強：〈王勃著述考錄〉，《書目季刊》，第三十八卷第一期，2004 年 6 月，頁72～79。

〔註49〕詳見陳偉強：〈王勃著述考錄〉，《書目季刊》，第三十八卷第一期，2004 年 6 月，頁79～82。

史‧藝文志》，楊守敬以爲此即日本正倉院藏卷本中提到之《詩序》，陳偉強考證以爲《雜序》僅一卷，而《詩序》共收四十一篇，用紙二十九張，分作五卷較合理，故兩者不同；〔註50〕〈檄英王雞文〉爲遊戲之作，胡三省注《資治通鑑》以爲，中宗爲英王時，沛王已爲太子，封爲「周王」，故當云〈檄周王雞文〉，《舊唐書》本傳記載，王勃因唐朝宮廷鬥雞風俗而戲作此文，高宗以爲「交搆之漸」，怒逐王勃並罷其官，此後王勃宦海浮沉，創作內容風格大開，此文既被皇帝視爲離間之作，自然被禁、毀滅，世不傳；《新唐書》本傳載，王勃客劍南時，嘗登葛憒山，賦詩見情，此詩不見於王集，應爲《入蜀記行詩》三十首之一，擬題爲〈登葛憒山〉；王勃名作〈滕王閣序〉，其事背景見於中〔唐〕王定保《唐摭言》、《新唐書‧王勃傳》中，《文苑英華》收此序，蔣本題作〈秋日登洪府滕王閣餞別序〉；〈採蓮賦〉僅《舊唐書》本傳中提及王勃作此賦之意，蔣本據《文苑英華》輯入；《大唐千歲曆》，見錄於《新唐書》，本傳題作《唐家千歲曆》，旨在糾正唐高祖時，傅仁均所造《戊寅元曆》，與李淳風之《麟德曆》等之誤，爲私家撰述曆法之作，故不爲時重，已失傳；王勃《醫語纂要》，著錄於《宋史‧藝文志》醫書類，與《黃帝八十一難經注》爲同期之作，但書已不存。〔註51〕

綜觀上述可知，王勃著述有專著、注、單篇，文體有序、贊、疏、啓、頌、表、碑文、銘文，亦有詩、賦等。由上述，《漢書指瑕》、《次論》、《周易發揮》、《百里昌言》、《大唐千歲曆》、《醫語纂要》等書，皆已亡佚；其校勘整理、注本如：續薛收《元經傳》，以及其爲文中子續《詩》、《書》之序文、《續尚書》逸文十六篇、《黃帝八十一難經注》等，今亦皆已失傳；〈宸遊東獄頌〉、〈古君臣贊十篇〉序、贊（除

〔註50〕陳偉強：〈王勃著述考錄〉，《書目季刊》，第三十八卷第一期，2004年6月，頁85、86。

〔註51〕考錄情形詳見陳偉強：〈王勃著述考錄〉，《書目季刊》，第三十八卷第一期，2004年6月，頁85、90。

〈太公遇文王贊〉外）、〈檄英王雞文〉等篇，已不可見。

（二）王勃集本流傳概況

1. 歷代刊刻、史書著錄情形

　　王勃亡故後，楊炯集其詩文編《王勃集》二十卷，具諸篇目，並序之，但其詩文著作，唐時已散佚許多，五代‧劉昫《舊唐書‧文苑傳》中著錄王勃撰有《周易發揮》五卷、《次論》等書數部，但勃亡後多遺失，有文集三十卷。宋元時，舊本多已不可見，僅見於〔宋〕王堯臣《崇文總目》，著錄王勃有《王勃文集》三十卷、《舟中纂序》五卷；〔宋〕晁公武《郡齋讀書志》，著錄有《王勃集》二十卷；〔宋〕洪邁《容齋隨筆‧四筆》著錄勃之文，今存者二十七卷；《宋史‧藝文志》醫書類有王勃《醫語纂要》一卷，別集類有《王勃詩》八卷、《文集》三十卷、《雜序》一卷、《舟中纂序》五卷；〔元〕辛文房《唐才子傳》，著錄王勃有集三十卷、《舟中纂序》五卷行於世。明代刊本錄其詩、賦，未錄其文，〔明〕嘉靖間，刊唐百家詩本有《王勃集》二卷、嘉靖間賦刊宋書棚本亦有《王勃集》二卷、明代黑口活字本有《王勃集》一卷；〔明〕張遜業校刊《十二家唐詩：二十四卷》中有《王子安集》，其序著錄王勃撰《周易發揮》、《次論》等書數部，勃亡後並遺失，嘗作天文歷算之書《大唐千歲曆》，有文集三十卷，則未之見；明末崇禎年間張燮輯張遜業刊本與《文苑英華》諸書，合併其詩、賦、文，共編為《王子安集》十六卷，至此才有較完善集本。〔清〕乾隆年間項家達以張燮本十六卷，與〔明〕許自昌刻《初唐十二家集》中的王勃詩、賦二卷，合刊而成《初唐四傑集》；〔清〕同治、光緒年間蔣清翊以張本為底，合《文苑英華》之賦與雜文，《唐語林》贊一首，崇善寺本之賦、記各一首，《全唐詩》、《初唐十二家詩》、《韻語楊秋》又補詩八首、賦及駢文五篇，《全唐文》序碑各一首等，輯為《王子安集註》二十卷，並詳加註解，為流傳至今最詳盡集註本。〔註52〕

〔註52〕王勃著作集之版本與流傳概況，可參見陳偉強：〈王勃著述考錄〉，《書

2. 歷代刊刻、史書著錄外之佚文

清末楊守敬、羅振玉，先後發現日本正倉院所藏的王勃集，爲唐鈔本殘卷之石印本，並輯其佚文，分別收入《日本訪志》與《永豐鄉人雜記》中。另外亦有日人富岡氏所藏的王勃集唐鈔殘卷本，今收藏於東京國立博物館，羅振玉又輯佚文十篇，加以正倉院石印本二十篇，所收共三十篇，內容完整且具價值；此外，英國倫敦所藏敦煌寫卷鈔本，亦有王勃之佚詩殘篇兩首；童養年《全唐詩補遺》中亦輯有王勃佚詩十五首。〔註53〕

（三）王勃集本之卷數問題

王勃文集版本有八卷本、十四卷本、二十卷本、二十七卷本、三十卷本等卷數問題，八卷本是指《王勃詩》八卷，乃自王勃全集中所輯出的詩歌專輯，或出宋人之手，或爲宋初徵集遺文時的呈進本。至於十四卷本乃流入日本之《新注王勃集》，見錄於藤原佐世所編《日本國見在書目錄》，編纂年代考證爲西元八七六～八八四年，爲今所知最古之王勃集注本，惜已佚失。二十七卷本見於〔明〕洪邁《容齋隨筆·四筆》所錄，應是據王集三十卷本之缺本，而謂王勃之文存二十七卷。唐宋史傳、書誌著錄中，以二十卷本、三十卷本爲最大系統，二十卷本爲楊炯所編之《王勃集》，〔宋〕晁公武《郡齋讀書志》、〔元〕馬端臨《文獻通考》、〔明〕陳第《世善堂藏書目錄》等皆作此；三十卷本則是《舊唐書·經籍志》、《新唐書·藝文志》、《崇文總目》、〔明〕焦竑《國史經籍志》，以及流入日本現藏於東京博物館之王勃集唐鈔

目季刊》，第三十八卷第一期，2004 年 6 月，頁 71～92；宋滌姬：《王勃文學述論》，中山大學中國文學研究所碩士論文，1998 年 5 月，頁 12～13；陳錦文：《王勃詩賦研究》，中國文化大學中國文學研究所碩士論文，1991 年，頁 17～36。但宋滌姬論文第十二頁分類張遜業之《校正王勃集序》應爲單篇；而陳偉強頁 71 註腳四所言之《唐十二家詩》應爲《十二家唐詩：二十四卷》。

〔註53〕佚文佚詩篇目概況，詳見陳錦文：《王勃詩賦研究》，中國文化大學中國文學研究所碩士論文，1991 年，頁 18～23。

殘卷本（抄於唐武后垂拱、永昌年間，西元 685～689 年）、《日本國見在書目錄》所著錄之《王勃集》。楊炯所編王集，非原來二十卷之舊目，但編纂年代當最早，三十卷本，或爲二十卷本之增定本，或出他人之手，不得而證，但可知三十卷本較二十卷本流行。〔註54〕

　　王勃雖年歲不長，論著卻概括文史、經世、術數、宗教、哲學等領域，學識、著述皆豐富，文藝創作更是一鳴驚人，爲眾家稱賞，惜所著，今多不存，詩作亦多散佚，故欲深入詳究，以理解其人、其性、其行，皆考證有限。

二、近人研究概況

（一）專　書

　　台灣不論研究王勃生平、著述、作品者相較於大陸皆少。但兩岸與王勃生平背景有關的研究專書，多半著重於探討唐詩的整體環境，並於其中論說初唐先後詩壇的承接與開拓，如沈松勤、胡可先、陶然合著的《唐詩研究》，說明唐詩之所以繁榮的原因，唐詩的分期、演進階段，唐詩的詩體、唐人詩論、文獻，唐詩與政治、宗教、科舉各類詩作的相互關聯與概況〔註55〕；余恕誠的《唐詩風貌》，以唐朝獨特的時代環境、生活、民族與地域等角度，論述屬於唐詩四期中，各個階段詩作整體呈現的特點與時代風貌，對唐詩各時期的詩壇概況，提出了較新穎的觀點與評價〔註56〕；陳良運的《中國詩學批評史》，論述先秦兩漢至明清近代的重要詩學理論，旁及詞學、曲學對詩學的影響與貢獻，在初唐詩的部分，說明自隋至初唐的詩學批評概況，以及重振人文精神的重要「風骨」詩學觀〔註57〕。

〔註54〕楊炯編王集、三十卷本王集之所出概況，詳見陳偉強〈王勃著述考錄〉，《書目季刊》，第三十八卷第一期，2004 年 6 月，頁 82～85。
〔註55〕沈松勤、胡可先、陶然著：《唐詩研究》，（杭州：浙江大學出版社，2006 年 1 月第一版）。
〔註56〕余恕誠著：《唐詩風貌》，（安徽：安徽大學出版社，2000 年 3 月）。
〔註57〕陳良運著：《中國詩學批評史》，（南昌：江西人民出版社，2007 年 3

　　以「初唐四傑」的共性、個別性方面，整體概觀論述者，有駱翔發的《初唐四傑研究》，著重作品內容的介紹，對作品風格探討不多，並對四傑的生平、才德進行研究，是針對四傑研究較廣泛觀覽的專書〔註58〕；沈惠樂、錢偉康著的《初唐四傑和陳子昂》，概述初唐時四傑與陳子昂所處時代背景，並簡述其詩歌成就對唐詩繁榮發展的功績與貢獻。〔註59〕

　　關於王勃生死年歲、生卒行年等疑慮的研究論著則相當多，文學史類談及者，如陸侃如、馮沅君《中國詩史》〔註60〕、游國恩等主編《中國文學史》〔註61〕、王士菁《唐代文學史略》〔註62〕、中國社科院文學研究所編寫的《中國文學史》〔註63〕、劉大杰的《中國文學發展史》〔註64〕、鄭振鐸《插圖本中國文學史》〔註65〕、鄭賓于《中國文學流變史》〔註66〕等，其他以專著或專篇探討者，如聶文郁《王勃詩解》〔註67〕、劉汝霖〈王子安年譜〉〔註68〕、田宗堯〈王勃年譜〉

　　月）。

〔註58〕駱翔發著：《初唐四傑研究》，（北京：東方出版社，1993年9月）。

〔註59〕沈惠樂、錢偉康著：《初唐四傑和陳子昂》，（北市：萬卷樓出版社，1991年12月）。

〔註60〕陸侃如、馮沅君：《中國詩史》中冊，（人民文學出版社，1983年），頁414。

〔註61〕游國恩等主編：《中國文學史》，（臺北：五南圖書出版公司，1990年，月），頁405。

〔註62〕王士菁著：《唐代文學史略》，（長沙：湖南師範大學出版社，1992年，月），頁62。

〔註63〕中國社科院文學研究所編：《中國文學史》，（人民文學出版社，1985年，月），頁397。

〔註64〕劉大杰著：《中國文學發展史》，（臺北：華正書局有限公司，2003年9月），頁482。

〔註65〕鄭振鐸：《插圖本中國文學史》上冊，（北京：北京出版社，199年），頁284。

〔註66〕鄭賓于：《中國文學流變史》，（中州古籍出版社，1980年），頁22～56。

〔註67〕聶文郁：《王勃詩解‧王勃年譜》，（西寧：青海人民出版社，1982年），頁22～56。

〔註68〕〔唐〕王勃著，〔清〕蔣清翊注：《王子安集注》附錄三，（上海古籍

〔註69〕、聞一多《唐詩大系》〔註70〕、劉開揚《初唐四傑及其詩》〔註71〕等，研究學者多有其主張與考辨。

　　詩歌研究方面，關於王勃詩歌的研究，大多在一些文學史、詩歌史、唐詩研究論著中附帶論述，近人美國漢學家宇文所安（斯蒂芬·歐文 Stephen Owen）的《初唐詩》，自唐詩的演進環境來理解初唐詩特有的成就，以為初唐詩並沒有呈現出統一的風格，只是結束了漫長的宮廷詩時代，緩慢的過渡到新的盛唐風格，但亦非盛唐詩的注腳，故分析了初唐詩人作詩的創作規則、藝術格式、修辭技巧等，為初唐詩研究提供了一些新視角與新領域。對於王勃詩的表現，賦以「新的典雅」〔註72〕的特色，並以為王勃詩作「表現了新的嚴謹，這種平衡成為其後幾個世紀律詩的特徵」〔註73〕。

　　還有學者對詩歌意象內容進行探討，較早期的有袁行霈的《中國詩歌藝術研究》〔註74〕，全面性的概觀中國古典詩歌中的藝術特點（如：意境與意象）、文藝理論（如：魏晉文學中的「言意」與「形神」之辨等），就意象的部分，追溯並解釋意象義涵、略明意象之分類、意象與意境之區別、意象的藝術技巧與重要性等，以為通過氣質、神韻更基本的藝術範疇分析，可揭示中國古典詩歌的某些藝術規律；陳植鍔的《詩歌意象論》〔註75〕，更直接針對詩歌意象作更完整而深

　　　出版社，1995 年版），頁 75。
〔註69〕田宗堯：〈王勃年譜〉，《大陸雜誌》，第三十卷第十二期，頁 5～15。
〔註70〕聞一多著：《唐詩大系》，《聞一多全集》第四冊，（北京：三聯書店，1982 年 8 月），頁 168。
〔註71〕劉開揚著：〈初唐四傑及其詩〉，《唐詩論文集》，（上海：上海古籍出版社，1979 年），頁 1～15。
〔註72〕〔美〕宇文所安（斯蒂芬·歐文）著，賈晉華譯：《初唐詩》，（北京：生活·讀書·新知三聯書店，2004 年 12 月），頁 95。
〔註73〕〔美〕宇文所安（斯蒂芬·歐文）著，賈晉華譯：《初唐詩》，（北京：生活·讀書·新知三聯書店，2004 年 12 月），頁 95。
〔註74〕袁行霈：《中國詩歌藝術研究》，（北京：北京大學出版社，1987 年 6 月）。
〔註75〕陳植鍔：《詩歌意象論》，（北京：中國社會科學出版社，1990 年 8 月）。

入的理論分析，並說明對意象的分類與意象研究上不可或缺的統計研究法，詳列意象抽樣調查、概率統計和量分析的科學方式，又以例證說明不同分類統計後的結論歸趨，爲吾人理解意象研究上一本整體且明確的重要專著之一。

龔鵬程的《春夏秋冬——中國古典詩歌中的季節》〔註76〕一書，探討了文學作品中詩人感情表現原理與自然景象間的關聯，四季物色與詩人心緒的觸動與導引過程中的交互影響，讀者因透過物色意象的重現，得以感知詩人的詩心與詩情，開啓季節詩研究的基礎面向。

（二）學位論文

學位論文研究方面，多半以詩人生平兼與詩人作品共同論述，台灣就四傑共性方面的研究有：黃晴惠的《初唐四傑傳記考辨及其文學思想研究》〔註77〕，以史傳資料及數家研究的年譜相互論證，輔以詩文爲判斷根據探討四傑生平、共同事蹟。並論及四傑所倡的文學改革及主張，以評斷歷來對四傑改革文風的貢獻，提出個人看法；蔡淑月《初唐四傑邊塞詩研究》〔註78〕，藉由認知性的歷史狀貌研究，闡釋性的意象、文化研究，以及評價性的審美研究，而確立四傑邊塞詩的歷史價值，以印證四傑邊塞詩的成就，是盛唐邊塞文學到來之前，具有預示作用，以及不可忽視的邊塞美學盛景之一。大陸方面，近年有陳志平的《四傑與初唐詩歌的新變》〔註79〕，以初唐的政治情勢與文化氛圍，分析四傑詩歌創作的特色和成就，以期發現詩體的演變軌跡，繼而找出唐代精神「唐音」的形成原因，最終探尋中國詩歌的發展規律。

〔註76〕龔鵬程：《春夏秋冬——中國古典詩歌中的季節》，（臺北：故鄉出版社，1989 年 4 月）。

〔註77〕黃晴惠：《初唐四傑傳記考辨及其文學思想研究》，台灣師範大學中國文學研究所碩士論文，1995 年。

〔註78〕蔡淑月：《初唐四傑邊塞詩研究》，彰化師範大學國文學系碩士論文，1998 年）。

〔註79〕陳志平：《四傑與初唐詩歌的新變》，華中師範大學中國古代文學研究碩士論文，2003 年，五月。

　　台灣就「四傑」的詩歌個別性進行研究的學位論文，以研究駱
賓王居多〔註80〕，有關王勃文學創作的研究概況，尚無針對詩歌作
品進行探究者，大部分是就王勃文學的整體概況作論述，目前已有
陳錦文的《王勃詩賦研究》〔註81〕，以王勃所處時代之詩壇概況探
論王勃詩賦與時代環境的關係，但主要在生平年號、詩集留傳問題
及版本考訂上詳細且清楚，對王勃詩集版本的了解具有價值；宋滌
姬的《王勃文學論述》〔註82〕，概論王勃詩、賦、駢文作品的內容，
作品句型及節奏，詞藻、聲律、用典、對偶等修辭技巧，及其作品
風格，以探討王勃文學的藝術表現與文學成就，以及學者對王勃之
詩、賦、駢文表現的整體評價爲主；何宜靜的《王勃的心靈與思想
及其形成背景》〔註83〕，立足於「史」的角度，將王勃放入個人、
家族、時代三層同心圓中討論，再向外擴展，論述王勃一生的心靈、
思想，及其背後的成因，以呈現一位唐初時期北方家族的詩人特色。
大陸方面，近年有張麗的《詩人王勃略論》〔註84〕，針對歷來研究
王勃較爲忽略的幾個面向：王勃身爲「學者」的身分、儒道與易學
的思想觀、個性強烈的詞賦與駢文、〈滕王閣序〉的寫作年齡等課題
研究探討。

　　詩歌意象研究方面，台灣方面已有許多研究論著，大部分皆以某
一詩人的詩作或某一斷代某類主題的詩歌中所呈現的意象爲研究對

〔註80〕如林育儀：《駱賓王詩歌研究——以意象、用典、情志爲主》，（國立中
　　　　正大學中國文學所碩士論文，2005 年）、鍾爲霖：《駱賓王駢文研究》，
　　　　（國立中正大學中國文學所碩士論文，2007 年）、方瓊鈺：《駱賓王及
　　　　其詩研究》，（華梵大學東方人文思想研究所碩士論文，2008 年）。
〔註81〕陳錦文：《王勃詩賦研究》，中國文化大學中國文學研究所碩士論文，
　　　　1991 年。
〔註82〕宋滌姬：《王勃文學論述》，國立中山大學中國文學研究所碩士論文，
　　　　1998 年 5 月。
〔註83〕何宜靜：《王勃的心靈與思想及其形成背景》，國立清華大學歷史研
　　　　究所碩士論文，2000 年。
〔註84〕張麗：《詩人王勃略論》，南昌大學中國古代文學碩士論文，2006 年
　　　　5 月。

象，如歐麗娟的《杜甫詩之意象研究》〔註85〕、吳啓禎的《王維詩之意象研究》〔註86〕、《初唐詩歌中季節之研究》〔註87〕、《梁代閨怨詩研究》〔註88〕等等。而有關王勃詩歌研究方面，僅蘇愛風的《王勃詩歌藝術研究》，是針對王勃詩歌的內容風格、整體意象、語言形式與詩歌體裁等方向進行分析，以品評、定義王勃的藝術成就，但對於詩歌意象的部分，僅從自然意象中選取代表同類之意象風格（明媚、開闊、險峻三類的意象詞）作一概述，雖爲目前學位論文中唯一針對王勃詩歌藝術展開論述的研究，但仍有待補充。而專論王勃詩歌的意象研究，目前爲止，並無相關的學位論文。

（三）單篇論文

單篇論文方面，不論台灣或大陸，研究王勃生卒行年、著述、詩賦探析者，成果豐碩。台灣與王勃生平背景、著述的相關論述有姚大榮的〈書王勃秋日登洪府滕王閣餞別序後〉〔註89〕、楊萬里的〈「滕王閣序」的兩個問題〉〔註90〕、徐俊的〈王勃行年辨證〉〔註91〕、〈初唐「四傑之冠」王勃〉〔註92〕、岑仲勉的〈王勃疑年〉〔註93〕、張志烈

〔註85〕歐麗娟：《杜甫詩之意象研究》，國立台灣大學中文研究所碩士論文，1991 年 5 月。

〔註86〕吳啓禎：《王維詩之意象研究》，中國文化大學中國文學研究所碩士論文，2006 年 5 月。

〔註87〕凌欣欣：《初唐詩歌中季節之研究》，中國文化大學中國文學研究所碩士論文，1996 年 6 月。

〔註88〕袁小晴：《梁代閨怨詩研究》，逢甲大學中國文學系碩士在職專班碩士論文，2009 年 5 月。

〔註89〕姚大榮〈書王勃秋日登洪府滕王閣餞別序後〉，《惜道味齋集》，傅斯年圖書館善本書室。

〔註90〕楊萬里〈「滕王閣序」的兩個問題〉，《大陸雜誌》第十六卷第九期，頁 1～5。

〔註91〕徐俊：〈王勃行年辨正〉，《文史》，第二七輯，1986 年 12 月，頁 327～332。

〔註92〕徐俊：〈初唐「四傑之冠」王勃〉，《文史知識》，第四十四期，1985 年 2 月，頁 81～85

〔註93〕岑仲勉〈王勃疑年〉，《唐詩質疑》，《唐人行第錄》（外三種），（上海：

的〈王勃雜考〉﹝註94﹞、王天海的〈王勃生卒年與籍貫考辨〉﹝註95﹞、姚乃文的〈王勃生卒年考變──兼與何林天商榷〉﹝註96﹞、何林天的〈論王勃〉﹝註97﹞、〈王勃之死新證〉﹝註98﹞、王氣中的〈王勃〉﹝註99﹞、陳偉強的〈王勃「滕王閣序」校訂──兼談日藏卷子本王勃「詩序」〉﹝註100﹞、〈王勃著述考錄〉﹝註101﹞等。

　　在王勃的詩歌研究方面，多集中於詩文創作的內容上，台灣以「四傑」為對象的有李芳枝的〈初唐四傑及陳子昂之研究〉﹝註102﹞；林惠蘭的〈初唐四傑之詩學〉﹝註103﹞，就「四傑」於詩壇的地位等共性下，分論四人詩學、文學主張、詩歌風格差異，以及四人對詩壇的貢獻而給予評論；大陸方面，劉開揚的〈初唐四傑及其詩〉一文﹝註104﹞，介紹四人詩歌表現，以為離別懷鄉之詩，當以王勃為首；劉道明的〈論王勃對唐詩發展的貢獻〉﹝註105﹞，論述王勃對詩風改革的貢獻，對王

　　　　　上海古籍出版社，1978 年），頁 356～358。

﹝註94﹞ 張志烈〈王勃雜考〉，四川大學學報，1983 年第二期，頁 70～78。

﹝註95﹞ 王天海：〈王勃生卒年與籍貫考辨〉，《貴州民族學院學報（社會科學版）》，1994 年第一期，頁 48～50。

﹝註96﹞ 姚乃文〈王勃生卒年考變──兼與何林天商榷〉，《晉陽學刊》，1982年第二期，頁 93～96。

﹝註97﹞ 何林天：〈論王勃〉，《晉陽學刊》，1983 年第二期，頁 94～99。

﹝註98﹞ 何林天：〈王勃之死新證〉，《中國古代·近代文學研究》，1994 年 6月，頁 193～194。

﹝註99﹞ 王氣中：〈王勃〉，《中國古代著名文學家》，（濟南：山東教育出版社，1986 年），頁 187～188。

﹝註100﹞ 陳偉強：〈王勃「滕王閣序」校訂──兼談日藏卷子本王勃「詩序」〉，《書目季刊》，第三十五卷第三期，2001 年 12 月，頁 65～88。

﹝註101﹞ 陳偉強：〈王勃著述考錄〉，《書目季刊》，第三十八卷第一期，2004年 6 月，頁 71～92。

﹝註102﹞ 李芳枝：〈初唐四傑及陳子昂之研究〉，《臺南師專學刊》第二期，1980 年 6 月，頁 62～66。

﹝註103﹞ 林惠蘭：〈初唐四傑之詩學〉，《蘭陽學報》，2002 年 3 月，頁 227～234。

﹝註104﹞ 劉開揚：《唐詩論文集》，（上海：上海古籍出版社，1979 年），頁12。

﹝註105﹞ 劉道明：〈論王勃對唐詩發展的貢獻〉，《黃懷學刊》，1989 年第一期，

勃的評價相當高；其餘泛論者尚有姚敏杰的〈王勃詩當論〉、董瑞霞的〈淺論王勃的詩歌風格及成因〉、李述文的〈文化視閾下的王勃詩文創作〉等。

詩歌意象研究方面，雖然就詩人作品意象研究的頗多，但多集中於唐詩大家，如王維、李白、杜甫、柳宗元、李賀、李商隱等〔註106〕，目前尚未見王勃詩意象的相關研究，僅顏進雄的〈初唐奉和應制詩歌中的季節意象探析〉〔註107〕一篇與王勃所處時代相關，顏氏因鑑於初唐特殊的社會現象，影響「奉和應制」類詩歌數量最爲豐富，故而針對此類詩的「精緻內涵」，結合詩歌中春、夏、秋、冬的時序遞嬗，來處理詩歌中時間的差異性與共同性的相關意象表現，是唯一與王勃詩意象研究上有所雷同的學術論文；在大陸方面，近來對王勃詩歌藝術的研究還很少，亦多爲孤篇〔註108〕。

頁28～32。

〔註106〕如徐尚定：〈王維詩意象兩題——析英美意像派對于中國古典詩歌的誤解〉，《中國書目季刊》，第二四期二號，1990年9月，頁14～25；鍾永興：〈李白詩「鵬、鳥」意象析論〉，《東方人文學誌》，第八期二號，2009年6月，頁7～22；陳禹齊：〈桃源意象與田園美學的建構與實踐：試論杜甫詩中「桃」意象〉，《應用倫理教學與研究學刊》，第五期一號，2010年1月，頁65～82；柯喬文：〈論柳宗元詩中的孤寂意象〉，《文學前瞻》，第二期，2001年6月，頁90～107；陳慧君：〈李賀詩中使用「空」字的造境效果〉，《文學前瞻》，第七期，2007年8月，頁123～133；陳秀美：〈論李商隱牡丹詩之意象性與藝術性〉，《臺北大學中文學報》，第六期，2009年3月，頁225～251等等。

〔註107〕顏進雄：〈初唐奉和應制詩歌中的季節意象探析〉，《花蓮師院學報》，第十六期（綜合類），2003年6月，頁91～118。

〔註108〕在蘇愛風的《王勃詩歌藝術研究》一文出現以前，尚缺乏對王勃詩歌藝術的整體、系統研究，見蘇愛風：《王勃詩歌藝術研究》，南京師範大學碩士文學院中國古代文學學位論文，2007年5月，前言頁8。

第二章　王勃生平背景

　　文學作品的產生乃為抒情，凡人必有情，因情所感，口味、目色、耳聲必有好惡，故喜怒哀樂之發，出於心而宣之於口，宣於口則為語言，正所謂情動於中而形於言，言之不足故嗟嘆之，嗟嘆之不足故詠歌之，詠歌之不足，不覺手舞足蹈，〔註1〕故歌詠乃始自生民，藉描繪歌頌勞動生活，而發原始人類能夠指揮自然、服從自己之幻想。歌詠詩之流變，自先民反映現實民風，純樸自然的《詩經》；超現實抒情，浪漫華美的《楚辭》；漢魏時期，豪放活潑、文字質樸的文人、民間歌謠樂府，與文人誦作，溫柔敦厚、文字華麗的五七言古詩；魏晉六朝時期，強調風骨的建安詩，至講求華美形式，聲律對偶的新體、宮體詩，以至唐代，逐步蘊積出屬於這個時代，勃發旺盛、獨具一格的特色。劉大杰《中國文學發展史》說：

> 唐朝是中國詩歌史上的黃金時代。形式方面，無論古體律絕，無論五言七言，都由完備而達全盛之境。內容的豐富，風格的多樣，派別的分立，思潮的演變，呈現著萬花撩亂的景象。〔註2〕

蓋「四言敝而有《楚辭》，《楚辭》敝而有五言，五言敝而有七言，古

〔註1〕　《毛詩》卷一，（上海：上海商務印書館，1965 年），頁 1。
〔註2〕　劉大杰著：《中國文學發展史》，（臺北：華正書局有限公司，2003 年 9 月），頁 397。

詩敝而有律絕，律絕敝而有詞」。「文體通行既久，染指遂多，自成習套。豪傑之士，亦難於其中自出新意，故遁而作他體，以自解脫。一切文體所以始盛而終衰者，皆由於此。」〔註3〕社會生活發展至唐，社會與政治問題，日益複雜，詩人生活之思想感情益爲豐富，而辭賦發展至此業已僵化，故詩歌創作上抒寫新內容，要求新形式，尚待開發的新興詩體正好得以施展詩人才能，是故唐代文學便轉往了詩歌形式發展。《中國文學史初稿》論述：

> 唐人在詩體上的表現，是多樣性的、自由性的、開放性的，……唐詩繼承了漢魏六朝的餘風，更展現了輝煌的生命，不管古體、近體、樂府、歌謠、五言、七言，繁絃雜管，都得到完美的發展。〔註4〕

此外，唐代爲中國歷史上不論政治、經濟、社會、文化各方面皆極爲輝煌繁盛的時代，君王雅好詩歌，引起群臣爭競響應，六藝聲律科舉取士，列詩賦爲進士考科，使社會基礎下放擴大，不論文士、貴遊、佛道、婦孺皆有創作，在其開放多元的風氣與經營蘊積下，使各類各域開展出許多極具鮮明的時代特色，擴大詩之境界，與社會現實面貌相應。明代胡應麟《詩藪》曰：

> 詩之盛於唐也。其體則三、四、五言，六七雜言；樂府、歌行、近體、絕句靡弗備矣。其格則高卑、遠近、濃淡、淺深、巨細、精粗、巧拙、強弱，靡弗具矣。其調則飄逸、渾雄、沉深、博大、綺麗、幽閑、新奇、猥瑣，靡弗詣矣。其人則帝王、將相、朝士、布衣、童子、婦人、緇流、羽客，靡弗預矣。〔註5〕

〔註3〕 〔明〕王國維著，徐調孚校注：《人間詞話》，（臺北縣：頂淵文化，2001年6月），頁33。

〔註4〕 王忠林、左松超、皮述民、金榮華、邱燮友、黃錦鋐、傅錫壬、應裕康合編：《中國文學史初稿》，（臺北：福記圖書有限公司，1998年10月增訂五版），頁456。

〔註5〕 〔明〕胡應麟：《詩藪》外編卷三，（上海：上海古籍出版社，1979年），頁163。

繁華強盛的國力使經濟社會生活安定，娛樂風氣自然興盛，加以中外文化廣泛交流，促進音樂、繪畫、書法、舞蹈等藝術門類發展，唐人愛好音樂藝術，故而推進唐人在「音樂文學」屬性之詩中，將豐富多彩的生活體驗，化為精神產品，寄寓於文學作品中。《中國文學史初稿》言：

> 唐代畢竟是個盛世，由於國力的強大，在藝術上的表現，氣象磅礴，成就非凡，不論是長安的建築，敦煌的壁畫，千佛山的雕刻，唐人的飲食、服飾，以及唐代的詩歌、古文、傳奇小說、傳經俗講的變文等，至今猶為後世人所共珍。這些藝術作品，表現了唐人的智慧和無比的創造力，如日月光華，永照千古。〔註6〕

唐詩所反映之社會生活，不論在廣度或深度上，都使其超勝於其他時代，體現博大展望之詩蘊與美感，故唐詩創作的內容異彩紛呈，絢麗多姿，而成為中國古典詩歌發展史上相當重要的里程碑，將中國古典詩歌的發展，推進新一波高峰期。〔註7〕

第一節　初唐時期的詩壇概況

　　由於唐代長達二百八十多年，其政局與社會演變，影響唐詩於不同歷史跨域下，客觀呈現出階段性明顯之風貌差異，故歷來詩家學者多予以不同階段的畫分，有二、四或八之別，分期之說，肇始於南宋嚴羽的《滄浪詩話》，所分之唐初、盛唐、大歷、元和、晚唐五體，明代高棅的《唐詩品彙序》則分為初、盛、中、晚四期，此分期方式

〔註6〕 王忠林、左松超、皮述民、金榮華、邱燮友、黃錦鋐、傅錫壬、應裕康合編：《中國文學史初稿》，（臺北：福記圖書有限公司，1998年10月增訂五版），頁453。

〔註7〕 以上參見劉大杰著：《中國文學發展史》，（臺北：華正書局有限公司，2003年9月）；註四等學者合著：《中國文學史初稿》，（臺北：福記圖書有限公司，1998年10月增訂五版）；沈松勤、胡可先、陶然著：《唐詩研究》，（杭州：浙江大學出版社，2006年1月第一版）；余恕誠著：《唐詩風貌》，（安徽：安徽大學出版社，2000年3月）。

亦多爲明清以後學者所接受。主要理由有三：

> 其一，能揭示唐詩從端正方向到繁榮、發展、消歇的過程。
> 其二，能適當照顧到作家群的自然出現和消失，反映唐詩
> 各階段發展風貌的不同。其三，不嫌過簡或過繁（與二分
> 法或八分法相比）。〔註8〕

唐詩分初、盛、中、晚四期，所經歷的時間與代表詩人分別爲：

> 一、高祖武德元年至睿宗太極元年（618～713），爲初唐時期，
> 　　歷時近一百年，代表詩人爲王勃、楊炯、盧照鄰、駱賓王、
> 　　陳子昂等。
>
> 二、玄宗開元元年至代宗永泰元年（713～766），爲盛唐時期，
> 　　歷時近五十餘年，代表詩人爲李白、杜甫、王維、孟浩然、
> 　　高適、岑參等。
>
> 三、代宗大歷元年至文宗太和元年（766～835），爲中唐時期，
> 　　歷時近七十年，代表詩人爲元稹、白居易、韓愈、孟郊、劉
> 　　禹錫、柳宗元、李賀等。
>
> 四、文宗開成元年至昭宣帝天佑元年（836～907），爲晚唐時期，
> 　　歷時近七十年，代表詩人爲李商隱、杜牧、溫庭筠等。〔註9〕

　　唐詩的四個分期雖與唐代社會發展關係緊密結合，卻與唐代歷史
的分期不同，「初唐」並非「唐初」，「中唐」也並非唐詩由盛入衰之
轉折期。初唐詩自唐代建國至玄宗初，於歷史上歷經太宗、高宗、武
后至玄宗前期，自「貞觀之治」至「開元之治」，是爲唐代最繁榮昌
盛之大唐帝國時期，雄踞東亞，疆域遼闊，國運昌盛，不論政治、經
濟皆進入鼎盛時期，是歷史上之盛唐，然爲詩之初唐，長達百年之久。
在《唐詩研究》中，沈松勤論及初唐詩之分期道：

> 初唐這個階段稱之爲「初」，人們可能會產生錯覺，以爲「初

〔註8〕 余恕誠著：《唐詩風貌》，（安徽：安徽大學出版社，2000 年 3 月），
　　　　頁 49～51。
〔註9〕 沈松勤、胡可先、陶然著：《唐詩研究》，（杭州：浙江大學出版社，
　　　　2006 年 1 月第一版）

唐」的時間概念爲時不長，「初唐」或許相當於「唐初」。
然而，初唐自七世紀到八世紀初，有著長達百年之久，佔
據了整個唐代的三分之一的時間。這長達百年的初唐詩
壇，從原先承襲六朝遺風，中經變革，轉入唐詩的漸次興
盛，也是一個相當緩慢的過程。當「初唐四傑」王勃、楊
炯、盧照鄰、駱賓王、相繼步入詩壇時，上距唐初已經過
了半個世紀。至於陳子昂從軍薊北，高唱著「純是唐音」
的《登幽州臺歌》，則以在唐代開國的八十年之後了。⋯⋯
唐詩的繁榮並不是與唐代相始終的，而是起步較晚、來潮
較遲的。〔註10〕

故詩之初、盛、中、晚，與世之初、盛、中、晚不同，在政治上正值
漫長卻強盛的唐初、盛唐時期，乃詩之初唐，唐詩邁入鼎盛繁榮的時
期，於政治上卻已由盛轉衰，因而初唐詩歌的發展雖緩而曲折，卻是
蘊蓄盛唐詩繁盛泉源的生力軍，唐代的文學與政治經濟發展雖環環相
扣，卻也表現出其不平衡規律的一面。

　　大抵初唐之詩，可分爲三：一爲六朝宮體詩之延續，如唐初之隋
朝遺臣虞世南、魏徵、李百藥等臺閣重臣，講究齊梁聲律對仗，以及
促使律體完成之「上官體」、「沈宋體」。二爲反對綺靡之隱逸詩、復
古詩，隱逸詩人如；王績、王梵志、寒山子等，受佛道影響，唾棄六
朝金粉，表現個人眞實情感，投向自然；復古詩人如陳子昂，提倡「漢
魏風骨」，以爲詩歌寄興，應有寫實、諷諭之精神，排斥輕側浮華之
詩風。第三類，乃介於兩者之中，既承襲齊、梁餘風，又力求創造與
解放，爲初唐詩歌注入一股眞摯寫實的泉源，展現新傾向、新精神，
對詩領域的開拓具一定的貢獻與價值，代表詩人即爲「初唐四傑」。
詩人王勃正處於因襲齊、梁餘風，講究聲律、對仗，追求形式的「宮
體詩」盛行時期，而王勃一生宦海浮沉，進出於宮廷山林之間，對於
宮廷貴族與社會弱勢的生活，深有所感，故而反對宮廷詩，流於形式

―――――――――――――――――――――――――――――――――

〔註10〕沈松勤撰：《唐詩研究》〈第一章〉，（杭州：浙江大學出版社，2006
　　年1月第一版），頁13。

爭構、空泛無實之弊，不論於詩風開拓、詩歌體裁、藝術手法上，皆力求內容充實，雄壯有力的創新，是爲初唐詩壇上新舊時期的過渡，故本節針對王勃所處時代之政治、經濟、社會、文化等背景之時代動態，就此時詩壇之因襲與創新的發展脈絡，分兩部分簡述。

一、初唐詩壇的潮流——宮廷唯美，浮艷詩風的延續

初唐詩歌，是在宮廷內外相互影響的帶動下完成的，余恕誠於《唐詩風貌》中評言：

> 雖未曾出現盛大局面，卻又不讓人感到它平庸和死水一潭，它或許遲遲未能把某些陳舊的東西推開，但並不朽腐，並不委瑣，而是始終敞開著一個闊大的殿堂，在詩人的聚會、吟唱、切磋中，表現出對於更爲熱烈盛大場景的期待。讓人感到它擁有一個良好的發展前景，並處在不斷推進中。〔註11〕

自隋統一南北朝後，因政治軍事造成對立之南北朝文學，逐漸呈現健全發展的新趨勢，至唐，詩壇之理論主張與創作實踐，更推進了南北交流與融合。貞觀時期主要詩人群，由以太宗爲中心的宮廷文人組成，大部分爲宮廷文臣、帝王、后妃，歌詠始終離不開宮廷詩苑，宮廷詩人位高權重，不論詩家或作品數量所占絕多，並且集中活動於京都上層，爲主要領導階級，易造成影響。初唐宮廷詩雖承襲齊、梁「宮體」，然此期宮廷不論君臣，皆以齊梁南朝之浮靡淫音以至亡國，深以爲戒，並視其爲亡國之音，如唐太宗《帝京篇十首》詩曰：

> 彩鳳肅來儀，玄鶴紛成列。去茲鄭衛聲，雅音方可悅。
>
> （《帝京篇十首》之四）
>
> 望古茅茨約，瞻今蘭殿廣。人道惡高危，虛心戒盈蕩。
>
> 奉天竭誠敬，臨民思惠養。納善察忠諫，明科慎刑賞。

〔註11〕余恕誠著：《唐詩風貌》，（安徽：安徽大學出版社，2000 年 3 月），頁 52。

六五誠難繼，四三非易仰。廣待淳化敷，方嗣雲亭響。

（《帝京篇十首》之十）

又《帝京篇十首》序文後半：

以堯舜之風，盪時代之弊，用咸英之曲，變爛漫之音。

〔註12〕

詩中顯見國家興亡高過任何文藝評判標準的論調，期能變淫放而有益於政教，詩與政治合一，而以雅正爲標的，文學與政治緊密連繫。此外，貞觀時期宮體詩，還展現了不同於六朝的風格，如《帝京篇十首》之一：

秦川雄帝宅，函谷壯皇居。綺殿千尋起，離宮百雉餘。

連薨遙接漢，飛觀迴凌虛。雲日隱層闕，風煙出綺疏。

因唐代開國之氣象宏大而呈現出宏麗之狀，可見初唐之宮體詩，異於齊梁詩的浮華綺靡，而產生出獨特之新時代氣息。〔註13〕

至高宗前期，宮體詩以上官儀之「龍朔變體」爲代表，何爲變體？《唐詩風貌》謂：

所謂變，是頌體式的鋪排減弱了。體格不及貞觀時宏整，質地縴弱，藻飾相對的更顯突出，故人目爲「綺錯婉媚」。婉媚而欠缺宏整……。〔註14〕

上官儀位高三品，於詩壇權高位重，爲太宗、高宗時的宮廷詩人，工於五言詩，追求華美炫麗之外在形式，及香豔嬌柔之主體內容，其詩多奉和應制，因其貴顯，故時人多效尤其體，蔚爲風潮，故謂爲「上官體」。如其〈八詠應制〉詩：

翡翠藻輕花，流蘇媚浮影。

〔註12〕王啓興主編：《校編全唐詩》，（武漢：湖北人民出版社，2001年1月），頁33。

〔註13〕余恕誠著：《唐詩風貌》，（安徽：安徽大學出版社，2000年3月），頁53、54；張松如主編，霍然著：《隋唐五代詩歌史論》，（長春：吉林教育出版社，1995年12月），頁24～35。

〔註14〕余恕誠著：《唐詩風貌》，（安徽：安徽大學出版社，2000年3月），頁56。

瑤笙燕始歸，金堂露初晞

風隨少女至，紅共美人歸。〔註15〕

此詩講究詞藻，將「藻」、「媚」的香豔形態動作化，增強動詞作用，以凸顯詩形式之華美炫麗，純鋪寫宮廷的金玉滿堂，美人新妝歌舞。「上官體」雖流於浮艷，但較貞觀時期的宮廷詩，亦有流暢省淨之作，如其〈入朝洛堤步月〉詩：

脈脈廣川流，驅馬歷長洲。

雀飛山月曙，蟬噪野風秋。〔註16〕

寫其於東都洛陽皇城外，天津橋下之洛堤上，隔水等候放行，入宮朝見之情懷。廣川爲洛水，長洲爲洛堤，雀飛、曙光是歌詠天下太平之景，流露其執政權重，得意自榮之情態，音韻、諧律較清亮上口，將形式追求之技巧，賦於自我抒情，推進了體物寫景之技巧。另外，在作詩技巧上，亦創六對、八對當對律說：

> 上官儀曰：詩有六對：一曰正名對，天地日月是也；二曰同類對，花葉草芽是也；四曰雙聲對，皇槐綠柳是也；五約疊韻對，徬徨放曠是也；六曰雙擬對，春樹秋池是也。
>
> 又曰：師友八對，一曰的名對：送酒東南去，迎琴西北來是也；二曰異類對，風織池間樹，蟲穿草上文是也；三曰雙聲對，秋露香佳菊，春風馥麗蘭是也；四曰疊韻對，放蕩千般意，遷延一介新是也；五曰連綿對，殘荷若帶，初月如眉是也；六曰雙擬對，議月眉欺月，論花頰勝花是也；七曰回文對，情新因意得，意得逐情新是也；八曰隔句對，相思復相憶，夜夜淚沾衣，空嘆復空泣，朝朝君未歸是也。
>
> 〔註17〕

此乃將詩句對偶方法分類提出之始，繼徐陵、庾信後，對律詩格律的

〔註15〕王啓興主編：《校編全唐詩》，（武漢：湖北人民出版社，2001 年 1 月），頁 51。

〔註16〕王啓興主編：《校編全唐詩》，（武漢：湖北人民出版社，2001 年 1 月），頁 51。

〔註17〕〔宋〕魏慶之：《詩人玉屑》卷七，〈屬對·六對〉引《詩苑類格》，（臺北市：世界書局，1960 年 5 月），頁 165、166。

完成有催生作用。而上官體之「浮艷」與盛唐詩歌風格之「濃墨重彩」間，亦有一定的淵源關係〔註18〕。

其後，武后朝新一代的宮廷詩人，如沈佺期、宋之問，其詩平仄和諧者十之八九，使五言律詩成熟完善，號稱「沈宋體」。律詩講究平仄用韻，篇句定型，乃源於沈約、周顒之四聲八病與齊梁小詩，至沈、宋律體定型。沈、宋詩雖仍見浮艷之色，但語言氣勢精鍊，貫串更甚齊梁，將詩風追求辭藻之美，引向自然流麗的方向，篇章結構上，較平板滯重之前人作品，稍趨靈動自如，中宗時，沈、宋貶謫出宮，將宮廷詩作技巧，用於山水流放之自我抒情，宮廷內外長久演進之詩歌，因而獲得了進一步相匯之契機，為盛唐詩之內容、形式、風格氣象，與近體詩的逐步多元，蘊積成熟之基底。〔註19〕

二、初唐詩壇過渡時期的創新──王勃對文學改革之影響與貢獻

上官儀去世後近二十年間，「上官體」依舊為詩壇競相效法，然宮廷之外，位居下僚或布衣之四傑、王績、陳子昂等少數作家的作品，在初唐二百二十位詩人中，雖僅占《全唐詩》現存作品約十分之一，卻使唐詩漸顯新貌，展現新傾向、新精神、新詩體。

此時期代表承前啟後之重要作家──初唐四傑，以各自的方式留下與宮廷詩互補的時代新氣息，《中國文學史初稿》以為「最足以代表初唐的詩人」〔註20〕，劉大杰《中國文學發展史》以為「七世

〔註18〕張松如主編，霍然著：《隋唐五代詩歌史論》，（長春：吉林教育出版社，1995年12月），頁46～47。

〔註19〕參見余恕誠著：《唐詩風貌》，（安徽：安徽大學出版社，2000年3月），頁五六；王忠林、左松超、皮述民、金榮華、邱燮友、黃錦鋐、傅錫壬、應裕康合編：《中國文學史初稿》，（臺北：福記圖書有限公司，1998年10月增訂五版），頁470、471。

〔註20〕王忠林、左松超、皮述民、金榮華、邱燮友、黃錦鋐、傅錫壬、應裕康合編：《中國文學史初稿》，（臺北：福記圖書有限公司，1998年10月增訂五版），頁456。

紀下半期很有才華的作家」〔註21〕，沈松勤《唐詩研究》言「是初
唐詩壇上新舊過渡時期的重要詩人群，爲唐詩的發展作出了突出的
貢獻」〔註22〕，足見以王勃爲首的四傑，對於初唐詩史之影響與重
要。

　　王勃、楊炯、盧照鄰、駱賓王四人，活動於太宗貞觀後期，至武
后朝的六十餘年，詩歌作品各有所長，各顯特色，一般多以爲王勃之
詩高華秀麗，楊迥雄厚朗健，盧照鄰才情奔放、晚期嚴峻淒苦，駱賓
王豪邁遒麗。四人之詩，因詩風特色（文詞），有別於初唐齊梁宮體
的艷情，轉向剛健清新，其詩歌表現形式，皆初步完成五言律詩，發
展七言古詩中之歌行體，並試作五、七言絕句，爲律詩格律完成之試
驗與推進，卓具貢獻〔註23〕，故世以並稱四傑。

　　王勃歷來被推爲四傑之首，其排名順序，或以成就高低品評，或
以四人年歲少長排序（盧、駱年輩早於王、楊約十年或以上），時人
看法非完全一致，如年代稍晚於駱賓王的朝廷官員郗雲卿，奉詔搜訪
駱賓王詩文，其《駱賓王文集·序》所載，是「四傑」並稱見於文字
之始，其排名以年輩爲序，並非世謂之「王、楊、盧、駱」：

> 　　駱賓王婺州義烏人也，年七歲，能屬文。高宗朝，與盧照
> 鄰、楊炯、王勃文詞齊名，海內稱焉，號爲四傑，亦云盧
> 駱楊王四才子。〔註24〕

又如《舊唐書·裴行儉傳》之記載：

> 　　時有後進楊炯、王勃、盧照鄰、駱賓王並以文章見稱，吏
> 部侍郎李敬玄盛爲延譽，引以示行儉。行儉曰：「才名有之，

〔註21〕劉大杰著：《中國文學發展史》，（臺北：華正書局有限公司，2003年
　　　　9月），頁462。
〔註22〕沈松勤撰：《唐詩研究》，〈第二章〉，（杭州：浙江大學出版社，2006
　　　　年1月第一版），頁19。
〔註23〕參見林惠蘭：〈初唐四傑之詩學〉，（蘭陽學報，民國91年第三期），
　　　　頁227～234。
〔註24〕〔唐〕駱賓王著：《駱臨海集箋注·附錄》，（上海：上海古籍出版社，
　　　　1985年），頁377。

爵祿蓋寡。楊應至令長，餘並鮮能令終」。〔註25〕

張說〈贈太尉裴公神道碑〉：

在選曹見駱賓王、盧照鄰、王勃、楊炯。〔註26〕

〔宋〕李昉《太平廣記》記載：

咸亨二年，有楊炯、王勃、盧照鄰、駱賓王，並以文章見稱。吏部侍郎李敬玄咸爲延譽，引以示裴行儉。行儉曰：「才名有之，爵祿蓋寡。楊應至令長，餘並鮮能令終。〔註27〕

而四傑本人，對此排名亦或認同，或不認同，如《舊唐書‧楊炯傳》記載：

……海內稱爲「王、楊、盧、駱」，亦號爲「四傑」。炯聞之，謂人曰：「吾愧在盧前，恥居王後。當時議者，亦以爲然。」〔註28〕

又如張鷟《朝野僉載》記盧照鄰聞之言：

盧照鄰……放曠詩酒，故世稱王、楊、盧、駱。照鄰聞之曰：「喜居王後，恥在駱前。」〔註29〕

雖當時排名非完全一致，但世一般稱「四傑」，多皆取「王、楊、盧、駱」，如最早將四傑依次合稱的，宋之問〈祭杜學士審言文〉（西元708）一文：

國求至寶，家獻靈珠。後復有王、楊、盧、駱，繼之以子躍雲路。王也才參卿由西陝，楊也終遠宰於東吳，盧則哀

〔註25〕〔後晉〕劉昫等撰：百納本二十四史《舊唐書‧裴行儉傳》，列傳卷第一百四十上，文苑上，（臺北市：臺灣商務印書館，2010 年 9 月），頁 16～783。

〔註26〕〔唐〕駱賓王：《駱臨海集箋注‧附錄》，（上海：上海古籍出版社，1985 年），頁 377。

〔註27〕〔宋〕李昉等奉敕撰：《太平廣記》，（天津市：古籍出版社，1994 年），頁 1405。

〔註28〕〔後晉〕劉昫等撰：百納本二十四史《舊唐書‧楊炯傳》，列傳卷第一百四十上，文苑上，（臺北市：臺灣商務印書館，2010 年 9 月），頁 16～1441。

〔註29〕〔唐〕張鷟：《朝野僉載》，卷六，（北京：中華書局，1979 年 10 月），頁 141。

其棲山而臥疾，駱則不能保族而全軀。〔註30〕

又如杜甫〈戲爲六絕句〉第二首：

王楊盧駱當時體，輕薄爲文哂未休。

《舊唐書・楊炯傳》曰：

炯與王勃、盧照鄰、駱賓王以文詞齊名，海內稱爲「王、楊、盧、駱」，亦號爲四傑。〔註31〕

其後崔融、李嶠、張說俱重四傑之文，崔融曰：「王勃文章宏逸，有絕塵之迹，固非常流所及，炯與照鄰可以企之」。〔註32〕

而張鷟《朝野僉載》卷六亦曰：

盧照鄰，字昇之，范陽人。……後爲益州新都尉，秩滿，婆娑於蜀中，放曠詩酒，故世稱王、楊、盧、駱。〔註33〕

〔宋〕晁公武《郡齋讀書志》著錄《楊炯盈川集》二十卷，曰：

炯博學，善屬文，與王勃、楊炯、盧照鄰、駱賓王以文詞齊名，海內稱王、楊、盧、駱四才子，亦曰「四傑」。〔註34〕

又，王勃於當時詩壇文名之盛，「請託爲文，金帛豐積。人謂『心織筆耕』。」影響當時文壇盛於楊炯，故「王、楊、盧、駱」排名，仍反映出當時文壇以王勃爲首之實際概況。〔註35〕

〔註30〕〔清〕董誥等編，〔清〕陸心源補輯拾遺，《全唐文及拾遺》，卷二四一，（臺北市：大化書局，1987 年），頁 2442。

〔註31〕〔後晉〕劉昫等撰：百納本二十四史《舊唐書・楊炯傳》，列傳卷第一百四十上，文苑上，（臺北市：臺灣商務印書館，2010 年 9 月），頁 16～1441。

〔註32〕〔後晉〕劉昫等撰：百納本二十四史《舊唐書・楊炯傳》，列傳卷第一百四十上，文苑上，（臺北市：臺灣商務印書館，2010 年 9 月），頁 16～1441。

〔註33〕〔唐〕張鷟：《朝野僉載》，卷六，（北京：中華書局，1979 年 10 月），頁 141。

〔註34〕晁公武：《郡齋讀書志校証》，卷十七，（上海：上海古籍出版社，1990 年），頁 828～829。

〔註35〕參見田媛：〈初唐四傑的並稱與排名〉，《文史知識》，2006 年 12 月第三〇六期，頁 16～20；沈惠樂、錢偉康著：《初唐四傑和陳子昂》，（北市：萬卷樓出版社，1991 年 12 月），頁 5～9；陳錦文：《王勃詩賦研

世一般推王勃爲首,除因其洋溢的文采盛名外,另一主因,乃王勃於當時首先強烈反對龍朔文風,提倡表達眞摯情感爲主的詩歌內容,力求詩風開拓、體裁創新的文學主張及實踐,變「積年綺碎」而爲「一朝清廓」。觀王勃〈上吏部裴侍郎啓〉所言:

> 自微言繼絕,斯文不振,屈、宋導澆源於前,枚、馬張淫風於後。談人主者,以宮室苑囿爲雄,敘名流者,以沉酣驕奢爲達。故魏文用之而中國衰,宋武貴之而江東亂;雖沈、謝爭鶩,適先兆齊梁之危;徐、瘐並持,不能免陳、周之禍。〔註36〕

認爲當時以頌美帝京、皇宮盛大形影爲旨的宮廷詩,致力於描寫性質之外在鋪陳,事形爲本,辭錯鋪張,假象過壯,有體貌而乏神氣,雖宏整壯大,但情感貧弱,藝術力量不足,龍朔後更萎靡無骨,甚有倒退之趨,故極力反對,繼王勃發聲後,盧照鄰、楊炯起而應之。楊炯於〈王子安集序〉曰:

> 嘗以龍朔初載,文場變體,爭構纖微,競爲雕刻。糅之金玉龍鳳,亂之朱紫青黃,影帶以徇其功,假對以稱其美,骨氣都盡,剛健不聞。思革其弊,用光志業。薛令公朝右文宗,托末契而推一變;盧照鄰人間才傑,覽清規而輟九攻。知音與之矣,知己從之矣。於是鼓舞其心,發洩其用,八紘馳騁於思緒,萬代出沒於豪端。〔註37〕

楊氏評論上官體謂之「纖微」、「雕刻」、「金玉龍鳳」、「朱紫青黃」、「影帶」、「假對」,徒具形式而「骨氣都盡」,「剛健不聞」,文學觀點上承李鍔、魏徵等人,反對六朝綺靡文弱之風,以爲江左清綺而河朔貞剛,應兼風骨與聲律,合南北兩長,故而形成以王勃爲首的文學變革代表,思想內容強調風骨,抨擊、反對時人效尤之龍朔變體,並盛讚王勃變革此風之成就,言其:

究》,(中國文化大學中國文學研究所碩士論文,1991年),頁13～14。
〔註36〕同註5,卷八,頁67。
〔註37〕楊炯〈王子安集序〉,同註5,頁67。

以茲偉鑒，取其雄伯，壯而不虛，剛而能潤，雕而不碎，按而彌堅。大則用之以時，小則施之有序。徒縱橫以取勢，非古怒以爲資。長風一振，眾萌自偃，遂使繁綜淺術，無藩籬之固；紛繪小才，失金湯之險。積年綺碎，一朝清廓，翰苑豁如，詞林增峻。反諸宏博，君之力焉；矯枉過正，文之權也。〔註38〕

謂王勃以雄壯有力之體格，剛柔相濟之風格，精純而不失渾然之技巧，充實而意味深長之內涵，取代「積年綺碎」之詩風〔註39〕。盧照鄰於〈樂府雜詩序〉亦呼應王勃提倡之文學變革，而曰：

言古興者，多以西漢爲宗；議今文者，或用東朝爲美。落梅芳樹，共體千篇；隴水巫山，殊名一意。亦猶負日於珍狐之下，沉螢於燭龍之前，辛勤逐影，更似悲狂，罕見鑿空，曾未先覺。潘、陸、顏、謝，蹈迷津而不歸；任、沈、江、劉，來亂轍而彌遠。……〔註40〕

此一變革，文學觀點雖仍上承前人，但其理論氣度相較於前人，有著「躊躇滿志的時代自豪感」〔註41〕，充滿開拓精神之信心與勇氣，不僅對抗當時的宮廷詩主流，且與貞觀詩壇爲求至用，而壓制內心情緒爲文的情況，有實質上的差異，雖無法徹底擺脫時風的影響，卻不時於作品中透露出一種新的時代精神，故而打破當時宮廷詩風一統的局面，其官小志大、宦海浮沉的生命體驗，便將這種新時代精神的展現，隨其出入宮廷王府，乃至山林田野之境遇，使得北風與南風交會互補，而逐漸融合，繼而孕生出嶄新的詩歌氣息，初步形成一些屬於唐詩本身的獨特風貌，余恕誠《唐詩風貌》言：

宮廷詩對大唐鴻業的種種直接頌美，多承襲齊梁聲色大開

〔註38〕同前註。
〔註39〕沈松勤撰：《唐詩研究》，〈第二章〉，（杭州：浙江大學出版社，2006年1月第一版），頁21。
〔註40〕〔唐〕盧照鄰：《幽憂子集》，卷六，《四部叢刊正編》，（臺北市：臺灣商務印書館，1979年），頁43。
〔註41〕霍然著，張松如主編：《隋唐五代詩歌史論》，（長春：吉林教育出版社，1995年12月），頁50。

之後所形成的描寫性模式，四傑及陳子昂所表現的則是時代背景中的人物情緒。在寫法上雖然一偏於描寫，一偏於表現，卻經常免不了互相吸收。駱賓王〈帝京篇〉、盧照鄰〈長安古意〉、王勃〈臨高臺〉、宋之問〈明河篇〉、李嶠〈汾陰行〉等名篇，就是把類似宮廷詩描寫性的對感官世界的刻化鋪陳與傳統的表現性的抒情結合在一起的。

〔註42〕

此外，王勃作品還能反映社會生活，由宮廷出市井，自臺閣移向江山塞漠，對中下層人民現實生活與黑暗現象，抑鬱不平而憤慨，擴大而豐富了詩歌的題材內容，從而使整體呈現出質樸自然，兼現實主義之時代氣息，一轉浮艷華麗為清新剛健，以嶄新的積極進取精神，取代寄情聲色之庸俗思想傾向，即使送別、從軍等舊有題材，亦一反哀怨纏綿基調，而賦予健康樂觀之情感心境，如王勃〈銅雀妓〉二首：

> 金鳳鄰銅雀，漳河望鄴城。君王無處所，臺榭若平生。
> 舞席紛何就，歌梁儼未傾。西陵松檟冷，誰見綺羅情。

〔註43〕

> 妾本深宮妓，曾城閉九重。君王歡愛盡，歌舞為誰容。
> 錦衾不復襞，羅衣誰再縫。高臺西北望，流涕向青松。

〔註44〕

寫深宮之妓於得寵時的華美，與繁華落盡失寵後的埋怨，結合宮廷詩對感官世界刻劃性的鋪陳，與傳統的抒情表現，以呈現人物情緒，反映出對社會弱勢者現實生活之觀察與關注，同時以宮妓遭遇自比，抒發心中凌雲如高潔青松般渴望見用之志向。

　　除風格、內容有所開展之外，此一革新成就，亦反映於詩體藝術形式的革新，推進五言律詩的成熟，並創造別具一格的「初唐體」。所謂「初唐體」，是指四傑之七古，即七言歌行體。南宋・嚴羽之《滄浪

〔註42〕余恕誠著：《唐詩風貌》，（安徽：安徽大學出版社，2000年3月），頁57。

〔註43〕同註5，頁67。

〔註44〕同註5，頁67。

詩話・詩體》原有「唐初猶襲陳隋之體」之「唐初體」說〔註45〕，至
明代改稱「初唐體」，明代以後「初唐體」，多專指四傑之歌行體〔註46〕，
如盧照鄰〈長安古意〉、駱賓王〈帝京〉等。胡應麟之《詩藪》內篇卷
三以為：「詞藻富者故當易至，然須導其本色乃佳。」〔註47〕其「本色」
乃指以賦體特點改造歌行，「駢賦結體，婉然寓諷，以收水到渠成的點
睛之筆」〔註48〕。以歌行入駢賦，以駢賦入歌行，如王勃〈春思賦〉、
駱賓王〈蕩子從軍賦〉等，皆以七言句式，或間雜五言，蟬聯遞進，
宛如歌行，雖仍存「詞語浮艷」之弊，但亦非「六朝殘渧」，並得後世
效仿響應〔註49〕。

　　王勃作詩，擅長近體五言律詩，沈惠樂、錢偉康的《初唐四傑和
陳子昂》中以為：「有意識的繼承並改革了齊梁以來詩歌的藝術技巧，
初步完成了五言律詩，發展七言古詩中的歌行體，開始試作五、七言
絕句，為唐詩新體裁的形成作出了寶貴的貢獻。」〔註50〕如王勃〈送
杜少府之任蜀州〉詩：

　　　　城闕輔三秦，風煙望五津。與君離別意，同是宦遊人。
　　　　海內存知己，天涯若比鄰。無為在岐路，兒女共霑巾。

　　　　〔註51〕

此詩平仄協調，對仗工整，第七句「平平仄平仄」為變式，但亦為律

〔註45〕南〔宋〕嚴羽著，郭紹虞校釋：《滄浪詩話校釋》，（臺北市：里仁書
　　　　局，1987年4月），頁53。
〔註46〕沈松勤撰：《唐詩研究》，〈第二章〉，（杭州：浙江大學出版社，2006
　　　　年1月第一版），頁26。
〔註47〕〔明〕胡應麟撰：《詩藪》內篇，古體下，七言，（臺北市：廣文書
　　　　局，1973年），頁160、161。
〔註48〕沈松勤撰：《唐詩研究》，〈第二章〉，（杭州：浙江大學出版社，2006
　　　　年1月第一版），頁28。
〔註49〕如劉希夷〈代悲白頭翁〉、張若虛〈春江花月夜〉等，參見沈松勤撰：
　　　　《唐詩研究》，〈第二章〉，（杭州：浙江大學出版社，2006年1月第
　　　　一版），頁29、30。
〔註50〕沈惠樂、錢偉康著：《初唐四傑和陳子昂》，（北市：萬卷樓出版社，
　　　　1991年12月），頁76。
〔註51〕同註5，頁65。

句通例，起承轉合，章法井然，頸聯轉折，表達沉浮宦海，黯然分別之情，化用曹植〈贈白馬王彪〉：「丈夫志四海，萬里遊比鄰」句，較之更爲洗練，送別悲傷之基調，驟變一轉而呈顯開闊豪邁之氣度胸襟，男兒壯志四方，莫效兒女沾襟淚別，展現積極樂觀的健康精神，是爲五律形式成熟之佳作。

　　王勃文學變革之功，除對文學氣象的開拓卓具貢獻，杜甫亦爲其平反「輕薄爲文哂未休」，而以「不廢江河萬古流」評價之，王世貞亦言「詞旨華靡，固沿陳、隋之遺，翩翩意象，老境超然勝之。」，「雖極浮靡，亦有微瑕，而錣錦貫珠，滔滔洪遠，故是千秋絕藝。」〔註52〕後世學者亦多半揭示其在文學史上承先啓後之功。若由詩歌發展之意義而觀，則「不愧爲開創時期的重要詩人，代表當時文學改革的正確方向」，「給沈、宋，而且爲陳子昂、李白、杜甫、白居易等人開拓了詩歌創作的先路」〔註53〕等，其影響與貢獻，實開一代唐音之先兆，發後繼盛唐走向成熟煥發之聲。

第二節　王勃生平傳略

　　王勃因以文詞爲名，與楊炯、盧照鄰、駱賓王，於初唐詩壇並稱「四傑」，然就四人詩歌而言，「王勃高華，楊炯雄厚，照鄰清藻，賓王坦易」〔註54〕，四人各有其個性。王勃之詩歌，趨向「將宮廷風格樸素化」〔註55〕，以提倡詩體革新的文學改革思想，而名列四傑之首，其詩強調眞實表達的內容，已超出宮廷詩之範圍，對後代的貢獻，爲

〔註52〕王世貞：〈藝苑卮言〉。（收錄於丁福保輯，《歷代詩話續編》，臺北市：木鐸出版社，1983年9月，頁1003。）

〔註53〕沈惠樂、錢偉康著：《初唐四傑和陳子昂》，（北市：萬卷樓出版社，1991年12月），頁77。

〔註54〕陸時庸：《詩境總論》。（收錄於丁福保：《歷代詩話續編》，臺北市：木鐸出版社，1983年9月。）

〔註55〕〔美〕宇文所安（斯帝芬·歐文）著，賈普華譯：《初唐詩》，（北京：生活·讀書·新知三聯書店，2004年12月），頁64、65。

美・宇文所安以爲「新的典雅」﹝註56﹞，鄭振鐸譽爲「黎明女神」：

> 正如太陽神萬千縷的光芒還未走在東方之前，東方是先以
> 布滿了黎明女神的玫瑰色曙光了。﹝註57﹞

而如此才華洋溢之青年才俊王勃，卻僅度過極短暫的風發安穩，後半的人生浮載浮沉，甚至歷經存亡大難，終以不幸結局身故，其著述亦於其身故後多散佚，多只存篇目而無文，實爲可惜。因王勃之生死年歲，後世眾說紛紜，至今並無定論，故本節整理眾家說法，以爲參酌，並簡述其生卒行傳。

一、王勃生死之疑

王勃的生卒行年記載，兩《唐書》、王勃〈春思賦序〉與楊炯〈王子安集序〉所載不同，歷來歧說各異，對其生卒年、享年說法也不一。依《舊唐書・王勃傳》載：

> 上元二年，勃往交趾省父，道出江中，爲〈採蓮賦〉見意，
> 其詞甚美。渡南海，墜水而卒，時年二十八。﹝註58﹞

據此，上元二年爲西元六七五年，時年二十八，則生年應爲唐太宗貞觀二十三年，爲西元六四九年。而《唐書・王勃傳》所載年歲與之相異，僅云：

> 父福時，由雍州司功參軍坐勃故，左遷交趾令。勃往省，
> 渡海溺水，悸而卒，年二十九。﹝註59﹞

據此，僅可知其年歲二十九，較《舊唐書》所記更不明確。此外，楊炯〈王子安集序〉中亦有記載曰：

> 命不我與，有涯有謝，春秋二十有八，皇唐上元三年秋八

﹝註56﹞ 同前註，頁95。
﹝註57﹞ 鄭振鐸：《插圖中國文學史》，（轉引自徐俊〈初唐四傑之冠王勃〉，《文史知識》，1985年第二期，一四四號，1985年2月，頁81～85。）
﹝註58﹞ ﹝後晉﹞劉昫等撰：百納本二十四史《舊唐書・王勃傳》，列傳卷第一百四十上，文苑上，（臺北市：臺灣商務印書館，2010年9月），頁16～1441。
﹝註59﹞ 藝文印書館：二十五史《唐書・王勃傳》，列傳第一百二十六，文藝上，（藝文印書館編），頁2289。

月。〔註60〕

楊序所述，王勃卒年爲唐皇上元三年秋八月，是爲西元六七六年，享年二十八，則生年便爲唐太宗貞觀二十三年，西元六四九年，與《舊唐書》合，然此說又與王勃〈春思賦序〉自述有所出入：

　　咸亨二年，余春秋二十有二。旅寓巴蜀，浮游歲序。〔註61〕

咸亨二年爲西元六七一年，王勃自述其二十二歲，則生年當爲唐高宗永徽元年，即西元六五〇年。

　　因史料出入之故，眾學者參酌與其年代相關之史料，詳加考辨其生卒行年，至目前大致有二十六、二十七、二十八、二十九、三十五等說法，茲整理如下：

（一）享年二十六

　　姚大榮〈書王勃秋日登洪府滕王閣餞別序後〉〔註62〕、聶文郁《王勃詩解》〔註63〕、楊萬里〈「滕王閣序」的兩個問題〉〔註64〕皆據王勃〈春思賦序〉推論生年，卒年則依《舊唐書・文苑傳》，以爲「咸亨二年，歲在辛末，下距上元二年，歲在乙亥，僅五年，當爲二十六歲」。故王勃生卒年爲唐高宗永徽元年（西元 650）至唐高宗上元二年（西元 675）。

（二）享年二十七

　　徐俊〈王勃行年辨正〉、〈初唐「四傑之冠」王勃〉〔註65〕、劉

〔註60〕楊炯〈王子安集序〉，同註5，頁34。
〔註61〕同註5，頁35。
〔註62〕姚大榮〈書王勃秋日登洪府滕王閣餞別序後〉，《惜道味齋集》，傅斯年圖書館善本書室。
〔註63〕聶文郁：《王勃詩解・王勃年譜》，（西寧：青海人民出版社，1982年），頁22～56。
〔註64〕楊萬里〈「滕王閣序」的兩個問題〉，《大陸雜誌》第十六卷第九期，頁1～5。
〔註65〕徐俊〈王勃行年辨正〉，《文史》，第二七輯，1986年，十二月，頁327～332、〈初唐「四傑之冠」王勃〉，《文史知識》，1985年2月第四十四期，1985年2月，頁81～85。

汝霖《王子安年譜》〔註66〕、田宗堯《王勃年譜》〔註67〕、駱祥發《初唐四傑研究》〔註68〕、王氣中〈王勃〉〔註69〕、陸侃如、馮沅君《中國詩史》〔註70〕、岑仲勉〈王勃疑年〉〔註71〕、張志烈〈王勃雜考〉〔註72〕等，均以王勃〈春思賦序〉所載「咸亨二年，余春秋二十有二」推論生年，以楊炯〈王子安集序〉中「命不與我，有涯先謝，春秋二十有八，皇唐上元三年秋八月」推論卒年。故王勃生卒年爲高宗永徽元年（西元650）至高宗上元三年或儀鳳元年（西元676）。

（三）享年二十八

蔣清翊《王子安集註》〔註73〕、聞一多《唐詩大系》〔註74〕、劉開揚《初唐四傑及其詩》〔註75〕、游國恩等主編《中國文學史》〔註76〕、王士菁《唐代文學史略》〔註77〕、中國社科院文學研究所編寫《中國文學史》〔註78〕、王天海〈王勃生卒年與籍貫考辨〉〔註

〔註66〕〔唐〕王勃著，〔清〕蔣清翊注，《王子安集注》附錄三，（上海古籍出版社，1995年版），頁75。

〔註67〕田宗堯：〈王勃年譜〉，《大陸雜誌》，第三十卷第十二期，頁5～15。

〔註68〕駱祥發：《初唐四傑研究》，（北京：東方出版社，1993年，九月），頁78～109。

〔註69〕王氣中〈王勃〉，《中國古代著名文學家》，（濟南：山東教育出版社，1986年），頁187～188。

〔註70〕陸侃如、馮沅君：《中國詩史》中冊，（人民文學出版社，1983年），頁414。

〔註71〕岑仲勉〈王勃疑年〉，《唐詩質疑》，《唐人行第錄》（外三種），（上海：上海古籍出版社，1978年），頁356～358。

〔註72〕張志烈〈王勃雜考〉，四川大學學報，1983年第二期，頁70～78。

〔註73〕同註5。

〔註74〕聞一多著：《唐詩大系》，《聞一多全集》第四冊，（北京：三聯書店，1982年），頁168。

〔註75〕劉開揚著：《初唐四傑及其詩》，《唐詩論文集》，（上海：上海古籍出版社，1979年），頁1～25。

〔註76〕游國恩等主編：《中國文學史》，（臺北：五南圖書出版公司，1990年），頁405。

〔註77〕王士菁著：《唐代文學史略》，（長沙：湖南師範大學出版社，1992年），頁62。

〔註78〕中國社科院文學研究所編：《中國文學史》，（人民文學出版社，1985

79〕等，均以楊炯〈王子安集序〉：「春秋二十有八，皇唐上元三年秋八月」〔註80〕爲依據，推論其生卒年爲太宗貞觀二十三年（西元649）至高宗上元三年（西元676）。另有一說，劉大杰《中國文學發展史》〔註81〕、姚乃文〈王勃生卒年考變——兼與何林天商榷〉〔註82〕，據王勃〈春思賦序〉載「咸亨二年，余春秋二十有二」爲生年依據，推論卒年，則其生卒年爲唐高宗永徽元年（西元650）至唐高宗儀鳳二年（西元677）。

（四）享年二十九

鄭振鐸《插圖本中國文學史》〔註83〕以王勃之生卒年爲唐太宗貞觀二十一年（西元647）至唐高宗上元二年（西元675）；鄭賓于《中國文學流變史》〔註84〕則以唐太宗貞觀二十二年（西元648）至唐高宗上元二年（西元675）爲生卒年。

（五）享年三十五

何林天〈論王勃〉〔註85〕中，依《王子安集》的〈與契苾將軍書〉、〈游冀州韓家園序〉、〈三月上祀祓禊序〉三篇序文寫成於西元六七七至六八三年，以及羅振玉抄自日本的《王勃佚文集》附錄中，其族翁王承烈的致祭文寫成於文明元年八月，推論王勃之生卒年爲唐高宗永徽元年（西元650）至文明元年（西元684）。

年），頁397。

〔註79〕王天海〈王勃生卒年與籍貫考辨〉，貴州民族學院學報（社會科學版），1994年第一期，頁48～50。

〔註80〕同註5，頁34。

〔註81〕劉大杰著：《中國文學發展史》，（臺北：華正書局有限公司，2003年9月），頁482。

〔註82〕姚乃文〈王勃生卒年考變——兼與何林天商榷〉，《晉陽學刊》，1982年第二期，頁93～96。

〔註83〕鄭振鐸：《插圖本中國文學史》上冊，（北京：北京出版社，1999年），頁284。

〔註84〕鄭賓于：《中國文學流變史》，（中州古籍出版社，1980年），頁22～56。

〔註85〕何林天〈論王勃〉，《晉陽學刊》，1983年第二期，頁94～99。

　　綜合以上各家之說，可知王勃生年介於唐太宗貞觀二十一年（西元 647）至唐高總永徽元年（西元 650）年間，卒年之推斷，除何林天主張爲文明元年，享年三十五歲之外，其餘多以爲王勃卒於唐高宗上元二年（西元 675）至儀鳳二年（西元 677）間，享年二十六至二十九。姚乃文於〈王勃生卒年考辨——兼與何林天同志商榷〉中，以爲何氏論說所依據之文有待商榷，其〈與契苾將軍書〉乃爲編次王集者，錯將此篇攔入王勃集中，而〈游冀州韓家園序〉中的「調露元年」實爲「上元元年」，〈三月上祀袚禊序〉一文中的「永淳二年」應爲「總章二年」，王承烈所寫的致祭文，則應爲王勃遺體遷葬絳州龍門後，才爲文致祭。〔註86〕徐俊亦從此，蔣清翊《王子安集注》凡例中亦說明編注時「摘其謬而仍存之」的態度，主張〈與契苾將軍書〉、〈三月上祀袚禊序〉二詩乃誤入子安集。〔註87〕

　　以楊炯〈王子安集序〉爲正確計年而推算王勃生年者，如王天海，主張王勃生於貞觀二十三年，卒於高宗上元三年，即西元六四九至六七六年。認爲古人雖以周歲計年，但或有按周歲計算，有時或舉其成數〔註88〕，因此王勃〈春思賦序〉中「咸亨二年，余春秋二十有二」指的是二十二周歲，故據此上推，〈春思賦序〉所言王勃生年則與楊序吻合。但劉汝霖〈王子安年譜〉、徐俊〈王勃行年辨正〉皆以爲楊炯〈王子安集序〉所載有誤，而從〈春思賦序〉之說，並加以考證，舉反證駁斥。

　　徐俊以爲，隋唐年間，人多以年初增歲，出生即爲一歲，往後每到新年則增一歲，即所謂虛歲，唐初至中晚唐一直通行虛齡計歲，

〔註86〕姚乃文〈王勃生卒年考辨——兼與何林天同志商榷〉，《晉陽學刊》，1984 年第二期，頁 93～96。

〔註87〕徐俊〈王勃行年辨正〉，《文史》，第二七輯，1986 年 12 月，頁 330。

〔註88〕例證如李白〈上韓荊州書〉、〈安陸白兆山桃花岩寄劉侍御綰〉中「三十」之說乃舉其成數；白居易〈生別離〉詩「未年三十」乃指周歲而言。（參見王天海〈王勃生卒年與籍貫考辨〉，《貴州民族學院學報（社會科學版）》，1994 年第一期，頁 49。）

〔註89〕王勃〈春思賦序〉計歲方法正與此同。此外，楊序云王勃「年十有四」時「太常伯劉公巡行風俗」，太常伯劉公指的是太常伯劉祥道，據《舊唐書‧高宗紀》記載，司刑太常伯劉祥道分行天下之時間爲高宗龍朔三年（西元663），此時王勃年十四，與王勃自稱咸亨二年（西元 671）春秋二十有二相合。第三，王勃入蜀時間爲總章二年（西元 669）下半年至咸亨二年（西元 671）下半年，期間曾與盧照鄰、邵大震遊玄武山，並作有〈蜀中九日〉、〈出境遊山〉、〈盧照鄰九月九日玄武山旅跳〉等詩，其〈遊玄武山廟序〉言其「有生二十載」，若以總章二年推算，則生年爲高宗永徽元年（西元 650），若往後一、二年推，則其年歲更減，距史載王勃卒年二十八、二十九則相去更遠，故而推論王勃生年爲唐高宗永徽元年較符合記載。

至於王勃卒年，劉汝霖取儀鳳元年（西元 676），而徐俊考辨：以爲《舊唐書》所載的上元二年，並非王勃渡南海墜水而卒的時間，而是南下省父，逗留南海的時間；又依《新唐書》中「悸而卒」的記載，以爲王勃渡海溺水獲救後，可能是過了一段時期，終因驚悸成疾而死。故楊序所言，王勃卒於上元三年相當可信，上元三年即儀鳳元年，是年十一月下召改元，楊序當作於改元之後，但因上元三年改元之後所作之文，仍稱上元三年者，亦不乏其例，故王勃之卒年，是高宗上元三年或儀鳳元年，由於史料不足，故尚未可確定，但若以西元計年，則當於西元六七六年無疑。

由於本論文以王勃季節詩作爲主要研究範疇，故對於王勃生卒行年之疑，僅就目前已有之古籍資料與各家研究整理以觀，乃依徐俊、劉汝霖等說法，採用王勃生於唐高宗永徽元年，卒於唐高宗上元三年之說，並於下文略作生平論述，詳細考證則留待後學深入研究。

〔註89〕例證如王通《中說》附錄〈文中子世家〉、〈錄關子明事〉、元稹〈唐故越州刺史兼御史中丞浙江東道觀察等使贈左散騎侍河東薛公神道碑文銘〉（參見徐俊〈王勃行年辨正〉，《文史》，第二七輯，1986 年12 月，頁 327～329。）

二、王勃生平傳略

王勃（650～676），字子安，先祖爲太原祈人，後移居絳州龍門（今山西河津），王勃即出生於龍門，爲唐高宗、武后時期著名才子，素被推爲「初唐四傑」之冠。

祖父王通爲隋末碩儒，曾爲隨蜀王侍讀，後講學於河汾，聲名烜嚇。《舊唐書·王勃傳》載：

> 祖通，隋屬郡司戶書佐。大業沒，棄官歸，以著書講學爲業。依《春秋》體例，自穫麟後，歷秦漢至於後魏，著紀年之書，謂之《元經》。又依《孔子家語》、揚雄《法言》例，爲客主對答之說，號爲《中說》。皆爲儒士所稱。義寧元年卒，門人薛收等相與議諡曰「文中子」。〔註90〕

叔祖王績爲隋末唐初自然詩派著名的隱逸詩人，一生不求仕進，歸隱山林，以詩酒自娛，其詩風格清新，反映田園生活與閒適心情，開有唐一帶山水田園詩之先河。

其父王福畤，曾任太常博士、雍州司功、交阯與六合二縣令，齊、澤二州長史。雖無父親聞名，但爲人剛直清節，楊炯讚爲「綜六藝以成能，兼百行而爲德〔註91〕」，曾撰寫《王氏家語雜錄》。

有關其家系祖德，依王勃〈倬彼我係〉詩中可窺脈絡：

> 倬彼我系，出自有周。分疆錫社，派別支流。
> 居衛仕宋，臣嬴相劉。迺武迺文，或公或侯。
> 晉曆崩坼，衣冠擾弊。粵自太原，播徂江澨。
> 禮喪賢隱，時屯道閉。王室如燬，生人多殰。
> 伊我有器，思逢其主。自東旋西，擇木開宇。
> 田彼河曲，家乎汾浦。天未厭亂，吾將誰輔。
> 伊我祖德，思濟九埏。不常厥所，於茲五遷。
> 欲及時也，夫豈願屈。其位雖屈，其言則傳。

〔註90〕〔後晉〕劉昫等撰：百納本二十四史《舊唐書·王勃傳》，列傳卷第一百四十上，文苑上，（臺北市：臺灣商務印書館，2010年9月），頁16～1441。
〔註91〕楊炯〈王子安集序〉，同註5，頁30。

爰述帝制，大蒐王道。曰天曰人，是祖是考。

禮樂鹹若，詩書具草。貽厥孫謀，永爲家寶。〔註92〕

此詩述說其先祖自周至漢三朝皆曾爲官，於政治、學術皆有所功，至晉因逢亂，五遷至汾浦，此後仍以詩禮傳家，著書立言，家世學問淵博。

王勃幼承家學，集王通、王績之長，爲學者亦爲詩人，其父之友杜易簡稱其與兄王勔、王勮爲「王氏三珠樹」〔註93〕。楊炯〈王子安集序〉云：

君之生也，含章是托。神何由降，星辰奇偉之精；明何由初，家國賢才之運。性非外獎，智乃自然。孝本乎未名，人應乎初識。器業之敏，先乎就博。九歲讀顏氏《漢書》，撰《指瑕》十卷。十歲包綜六經，成乎期月，懸然天得，自符音訓。時師百年之學，旬日兼之；昔人千載之機，立談可見。居難則易，在塞咸通，於術無所滯，於辭無所假。〔註94〕

由此可見其推崇之極，讚譽其早年即具超人奇才。而近人駱祥發亦評：

王勃這顆文學新星，能夠在夜空中迅速升起，而且發射出燦爛耀目的光采，這和他這種厚實的家學淵源是分不開的。〔註95〕

正如上所言，王勃六歲能文，九歲讀貞觀大儒顏師古所注《漢書》，可指其書中之誤而作《漢書注指瑕》十卷，博學多才，能詩能文，才華卓絕，經學造詣深厚。

〔註92〕同註5，頁59。

〔註93〕《舊唐書·文苑傳》載：「勃六歲解屬文，構思無滯，詞情英邁，與兄勔、勮，才藻相類，父友杜易簡常稱之曰：『此王氏三株樹也』。」（〔後晉〕劉昫等撰：百納本二十四史《舊唐書·楊炯傳》，列傳卷第一百四十上，文苑上，臺北市：臺灣商務印書館，2010年9月，頁16～1441。）

〔註94〕楊炯〈王子安集序〉，同註5，頁30、31。

〔註95〕駱祥發：《初唐四傑研究》，（北京：東方出版社，1993年9月第一版），頁80。

十、十一歲時，勃曾於長安從曹元學《易》及醫理，十五月而畢，
作《黃帝八十一難經・序》，於序中自謂：

> 勃養於慈父之手，每承過庭之訓曰：『人子不知醫，古人以
> 爲不孝』。〔註96〕

曹元授《周易章句》與《黃帝素問難經》，謂其「不可妄宣」、「不可
妄傳」，「勃授命伏習，五年於茲」。

龍朔三年，勃年十四，太常伯劉祥道巡行風俗，見而異之曰：「此
神童也」。〔註97〕後來王勃上書與當時已爲右相的劉祥道議論朝政得
失，乾封元年（西元 666），詔開幽素科考，遂受薦舉及第出仕，授
朝散郎一職，接著又因得沛王賞賜召爲侍讀，奉教撰《平臺鈔略》十
篇，年少出仕而受重用，極爲風發得意。

關於劉祥道「巡行關內（風俗）」、王勃「上書自呈」與「應舉及
第」的時間，各典籍資料所載有所出入，因而學者論說互異。

楊炯〈王子安集序〉載曰：

> 年十有四，時譽斯歸。太常伯劉公巡行風俗，見而異之曰：
> 此神童也。〔註98〕

此處楊炯所言之「劉公」爲太常伯劉祥道，劉祥道等人「巡行」的時
間，據《舊唐書・高宗紀》記載是爲龍朔三年秋（西元 663 年）八月。
〔註99〕然《唐書・王勃傳》、《唐才子傳》皆載其時爲麟德初年（西元
664 年），勃上書自呈而被表薦於朝。《唐書・王勃傳》言：

> 麟德初，劉祥道巡行關內，勃上書自呈，祥道表於朝，對

〔註96〕參見宋滌姬：《王勃文學述論》，國立中山大學中國文學研究所碩士
　　　　論文，1999 年 5 月，頁 7。與駱祥發：《初唐四傑研究》，（北京：東
　　　　方出版社，1993 年 9 月第一版，頁 82～83）

〔註97〕楊炯〈王子安集序〉，同註 5，頁 31。

〔註98〕楊炯〈王子安集序〉，同註 5，頁 31。

〔註99〕《舊唐書・高宗紀》：「命司元太常伯竇德玄、司刑太常伯劉祥道等
　　　　九人爲持節大使，分行天下。仍令內外官五品以上各舉所知。」（〔後
　　　　晉〕劉昫等撰：百納本二十四史《舊唐書・高宗紀》，列傳卷第一百
　　　　四十上，文苑上，臺北市：臺灣商務印書館，2010 年 9 月，頁 16～
　　　　45。）

策高第。年未及冠，授朝散郎。〔註100〕

但依清姚大榮〈王子安年譜〉考證，劉祥道於德麟元年八月「以司列太常伯」遷爲右相，巡行關內：

> 麟德元年甲子，八月丁亥，以司列太常伯劉祥道爲右相，巡行關內，十二月，坐與上官儀善，罷政事，爲司禮太常伯。〔註101〕

徐俊〈王勃行年辨正〉中對此做一探討，查考新、舊《唐書》之高宗紀、劉祥道傳，唯見麟德元年八月劉祥道兼右相之事，並無巡行關內之記載，但《資治通鑑》卷二〇一中卻有記載，龍朔三年（六六三）「秋，八月……遣司元太常伯竇德玄等分詣十道，問人疾苦，黜陟官吏」，因此推論劉祥道等巡行風俗，是爲龍朔三年，勃時年十四，而王勃「上書自呈」的時間，並非劉祥道巡行關內，乃爲隔年麟德元年（西元664）八到十二月劉祥道爲右相期間，勃時年十五。〔註102〕

　　另，有關王勃應舉及第的時間，一說主張「年十四，應舉及第，授朝散郎」，即以爲王勃十四歲時，聲名大噪，應舉後任官，拜爲朝散郎，如楊炯《王子安集序》、《新唐書》、《唐才子傳》均從此。另一說主張「年未弱冠，應幽素及第」，即以爲王勃乃二十歲之前，應幽素科考而及第拜官，如《舊唐書》、姚大榮《王子安年譜》、徐松《登科記考》均載。

　　對此，據徐俊〈王勃行年辨正〉一文辨證之結果有三：其一，查考認爲，王勃年十四時爲龍朔三年（六六三），但據史料《文獻通考》

〔註100〕藝文印書館：《唐書・王勃傳》，二十五史唐書，列傳第一百二十六，文藝上，（臺北市：藝文印書館編），頁2289；《唐才子傳》載：「麟德初，劉祥道表其材，對策高第。未及冠，受朝散郎。」（〔元〕辛文房著，戴揚本注譯：《新譯唐才子傳》，臺北市：三民出版社，2005年9月，頁19。）

〔註101〕〔清〕姚大榮〈王子安年譜〉，《惜道味齋集》，傅斯年圖書館善本書室。

〔註102〕徐俊：〈王勃行年辨正〉，《文史》，第二十七輯，1986年12月，頁327～332。

卷二九《選舉》二、《登科記考》，是年無貢舉，也無召開幽素科事，故無從應舉。其次，細查王勃於龍朔三年（西元 663）至乾封元年（西元 666）的文章，《上劉右相書》、《上皇甫常伯啓》、《乾元殿頌》等資料內容與成文、史事時間相佐證，觀其文，字裡行間皆透露其年少求仕之心，若此時已及第授朝散郎，則無需寄望由皇甫常伯來「導江入海」。故王勃當於麟德二年（西元 665），年十六後應舉即第。最後，王勃的確是應幽素科及第無疑，依《舊唐書・高宗紀》、《冊府元龜》卷六四五貢舉部之記載，龍朔三年八月時，確有詔內外五品以上之官，各舉嚴藪幽素之士的事情，王勃亦在此表薦之列，但是年並未開科，而爲乾封元年方詔開幽素科。故王勃「年十有四，時譽斯歸」，主因是爲劉祥道巡行風俗，見王勃而異之，讚爲神童。雖劉祥道薦舉王勃之時是爲龍朔三年，勃十四歲，而王勃眞正應舉及第，實乃三年後的乾封元年，年十七。

　　大抵王勃生平可分兩階段，召至沛王府之前期與後期。召至沛王府之前，年十四即聲名大噪，年十七應舉即第，意氣風發，年未二十而仕，看似官途正遂，然及第後不久，受召至沛王府侍讀，卻因一次諸王鬥雞的場合，戲作〈檄英王雞文〉，觸怒高宗，被斥逐出府，此後仕宦之途大起大落，載浮載乘。

　　唐人有鬥雞風俗，上層貴族子弟尤愛，諸王間也以鬥雞取樂，陳鴻〈東城父老傳〉言，時習爲了鬥雞：「諸王世家、外戚、貴主家、侯家，傾帑破產市雞。」〔註103〕是風之盛，可見一斑。沛王李賢與英王李哲鬥雞當時，雙方幕僚皆前來助威，王勃爲沛王府門下，因見此景，進而觸動文人靈感，戲作〈檄英王雞文〉。檄文是爲軍事征討時所發用以激勵士氣之文，而唐皇自開國之初，諸子間皆爲爭奪王位，相互攻訐傾軋，太宗時即發動玄武門之變，殺其兄建成、其弟元吉而得政權，高宗李治亦歷經激烈鬥爭主政爲王，王勃此文觸發上層

〔註103〕陳鴻：〈東城父老傳〉。（魯迅、周樹人、程小銘、袁政謙、邱瑞祥譯：《唐宋傳奇集全譯》，貴陽市：貴州人民出版社，2009 年。）

統治階層間爭權奪利的緊張敏感問題，使高宗怒不可遏，以為「交構之漸」，立即下詔廢官，斥逐出府。

由於詩歌創作乃出於詩人所處之環境、心境變化，故詩歌的分期大抵是依詩人經歷事件時之心理反應，而表現於作品，形成不同之特色風格。此事之後，王勃出長安，於總章二年（西元 669）入蜀，於是漂游巴蜀、西南。蜀地物產富饒，景色秀麗，王勃官場失意，對人生感觸深刻，飽覽盛景之餘，寫下了許多與前期不同之佳作，多半為抒發仕途挫折、生活體驗、山川感召、與朋友間的酬唱、仕途艱難之歎、思鄉情懷等，含蓄深刻，意境大開。

咸亨二年（西元 671），秋返長安後，正遇裴行儉、李敬玄同典選事，聽聞王勃文采之名而數次召用，但王勃恥以文才受召，為文述志，觸怒裴行儉，因而被斥「才名有之，爵路蓋寡」。〔註104〕

不久，聽聞虢洲多藥草，參選而補為虢州（今河南靈寶縣）參軍，因才高而倚才陵藉，為僚吏共嫉，又因官奴曹達抵罪，王勃藏匿於其所，懼事洩露，輒殺之滅口，事發後死罪入獄，幸逢唐高宗上元元年八月改元大赦，得免官出獄，但從此除去功名〔註105〕，其父王福畤亦受累由雍州司公參軍貶為交趾（今越南境，唐屬嶺南道交州）令。

看破人情世態炎涼，王勃於其〈冬日羈游汾陰宋偉少府入洛序〉自述云：

> 詩書拓落，羽翮摧頹，朝廷無立錐之處，丘緣有括囊之所。……倍切窮途，撫形骸而何託。……〔註106〕

此事後第二年，雖遇赦出獄，朝廷復其原職，但王勃「棄官沉跡，就

〔註104〕徐俊〈初唐「四傑之冠」王勃〉，《文史知識》，1985 年，第二輯，第四十四期，1985 年 2 月，頁81～85。

〔註105〕《舊唐書·王勃傳》：「勃恃才傲物，為同僚所嫉。有官奴曹達犯罪，勃匿之，又懼事洩，乃殺達以塞口。事發，當誅，會赦除名。」（〔後晉〕劉昫等撰：百納本二十四史《舊唐書》，列傳卷第一百四十上，文苑上，臺北市：臺灣商務印書館，2010 年 9 月，頁 16～1441。）

〔註106〕王勃〈冬日羈游汾陰宋韋少府入洛序〉，同註5，頁 120。

養於交趾」〔註107〕，於此間完成了祖父王通《續書》所闕十六篇的補闕，刊爲二十五卷，並撰《周易發揮》五卷、《唐家千歲曆》、《合論》十篇、《百里昌言》十八篇，及大量詩文作品，不朽名作〈滕王閣序〉、〈滕王閣詩〉即作於此時期。

王勃不論文才、文采皆超眾非凡，博覽詩書，惜英年早逝，無以安享天年。《舊唐書・王勃傳》則記載：

> 上元二年，勃往交趾省父，道出江中，爲〈採蓮賦〉見意，
> 其詞甚美。渡南海，墜水而卒，時年二十八。〔註108〕

而《唐書・王勃傳》言：

> 渡海溺水，悸而卒，年二十九〔註109〕

以兩《唐書》所載，一般學者皆主張王勃死因與溺水相關，《新唐書》中補了「悸而卒」的記載，而王勃年歲則由二十八改爲二十九，故徐俊據以推言，王勃渡海溺水獲救後，可能是過了一段時期，終因驚悸成疾而死；對此，何林天則以爲，王勃安然渡過南海，其眞正死因則爲「自沒」。〔註110〕

無論眾說如何，可確知的是，王勃一生短暫，才華洋溢，宦海浮沉，年壽不永，而其文學創作致力於形式與風格的開拓與轉變，就詩作形式而言，兼包四、五、七言之歌行、絕句與律體，就詩之內容題材、風格主題，較當時文壇開闊創新，對唐詩發展卓具貢獻，惜英年早逝。正如駱祥發所言「一顆文壇巨星，正當它光芒四射的時候，突然殞落了」，「不能不說是中國文學史上的損失」。

〔註107〕楊炯〈王子安集序〉，同註5，頁30。
〔註108〕〔後晉〕劉昫等撰：百納本二十四史《舊唐書・楊炯傳》，列傳卷第一百四十上，文苑上，（臺北市：臺灣商務印書館，2010年9月），頁16～1441。
〔註109〕藝文印書館：《唐書・王勃傳》，二十五史唐書，列傳第一百二十六，文藝上，（藝文印書館編），頁2289。
〔註110〕何林天：〈王勃之死新證〉，《晉陽學刊》，1994年第二期，頁90～91。

第三章　春詩與春情

　　地球公轉而成四季，自轉而爲晝夜，人類生活於此自然秩序之時空，無法脫離而獨立存在，在時空之行進與推移下生活，人與自然時空相互融合，對於自然界萬物之個別存在，或交叉相衍相生等無盡現象，必然有所觀察，因物之成理相類於人、事、物之規律而生通感，既有所感必有相應、有體悟，故訴之於文與成論，或寫景，或狀物，或批判，或抒情。於詩，則無論自然山川，人文風貌，物色風光，敘情說理，皆囊括於時空之下，詩人傳達情意不離時空意識，因此黃永武《中國詩學・設計篇》云：

> 研究詩的時空設計，在中國詩歌裡特別重要，因爲詩的素材，不外時、空、情、理。中國詩裡的理，是一種「別趣」；中國詩裡的情，往往高度複雜而縱衡勾貫於時空之中，藉著自然時空的推移而忽隱忽現。人與自然時空是那樣奇妙的融合無間，情感與哲理，不喜歡脫離時空景象，去作純粹的摹情說理，每每透過時空實像的交互映射予以形象化。因此可以說，時空設計，是中國詩裡最重要的環節。〔註1〕

中國古典詩歌中，時空之設計便成爲詩歌美學中重要的研究領域。

　　時空之中，「時序」之四季更替循環，隨序變化，影響景物更替、

_____

〔註 1〕黃永武：《中國詩學・設計篇》，（臺北：巨流出版社，1976 年 8 月），頁 43。

生物生息，在改換自然風貌變動之際，最易觸動目視耳聞，感人心智，詩人之感覺與觀察更為靈敏銳利，應物之動而起詩人情懷，因內心悸動，發為沉思吟詠。如陸機〈文賦〉曰：

> 尊四時以嘆逝，瞻萬物而思紛。
> 悲落葉於勁秋，喜柔條於芳春。
> 心懍懍以懷霜，志眇眇而臨雲。
> 詠世德之駿烈，誦先人之清芬。〔註2〕

是以「季節」雖不是「物象」，然卻藉「物象」組合與變化使人得以感知，詩人觀物而感，思及自身生命情境，或生機盎然，奮發昂揚，或人事滄桑而觸景傷懷，此情此景，尤以四季變換之際尤著。劉勰《文心雕龍》云：

> 人稟七情，應物思感，感物吟志，莫非自然。（〈明詩〉）〔註3〕
> 歲有其物，物有其容，情以物遷，詞以情發，一葉且或迎意，蟲聲有足引心。（〈物色〉）〔註4〕

又如龔鵬程《春夏秋冬——中國古典詩歌中的季節》言：

> 詩人自我心靈的波動，與自然景觀關係至為密切。……人為是特殊的變異，自然四季間時序的更替，才更足以喚起人們對生死悲歡的重新體認與咀嚼。〔註5〕

因而劉勰《文心雕龍·物色篇》又說：

> 是以獻歲發春，悅豫之情暢；滔滔孟夏，鬱陶之心凝；天高氣清，陰沉之志遠；散雪無垠，矜肅之慮深；歲有其物，物有其容；情似物牽，辭以情發。〔註6〕

〔註2〕〔梁〕昭明太子撰，〔唐〕李善注：《昭明文選》，（臺北市：文化圖書公司，1995年3月），頁224。

〔註3〕〔梁〕劉勰著，〔清〕范文瀾註：《文心雕龍注》，（臺北：學海出版社，1988年3月），頁65。

〔註4〕同前註，頁693。

〔註5〕龔鵬程：《春夏秋冬——中國古典詩歌中的季節》，（臺北：故鄉出版社有限公司，1979年4月），頁26、27。

〔註6〕〔梁〕劉勰著，〔清〕范文瀾註：《文心雕龍注》，（臺北：學海出版社，1988年3月），頁693。

四季容顏好比人生舞台反覆上演之背景氣氛，是故，中國古典詩歌中，無論何種題材，詩人多透過「季節」與生命事件結合，季節感知便形成中國詩歌傳達時空意識時最主要的素材。

由於詩人對意象的選擇與喜好，是其自身過去有關感受及知覺經驗，在心中的復現與回憶，因而對比和統計詩歌意象詞種類，及復現次數概率（復現率），可幫助尋找詩人情感主要歸宿，反之，藉由意象詞種類、復現意象詞之歸納統計，亦有助於推知、統整詩人表達詩情時大多使用的意象意涵。

使用統計之方法〔註7〕，可從典型材料之篩選調查中抽出一般性原則，就此歸納出之原則，得出一般或特殊偏向，或發現某種問題，進而探討出某類結論。對大類（季節、天文、地理、動物、植物、人物等）意象作「泛稱」、「特稱」意象之統計、對比等，亦可將得之於部分材料之原則，放入任意選定之具體環境中去驗證，幫助證實對一些常見材料的印象所推演出之假說，例如唐詩中寫季節多為「春」、「秋」之假說，可選取斷代總集所收錄之作品，大如《全唐詩》、小如《唐詩三百首》等，或此時代、此一體裁詩作數量可觀、集大成之代表作家作品，如杜甫、李白、白居易、王維、王勃等詩作，對其中春、夏、秋、冬詩所占數量統計，以作印證。

本章即以王勃詩作意象之複現率作為研究主軸，而多次且持續出現者，兼採以上二種方法，進行意象之探討。又，初唐為唐代開國強盛時期，在政治環境特殊背景的影響下，形成許多奉和應制之詩，王勃詩中奉和應制類型的詩作亦皆應節令之作，或圖奉和，或因節令感懷而發，不論是歌詠華貴富麗的宮殿、高舉帝國的強盛，或唱和節慶時的人文活動、習俗等，這類詩作意象的選用，受人文因素的影響較高，而與一般季節詩的意象使用情形不同，故另立一節察究此現象，以期得出較客觀的結果。

〔註7〕　參見陳植鍔：《詩歌意象論》，（北京：中國社會科學出版社，1990年8月），頁235。

第一節　春意象詩及意象詞的歸納統計

　　春之時令，農民們開始忙碌耕耘，人們立下新年新期許，爲一年之始努力奮鬥，作個好兆頭。《逸周書・時訓解》：

> 立春之日，東風解凍，又五日蟄蟲始振，又五日魚上冰。……
>
> 雨水之日，獺祭魚，又五日鴻鴈來，又五日草木萌動。……
>
> 驚蟄之日，桃始華，又五日倉更鳴，又五日鷹化爲鳩。……
>
> 春分之日，玄鳥至，又五日雷乃發聲，又五日始電。……
>
> 清明之日，桐使華，又五日田鼠化爲駕，又五日虹始見。……
>
> 穀雨之日，萍始生，又五日鳴鳩縛其羽，又五日戴勝降於桑。……〔註8〕

可知春天豐富之大地與動植物變化，詩人們正是透過各類的物象，而覺察季節輕巧挪移的腳步，故由詩歌中呈現之意象，亦可重現四季氣息。一般表達季節之意象約有三大類：

> 第一類　植物類，如柳、梅、蘭、桃、李、桂、密葉、碧樹、垂藤、落花及花香。
>
> 第二類　動物類，如鳥、雁、鷹、蝶、燕、蜂、鸚、黃鸝……
>
> 第三類　天象及其他類，如冰、雨露、雪、春水、春暉麗日、佳氣、淑氣、凱風、風暖、雲、煙……。〔註9〕

然王勃詩寫季節，幾乎全以「春、秋」兩個季節字眼直接表現，故本文分析詩作，先以四季意象字眼直接出現之詩與意象詞爲主，再以出現「四季感」字眼之物象，及與季節時令相關之詩作，統整歸納後，觀察四季於詩人所有詩作所佔頻率、比例，以及呈現出之特殊現象，整體或個別概況，進而分析詩人於「季節感」的文學表現及喜好，一窺季節物色與詩人詩情流露之關聯，綜合論述詩人生命歷程與情志之

〔註8〕〔清〕朱又增著，王雲五主編：《逸周書集訓校釋・時訓》卷六，（臺北市：臺灣商務印書館，1971 年 11 月），頁 87。

〔註9〕「此三類意象可說爲詩歌中，各類題材最基本意象」。見凌欣欣：《初唐詩歌中季節之研究》，中國文化大學中國文學研究所碩士論文，1986 年 6 月，頁 43。

展現，以及詩人性格與創作風格。

一、春意象詩的歸納統計

王勃詩的季節意象，以「春」、「秋」意象詩爲主，「夏」意象詩無〔註10〕，「冬」意象詩一首〔註11〕，無法成類，故於此不論。本文選詩的統計原則如下：

第一類：詩句中出現「春」、「秋」字眼者，含詩題、詩句同具「春」或同具「秋」者。

第二類：僅詩題中出現「春」、「秋」字眼，詩句中不見其字眼者。

第三類；於春季、秋季節令時應制或節令民俗活動感懷而作者。

第四類；詩題、詩句中雖無「春」、「秋」字眼，但透過詩題或詩中物象（植物、動物、天象及其他）描摹而有明顯「季節感」者。

以上選詩，同首詩中若有重複出現者，均以一次計；同首詩中，詩題、詩句同時具「春」或同時具「秋」重複者，以一次計；若於以上分類中詩作有重複者，以一次計。

另由於初唐宮廷詩壇盛行「奉和應制」詩，文人常應特定節令、節日之制而參與聚會遊宴，對酒闊談，分韻賦詩，僅初唐此類詩作即超過七百多首〔註12〕，由王勃詩中亦可印證。王勃此類（即第三類）因應節令民俗的節令詩，亦僅有「春」、「秋」二季意象，故雖一併納入春意象詩、秋意象詩歸納統計，但另立一節分析。第四類詩，在此僅做分類概觀略述，其意象表現，則留待第三節探討季節意象意涵時，另就其詩句出現之意象字眼分類進行分析。

〔註10〕王勃〈易陽早發〉記遊一詩，表達行旅之艱辛。其「復此涼飆至，空山飛夜螢」句顯示時間爲春或春末夏初，此亦歸入春詩中研究。

〔註11〕王勃〈送爐主簿〉送別一詩，表達送友離情。其中「東嚴富松竹，歲暮幸同歸」二句提及冬日時間，全詩可參考論文後之附件二。

〔註12〕顏進雄：〈初唐奉和應制詩歌中的季節意象探析〉，《花蓮師院學報》，2003，十六期，頁91。

表一：「春」意象詩統計表

第一類：詩句中出現「春」字眼者，含詩題、詩句同具「春」者			
	詩　題	表現主題	詩　句	意象詞
1	春日宴樂遊園賦韻得接字	宴享（節令奉和）	神皋春望狹	春望
2	田家，三首之二	閒情（喜春）	酒勸後園春	後園春
3	臨高臺	記遊	綠樹搖春風　朱輪翠蓋不勝春東園桃李片時春	春風、春
4	江南弄	愛情（男女相思）	瑤軒金穀上春時	上春時
5	聖泉宴	宴享（夜景）	列籍俯春泉	春泉
6	仲春郊外	閒情（喜春）	魚戲水知春	春
7	郊興	閒情（喜春）	春日賦閒居	春日
8	郊園即事	閒情（喜春）	煙霞春早賞	春早
9	春日還郊	閒情（喜春）	花樹滿春田	春田
10	上巳浮江宴韻得遙字	宴享（節令奉和、悲春）	遽悲春望遠	春望
11	羈春	記遊（羈旅、懷鄉、愁苦、倦遊、悲春）	春事一朝歸	春事
12	林塘懷友	懷友	芳屏畫春草	春草
13	山扉夜坐	閒情	別似一家春	一家春
14	春遊	記遊（倦遊、愁思、悲春）	春淚倍成行	春淚
15	春園	閒情（喜春）	花柳一園春	一園春
16	林泉獨飲	閒情（喜春）	花柳遇時春	春
17	登城春望	閒情（春景、喜春）	何處不宜春	春
18	他鄉敘興	閒情	乘花落照春	春
19	早春野望	閒情	江曠春潮白	春潮
20	落花落	青樓女子處境	落花春正滿　春人歸不歸落花春已繁　春人春不顧	春滿、春繁、春人
21	＊出境遊山【題玄武山道君廟】，二首之一	記遊	元龜六代春	六代春

22	＊河陽橋代竇郎中佳人答楊中舍	愛情（應酬、春光）	那及春朝攜手度	春朝

第二類：僅詩題中出現「春」字眼，詩句中不見其字眼者

	詩　題	表現主題	詩　作
1	對酒（春園作）	閒情	狹水牽長鏡，高花送斷香。 繁鶯歌似曲，疏蝶舞成行。
2	春莊	閒情	山中蘭葉徑，城外李桃園。 豈知人事靜，不覺鳥聲喧。

第三類：於春季節令時應制或節令民俗活動感懷而作者

	詩　題	表現主題	詩　作
1	※春日宴樂遊園賦韻得接字	宴享（節令奉和、喜春）	帝裡寒光盡，神皋春望浹。 梅郊落晚英，柳甸驚初葉。 流水抽奇弄，崩雲灑芳牒。 清尊湛不空，暫喜平生接
2	上巳浮江宴韻得阯字	宴享（節令奉和）	披觀玉京路，駐賞金臺阯。 逸興懷九仙，良辰傾四美。 松吟白雲際，桂馥青溪裡。 別有江海心，日暮情何已。
3	※上巳浮江宴韻得遙字	宴享（節令感懷、悲春）	上巳年光促，中川興緒遙。 綠齊山葉滿，紅洩片花銷。 泉聲喧後澗，虹影照前橋。 遽悲春望遠，江路積波潮。
4	三月曲水宴得煙字	宴享（節令感懷）	彭澤官初去，河陽賦始傳。 田園歸舊國，詩酒間長筵。 列室窺丹洞，分樓瞰紫煙。 縈回互津渡，出沒控郊廛。 鳳琴調上客，龍轡儼群仙。 松石偏宜古，藤蘿不記年。 重簷交密樹，複磴擁危泉。 抗石晞南嶺，乘沙眇北川。 傅巖來築處，磻谿入釣前。 日斜真趣遠，幽思夢涼蟬。

	詩　　題	表現主題	詩　　作
	第四類：詩題、詩句中雖無「春」字眼，但透過詩題或詩中物象（植物、動物、天象及其他）描摹使用而有明顯「季節感」者		
1	易陽早發	記遊	復此涼飇至，空山飛夜螢。
2	贈李十四，四首之二	贈送	小徑偏宜草，空庭不厭花。
3	贈李十四，四首之三	贈送	亂竹開三徑，飛花滿四鄰。
4	贈李十四，四首之四	贈送	風筵調桂軫，月徑引藤杯。直當花院裡，書齋望曉開。

（＊表同首詩兼有「春」與「秋」；※表詩題重複）

　　如上表所列，詩句中出現「春」字眼的第一類詩，計二十二次（首），同詩重複以一次計，包括〈田家〉三首之二、〈臨高臺〉、〈江南弄〉、〈聖泉宴〉、〈郊興〉、〈郊園即事〉、〈上巳浮江宴韻得遙字〉、〈林塘懷友〉、〈山扉夜坐〉、〈林泉獨飲〉、〈他鄉敘興〉、〈落花落〉、〈出境遊山〉二首之一、〈河陽橋代竇郎中佳人答楊中舍〉等詩；還有以其詩題、詩句同時出現「春」者，包括〈春日宴樂遊園賦韻得接字〉、〈仲春郊外〉、〈春日還郊〉、〈羈春〉、〈春遊〉、〈春園〉、〈登城春望〉、〈早春野望〉，計八首。第二類詩，僅詩題以「春」爲名，而詩句中不見其字眼，以其他物象表現者，計兩首，〈對酒（春園作）〉、〈春莊〉二首。第三類，應春季、秋季節令之制，或因節令民俗活動感懷而作者，計有四首，包括〈春日宴樂遊園賦韻得接字〉、〈上巳浮江宴韻得阯字〉、〈上巳浮江宴韻得遙字〉、〈三月曲水宴得煙字〉等，其中〈春日宴樂遊園賦韻得接字〉、〈上巳浮江宴韻得遙字〉兩首與第一類重複。第四類詩題、詩句中雖無「春」字眼，但透過以上春秋季節的自然物象（植物、動物、天象及其他）描摹，而有明顯「季節感」者，計有〈易陽早發〉、〈贈李十四〉三首，共四首。故王勃八十三題一〇九首詩作〔註13〕中，

〔註13〕本論文選詩收〔清〕蔣清翊注《王子安集註》共分二十卷，收七十九題，九十五首詩全部（臺北市：大化書局，1977年5月，景印初

應春時而作、表達春天意象，及以春意象抒發各類主題情意者，共三
十首，所占比例爲百分之二十七，近其詩作的三分之一。

　　綜合詩人春天意象之使用，可分兩種形式，一爲「以物詠春」，
使用春季客觀物象交織成的觀感與印象，營造出對春天的基本意象；
另一表現形式則爲「以春表意」，即詩人以春天已形成之既定印象，
表達抒發某些主題、意念。

　　第一種形式爲，使用春季時空下之動態、靜態所呈現的物象，以
各種時空物象之動與靜的觀感、印象來營造，建構出對春天的基本意
象，即「以物詠春」。流露之心緒，即所謂「詩情」，爲春，則名「春
情」。如王勃〈春莊〉：

　　　　山中蘭葉徑，城外李桃園。

　　　　豈知人事靜，不覺鳥聲喧。〔註14〕

歌詠春日山莊景況，花葉遍地滿是，處處生機，因此氛圍而心寧神靜、
安心閒適到春日百鳥聲喧不覺，以「蘭」、「葉」、「李」、「桃」、「鳥聲」
等春日之景營造春天，形成生機蓬勃之意象，「小徑」、「花園」、「人
靜」、「事靜」建構此時悠閒安適之氛圍，最後以「喧鬧」之聲，反襯
內心之寧靜，因此所營構之春天爲生機、喜悅、閒適等意象，流露出
的是對春天之喜愛，爲快樂心情。類同此形式的作品尙有：

　　　　東園垂柳徑，西堰落花津。物色連三月，風光絕四鄰。

　　　　初晴山院裡，何處染嚣塵。鳥飛村覺曙，魚戲水知春。

　　　　（〈仲春郊外〉）〔註15〕

版）；加以〔明〕張燮輯《王子安集》爲十六卷，共七十七題，九十
一首中蔣本未見之〈盧照鄰和得樽字【附】〉、〈盧照鄰九月九日玄武
山旅眺【附】〉、〈邵大震九月九日玄武山旅眺【附】〉三首（〔唐〕王
勃著，〔明〕張燮輯，王雲五主編：《王子安集》，臺北：商務印書館，
1976 年 3 月，頁 29。）；與童養年所輯錄之《全唐詩續補遺》中所
補之〈隴西行〉十首、〈隴上行〉一首。（收於陳尙君校訂：《全唐詩
補編》，（北京：中華書局，1992 年 10 月），頁 330。）

〔註14〕同註 5，頁 69～70。
〔註15〕同註 5，頁 65。

閒情兼嘿嘿，攜杖赴巖泉。草綠縈新帶，榆青綴古錢。
魚床侵岸水，鳥路入山煙。還題平子賦，花樹滿春田。

（〈春日還郊〉）〔註16〕

狹水牽長鏡，高花送斷香。繁鶯歌似曲，疏蝶舞成行。

（〈對酒春園作〉）〔註17〕

「鳥飛」、「魚戲」、「魚侵岸水」、「鳥入山煙」、「繁鶯歌唱」、「疏蝶飛舞」等動物意象，勾織出春天裡動物也按耐不住伺伏而動的趣味，充滿著活潑、動感與喜悅的畫面；「垂柳」、「落花」、「草綠」、「榆青」、「花樹」、「春田」、「高花」等充滿鮮明色彩與新生、旺盛的植物意象，使柔柔春日增添幾許明亮清麗、充滿生命力的視覺效果；其他如「初晴」、「村覺曙」、「嘿嘿」、「巖泉」、「水」、「香」等意象亦帶來沁涼清新、芳香喜樂等視、聽、觸、嗅的感官享受，塑造處處生機的春日景致與閒趣。同以春日物象表達春之生機景況的又如：

山泉兩處晚，花柳一園春。
還持千日醉，共作百年人。（〈春園〉）〔註18〕
物外山川近，晴初景靄新。
芳郊花柳遍，何處不宜春。（〈登城春望〉）〔註19〕
綴葉歸煙晚，乘花落照春。
邊城琴酒處，俱是越鄉人。（〈他鄉敘興〉）〔註20〕

滿滿一園子的花柳，花香滿溢、遍地花柳的郊野，繁茂綴葉與片片春花，除了塑造出春日繽紛芬芳的植物意象外，更傳達了美景當前，琴酒悠悠的閒適人趣。

另一形式為，詩人以春天已形成之印象，即儲存於腦海、心理主觀或客觀之抽象概念（春之意涵），來表達抒發某些主題、意念，以

〔註16〕同註5，頁66。
〔註17〕同註5，頁66。
〔註18〕同註5，頁70。
〔註19〕同註5，頁70。
〔註20〕同註5，頁70。

春敘志抒情，以表露此主題心情爲主，「春」成爲詩人抒發主題情意的意象部件之一，加以其他意象部件，營構出整首詩之意境，此爲「以春表意」。如〈田家〉三首之二：

家住箕山下，門枕潁川濱。不知今有漢，爲言昔避秦。

琴伴前庭月，酒勸後園春。自得中林士，何泰上皇人。

〔註21〕

家門臨山傍水，「箕山」爲堯時高士許由歸隱山林之地，「潁川」爲許由歸隱前洗耳之水〔註22〕，頷聯「不知今有漢，爲言昔避秦」，乃陶潛〈桃花源〉中避亂歸隱、閒適樂居之事，「中林士」〔註23〕爲在野隱居之人，「上皇」指三皇之最先者伏羲，此詩以高士、隱者表達自身田家生活之心情，由「琴月相伴」、「后園酣飲」發抒詩人此時的閒適、喜悅，「後園春」一詞，使得滿山滿谷春天氣息之「生機蓬勃」意象浮現，爲歸隱田居之樂更添朝氣，此時春本具之生機意象，爲詩人用以表達歸隱田園之喜樂閒情。同以春之生機蓬勃與美好，以表現其他主題情意的，例如：

瑤軒金轂上春時，玉童仙女無見期。(〈江南弄〉)〔註24〕

判知秋夕帶啼還，那及春朝攜手度。(〈河陽橋代寶郎中佳人答楊中舍〉)〔註25〕

二詩之句，處處充滿著新生盼望與美好事物，而不禁令人賞心悅目的春天，一如愛情的美好喜悅般扣人心弦，蓬勃充滿生趣的美好春日，

〔註21〕同註5，頁61。

〔註22〕〔宋〕皇甫謐〈高士傳〉：「堯之讓許由也，由以告巢父，巢父曰：『汝何不藏汝形，藏汝光？若非吾友也。』擊其膺而下之。由悵然不自得，乃過清泠之水，洗其耳曰：『向聞貪言，負吾友矣！』遂去，終身不相見。見范之麟、吳庚舜主編：《全唐詩典故辭典（下）》，（湖北：湖北辭書出版社，1989年2月），頁2271。

〔註23〕《晉書·孝愍帝》第五卷：「是以漢濱之女，守潔白之志；中林之士，有純一之德。」（房喬撰：《晉書》，臺北市：臺灣商務印書館，1937年1月，頁40。）

〔註24〕同註5，頁63。

〔註25〕同註5，頁73。

正是品嚐愛情的時刻,卻又相聚無時,此時美好的春光,便成了對愛情的相思情意。除以春之生機的美與好入詩寫情外,亦有以春之思愁發抒心意的,如:

> 客心千里倦,春事一朝歸。
> 還傷北園裡,重見落花飛。(〈羈春〉)〔註26〕
>
> 客念紛無極,春淚倍成行。
> 今朝花樹下,不覺戀年光。(〈春遊〉)〔註27〕

以上二首詩題、詩句中皆點出春,但同樣是美好春日,卻在自身境遇的反襯下更覺孤苦孑然,濃濃春日卻因溶溶春怨而更添歸鄉思情,雖記春遊之行,實以託春思愁苦。同以春之思愁表達的尚有下一首詩:

> 落花飛,撩亂入中帷。落花春正滿,春人歸不歸。
> 落花度,氛氳繞高樹。落花春已繁,春人春不顧。
>
> (〈落花落〉)〔註28〕

王勃關注於社會上地位較弱勢者的生活,此詩寫青樓女子的心聲,在繁華的春光下落花飄飛、撩亂圍繞之姿態,一如青樓女子的年華老去,顯現高枝難再攀的傷感與情愁。

二、春意象詞的歸納統計

在春意象詩中,詩人王勃慣常使用何種意象詞,營構出春天的哪些姿態?表達哪些心情?以下試藉由春意象詞的歸納統計,觀察其意象規律。歸納王勃春意象詞的種類,是略參照其屬性特質,配合各詩內容之主旨,來歸納出同類物象詞。為分析與理解方便,有的物象附帶其形容一起概觀,物象複合詞若分屬兩類如花月、林塘等,則擇一,但色彩除外,此外,並試就其所對應之意象意涵(如表四),略述詩人情意,於下節分類其春意象詩大抵呈現之主題意涵。本文歸結王勃春意象如下(表二)所示。

〔註26〕同註5,頁69。
〔註27〕同註5,頁70。
〔註28〕同註5,頁72。

表二：春意象詞統計表

植　物　意　象		46
花	花叢、落花*4、花光（淫）、花開、花樹*2、高花、片花（銷）、飛花、花月、乘花、花柳*3	11
	落（晚）英、芳（郊）、丹萼、芳杜	4
	桂（馥）、梅、澤蘭、蘭氣、桃李（李桃）	5
草	禦溝草、草（徒）綠、草遍、草綠、春草	6
木	茂陵樹、綠樹、疊樹、柳甸、高樹、密樹	6
	松吟、松聲、垂柳、河柳、松竹、榆青	6
葉	初葉、垂葉、葉影（疏）、山葉滿、綴葉、綠葉、蘭葉、藤蘿	8
動　物　意　象		11
鳥	鳥飛、鳥路、鳥聲喧	3
	繁鶯（歌）、鴛鴦、鳳凰、鶯歌	4
魚	魚戲（水）、魚床侵岸水	2
蝶、蟲	疏蝶（舞）、涼蟬	2
天　文　、　地　理		48
天氣	雲：白雲、崩雲	2
	寒光、佳氣（帝鄉）、紫露、香煙、夕煙、煙霞、朝霞、山煙、靄新、歸煙、氛氳、初晴、晴初、雨、虹影、紫煙	15
	風：清風、風歸	2
日	照曜、朝日、落照、日斜	4
月	月明（如素）、明月、花月	3
水	流水、岸水、狹水、泉聲、後澗（喧）、山泉、江曠、波潮、危泉、北川、林塘	10
山、石土	斷山、青溪、山長、曉岫（清）、田園、丹洞、郊、松石、複磴、抗石、南嶺、乘沙、傅巖	12
其　　他		25
※顏色	朱輪、翠蓋（翠）、綠齊、紅洩（紅）、丹、素、青、紫露、紫煙、白雲	10
感官	嘿嘿、香飄、撩亂	3

人文（器物 、建築）	輪、翠蓋、龍轡、清尊、鳴琴、芳屏、仙杼、紅巾、綠尊、 茱萸幘	10
	帝裡、神皋、玉京路、金臺阯、東園*2、琴酒處、青臺、 西堰、前橋、長筵、重簷、津	12
春　字		20
	遇時春、春望、後園春、春風、上春時、春泉、春日、春 旦、春田、春事、春草、一家春、春淚、一園春、春潮、 春滿、春繁、春人、六代春、春朝	

　　以上春意象詞的選取歸納，乃自表一所選之春意象詩中，配合詩旨，選出可感知季節之各類意象詞，相同意象詞若重複出現，則以一次計，以下就上表分類之意象詞，對應詩作主旨，試略述其意象的表達意涵。

（一）植物意象詞

　　春的植物意象以花為多，「花叢」、「花開花落」、「花光（滢）」、「花樹」、「高花」、「片花（銷）」、「飛花」、「花月」、「乘花」、「花柳」、「落（晚）英」、「芳（郊）」、「丹萼」、「芳杜」，以花之叢密、生息、清透、鮮紅、芬芳、飛落、消逝形容春天，主要描摹花容花貌，營造春天生機蓬勃的繽紛景致。

　　特稱之花，如「梅」、「蘭」、「桃」、「李」等，於中華文化歷史傳承中，詩人、文人往往因其自然特性，而賦予獨特的人文精神和象徵意義，「梅」立於嚴寒之冬，故象徵人冷冽不屈之傲骨精神；「蘭花」風姿素雅，花容端莊，幽香清遠，故視為高潔典雅、愛國堅貞之高尚品德；「桃」、「李」因開放於春天，色艷蓬勃，生意盎然，故詠愛情神聖或生命勃發之情，而王勃春日詩中特稱之花包含「桂（馥）」、「梅」、「澤蘭」、「蘭氣」、「李桃（園）」等，僅以傳遞花之馥郁芳香、冷冽、光澤等自然性質，無象徵意義。

　　「茂陵樹」、「疊樹」、「高樹」、「綠樹」、「密樹」諸詞寫其茂密、層疊、高大、幽深；「松（吟）」、「松（聲）」、「垂柳」、「河柳」、「松竹」、

「榆青」、「柳甸」等，可見春日之樹種類繁多，如松之吟唱，乃因風起聲，而靜靜躺臥於河邊或田野之柳，和四季青綠之榆柳，有寧靜、閒適、舒懶、長青之感；「禦溝草」、「草（徒）綠」、「草遍」、「草綠」、「春草」，或者寫草色，或草的生長形態，也有以春伴草者，大抵樹、草於春日，呈現出明亮、朝氣、一片青綠、生命力之感；葉於春詩中所扮演之角色有「初葉」、「垂葉」、「葉影疏」、「山葉滿」、「綴葉」、「綠葉」、「蘭葉」，展現新生、孤落、繽紛、鮮明、幽香之味等意涵。

　　春詩中，王勃以大量植物描寫春天之景，植物以時節代表的種類為主，花為重，次為樹，再為草，最後為葉，顏色青綠、鮮紅，植物無聲，故以啼、喧反襯寧靜，花之姿態或嬌或憐、或清或麗，綠、樹、草大抵呈現安適閒懶、朝氣、生命力之態。

（二）動物意象詞

　　王勃春詩中的動物意象，是以動物的體動感與喧鬧聲突顯春之風貌，但為數不多，如「游魚戲水」、「侵岸水」，「鳥飛」、「鳥聲喧」、「繁鶯歌唱」、「疏蝶飛舞」，寫出春之活潑、頑皮、躍動、熱鬧、動聽、繁盛、美麗；而特稱之鳥自古有其象徵，「鸞鳥」色紅，則為鳳凰類之一種仙鳥，象徵喜氣、愛情；「鴛鴦」雙雙對對，多用以比喻恩愛；「鳳凰」為聖物，有神聖、富貴之氣，鸞鳥高歌、鴛鴦齊飛、鳳凰雙度，歌詠愛情與美好之春天；獨見的「涼蟬」，於欣欣向榮之春日中特顯淒寒、冰涼，如同詩人已然寒心之境遇。王勃春詩中，特稱動物之象徵意涵，是將物象之基本意象特質，抽象化扭轉為詩人所欲表達之象徵情意的重要樞紐。

（三）天文、地理意象詞

　　四季更替循環，景物隨序變化，自然風貌變動之更替改換，影響生物生息最為直接，四季交替時最明顯的季節感知，莫過於鳥喧蟲鳴、花開花落、雁飛蟄眠等物象之動靜，自然之風雲雨露、高山遠流，相對之下有時便顯得模糊，感知較緩慢，是故春意象詩中，動植物之

出現與復現，多過天文地理及人文。王勃擅以自然山水、田園等天然意象，營造詩心及詩情氛圍，其季節詩中天文、地理意象的使用，比重第二。

天文意象詞的使用，有天體星象之日、月，及天氣等自然現象，而以天氣鋪敘最多，包括「風」、「雨」、「雲」、「露」、「煙」、「霞」、「靄」、「光」、「氣」、「虹」等意象詞。天文與地理之交互搭配，是營塑場景意境與情意相應之最大要素，皆有亙古恆常之特色，王勃使用此類意象多有氣勢開闊、空靈飄逸之質，且喜以清柔溫和意象代替雷風電雨這類強烈之意象，如天氣有清涼歸風、崩雲飄散、渺渺白雲、清透映照小橋之虹影、芳煙香氣、清冷寒光、溫緩之靄、神秘紫境煙露、朝旦清新綻放之晴天、夕暮黃昏歸山之煙霞等，整體營造明淨清爽、靜人心脾、清新純淨之清涼境界。星體之日、月，自古以來，經詩人文才們之多情，而罩上層層豐富神秘的情感面紗，月之陰晴圓缺，更在在歷顯人事的悲歡離合，王勃對於日、月之意象，多著墨於自然美景型態，如「落照」、「照曜」、「日斜」、「朝日」、「花月」、「明月」、「月明（如素）」，或只單純表時間之一「日」、「春日」等。

天文類意象詞，整體大致呈現出樸實、清靜、清新、明亮、皎潔、變化、乾淨、高長、清爽、輕聲、溫緩、神秘、相思、傷時歎逝、冷冽、曠遠、涓細、浪漫等意涵。

地理意象使用，可分山、土石，與水二類。山座落於土地，以視野而觀則有遠近，以本體型態則有高有低，有大有小，有緩有險，有重巖疊嶂，有獨樹一幟；高大險峻則為山嶂，低斜緩穩則為丘壑，無論何種姿態，皆昂然聳立，因此意象總有穩固、不移、高大、開闊、偉麗、雄壯等涵義，王勃詩中之山，有泛稱如「斷山」、「山長」、「南嶺」、「傅巖」、「曉岫（清）」等，有特稱之高山如「青谿」，多以山之具體型態描摹；土石則有「郊」、「田園」、「丹洞」、「松石」、「抗石」、「乘沙」，寫地點，亦寫姿態，若單僅從山、土石意象，實難辨知季節。

　　水無形無狀，故可隨物賦形，可以傳遞運輸，亦可以隔絕分離，能夠源遠流長、變通曠達，亦能夠一逝不返、無奈憂傷，王勃以「流水」、「岸水」、「狹水」、「山泉」、「危泉」、「北川」等詞彙寫水之感，或涓涓細流之清新、透徹、和諧與靈動，或高聳「危泉」之驚險、危急、險峻；「泉聲」、「後澗（喧）」可覺水之旺盛、清澈；「江曠」、「波潮」之水，浩蕩、寬闊、遠大，於春日詩中形成強烈的「空間感」。若山、水相連則連綿天地、一氣呵成，而氣勢開闊、無邊無際；若與個人情意黏合，易生兩地相隔、遙遠無邊、時光流逝之思，或者表達開闊豁達之心境遠見。

（四）春字意象詞

　　王勃詩中直接以春字出現之春意象詞，如上定義分為兩類，一類藉由春日景物意象，鋪排出春所呈現之整體意涵，另一類則將春之意涵，經由情意摻染後融合賦予新的表達、象徵意義，前者如「春風」、「春泉」、「春日」、「春旦」、「春田」、「春草」、「魚戲水知春」、「後園春」、「一家春」、「一園春」、「遇時春」、「不宜春」、「落照春」、「春潮」、「春滿」、「春望浹」等，描繪春之生機、閒適、喜樂、熱鬧、清新、躍動、新生、希望、期盼、賞玩等意涵；後者如「朱輪翠蓋不勝春」、「春繁」，寫繁榮盛況之繁盛，「瑤軒金穀上春時」譬男女相思之情，「春人」、「春朝」喻男女情愛，「悲春望遠」、「春事一朝歸」、「六代春」、「春淚」則因復見春美時好而相形益拙，故生春悲之悲恨、嘆逝傷時、愁苦、厭倦、眷戀、思念（歸鄉）等心緒。

（五）其他意象詞

　　相對於自然意象，王勃春意象詩中的人文意象使用極少。色彩之使用，「綠（齊）」、「青」、「翠」，視覺反應為清新；「紅（洩）」、「紅」、「丹」、「朱」，感覺鮮豔、亮麗、喜氣；「白」、「（明如）素」，使人有純淨之感；寫仙道時使用「紫色」，乃神秘之姿。王勃詩中綠、青、翠等「綠系列」之意象使用最多，「綠」字於春意象詩中，或為修飾

物色色彩之名詞、形容詞，或作草、葉、樹之代名詞，可使人產生清新、生意盎然、長青等聯想，若綠爲動詞，則有茲生、蔓延等變化中的動態美，是詩人表達春天形象的最佳對應字，無論春色描繪、春意春光的表達或春情的傳遞，和其他色彩或字眼相比，更具有豐富的想像空間和無窮的季節媚力。〔註29〕

感官意象以「嘿嘿」、「香飄」、「撩亂」等兼具視、聽、嗅、觸等感覺，以欣喜、可人、嫵媚等生動活潑之感，將春天擬人、情意化。

器物、建築等類意象詞中，有「朱輪」、「翠蓋」、「龍轡」、「帝裡」、「神皋」、「玉京路」、「金臺阯」等歌詠京畿貴族之華麗富貴，富麗堂皇、繁而強盛；「清尊」、「綠尊」、「鳴琴」、「芳屏」、「仙杼」、「琴酒處」、「紅巾」等，點出春日清閒、享樂、羨仙、相思、情趣等興致；「東園」、「青臺」、「西堰」、「前橋」、「長筵」、「津」則單純點出地點；「重簷」有層疊之感。

由上可知，王勃春意象詩中，可明顯感知春時景物變化的動、植物意象，多於營造自然氛圍之天文、地理意象，春意象詩，主要藉花草樹木之生機蓬勃與鮮豔色調，來展現活潑新生，並以動物活潑好動，與植物繁盛茂密的生命力，突顯時空千動萬變之姿或時光的分秒緊湊，從而使王勃春天意象詩，呈現出充滿活躍靈動、青春洋溢的喜悅樂觀氣息，與積極昂揚的詩人情志，整體展現春天溫婉柔美、亮麗喜悅的清麗明媚之姿態。

第二節　春日節令詩的意象——立春、上巳

本節將王勃春日節令詩另做分析，窺探這類詩的意象使用概況，並追溯「節令」的淵源、成因，以及活動內容等，以便客觀而通盤了解詩人呈顯自然季節時，因節令而受人文因素影響，與一般季節詩在

〔註29〕顏進雄：〈初唐奉和應制詩歌中的季節意象探析〉，（花蓮師院學報，2003 年，十六期），頁 96、97。

產生情志表達上之差異，以及對意象淘選上的使用情形之影響。

　　所謂「節令」，或以爲等同於「節日」，「節令」與「節日」所指雖或有重疊，然實有區別。「節日」包含「節令」與「君主生日」（無習俗，飲食風俗），狹義即指端午、中秋、歲末等日。而「節令」之「節」，乃四時季節之變化，古以立春、立夏、立秋、立冬爲陰陽四時，以十五天爲一節氣，一年是爲二十四節，故「節」謂一年之二十四節氣。二十四節氣爲立春、雨水、驚蟄、春分、清明、穀雨、立夏、小滿、芒種、夏至、小暑、大暑、立秋、處暑、白露、秋分、寒露、霜降、立冬、小雪、大雪、冬至、小寒、大寒，反映一年四季之天候變化，以便進行農耕活動。「令」爲每月發布之命令，是爲「春令」、「夏令」、「秋令」、「冬令」，若春時不行「春令」而改「夏令」、「秋令」或「冬令」，忤季節運行規律而行，則災難將至。《禮記‧月令》云：

> 孟春行夏令，則雨水不時，草木蚤落，國時有恐。行秋令，則民其大疫，猋風暴雨總至，藜莠蓬蒿並興。行冬令，則水潦爲敗，雪霜大摯，首種不入。〔註30〕

> 孟春行夏令，則陰氣大勝，介蟲敗穀，戎兵乃來。行春令，則其國乃旱，陽氣復還，五穀無實。行夏令，國多火災，寒熱不節，民多瘧疾。〔註31〕

故狹義之「節令」意涵乃指二十四節氣中各有教令。

　　古時無今日之氣象預測，農民多憑「節氣」以預知天時、物候之變，順隨「節氣」維持行事作息之生活秩序，春耕、夏耘、秋收、冬藏，隨序而動。但二十四節氣中並非每一節氣皆有民俗活動，立春、清明、冬至因隨民俗活動發展逐漸融入，時久便衍生爲民間各項習俗節慶，習爲「節氣文化」，此「節氣文化」至唐發展成爲重要的「節令」，唐人作詩中節令意象自然與民俗節慶活動、節慶景物、食物密

〔註30〕《禮記‧月令》，十三經注述本五，（臺北：藝文印書館，1985年，十二月），卷十四，頁289～290。

〔註31〕《禮記‧月令》，十三經注述本五，（臺北：藝文印書館，1985年，十二月），卷十六，頁324。

不可分，如楊義《中國敘事學》談到民俗意象所言：

> 它注重民間習俗和民間信仰的價值，它往往取自歲時節
> 日，喪葬嫁娶，生育壽誕，服飾器用，這裡的行為心理往
> 往不那麼容易隨歷史事件的興衰而變化，具有較多的傳統
> 與遺傳。它的採用是可以增濃作品的鄉土色彩和民間趣味
> 的。〔註32〕

時久量多，便可歸類為所謂之「節令詩」，節令詩亦成為研究古代節慶、民俗之重要史料。「節令」發展至明朝時定義已明確，乃為配合四時節序，或農業社會作息之節慶，故節令一定具有該節令獨特之民俗活動，甚或獨特應節食品。衍至今日明確成習之「節令」為「元旦」、「人日」、「立春」、「上元」、「中和」（原「晦日」）、「上巳」、「寒食」、「清明」、「端午」、「七夕」、「中元」、「中秋」、「重陽」、「下元」、「冬至」、「除夕」。〔註33〕

　　唐朝詩人作詩受節令影響大，有其信仰淵源。唐以「道」為國教，而民間佛教興盛，佛道思想各有其俗，受到重視，加以唐時君主重節令，舉行盛大儀式慶祝節令活動，君宴群臣，興高致昂，便常吟詩助興。初唐時局太平，國力強盛，都市繁榮，自然帶動娛樂宴遊風氣，遊宴共享之事多且興高，故承迎詠節、玉臺金闕等應制詩相繼而起。若逢風光明媚、秋高氣爽之節日、節令，正是出遊宴樂，文人交際、往來交流的好時機，詩人群聚，分韻賦詩，對酒而歌，享爭競之樂，故而產生許多依節令而題之節令應制或感懷詩作。〔註34〕周淑芳在〈節令詩：人生況味的沈美創造〉一文中說：

> 節令詩歌是以節令為題材或是以節令為起興的詩歌，是我國

〔註32〕 楊義：《中國敘事學》，（嘉義：南華管理學院出版，1998 年 6 月），頁 314。

〔註33〕 有關節令詩之定義範圍、溯源與流變，詳見劉奇慧：《唐代節令詩研究》，（國立臺灣師範大學國文學系博士論文，2010 年 6 月），頁 8～18。

〔註34〕 參見劉奇慧：《唐代節令詩研究》之〈唐代節令詩盛行的背景〉，（國立臺灣師範大學國文學系博士論文，2010 年 6 月），頁 23～38。

詩歌獨有的極富民族特色的一類。由於節令有限，詩人的創
作無限，因而同題之作頗多。這類詩像一幅幅生動的民俗畫
卷，展現了民俗習尚的風情畫，呈示了民族情感的人文意
蘊。豐富的社會文化在詩中輻射，優美的思想意緒在詩中升
華。節令詩絕非對時令與節日的單純的紀錄與摹寫，多有深
沉的意蘊和寄託。可以說節令無非是詩人起興的媒介，身世
之感，君國之憂，以至種種與節令有關的意緒，無不在詩中
藉端發揮，其內蘊是相當豐富深刻的。〔註35〕

中國節令演變至唐，已由原來禁忌、祓禊、禳除等神秘迷信氣息，轉
為娛樂或從禮性質之佳節良辰，詩人皆應佳節歡樂喜慶而心有所感，
或藉慶宴競詩，切磋才學，或為求官圖名，又或因熱鬧場面而感懷寄
贈，反映豐富的社會文化面相，與寓託更深層的意義。

　　初唐背景下之詩人王勃，八十三題詩中，此類詩占九題，唯所詠
節令僅春、秋二季，當中春時節令為「立春」、「上巳」，詩占四首；
秋時節令獨九九「重陽」，詩占五首。關於春日節令，以及詩人欲表
達的主旨與情意表現間的情況，龔鵬程《春夏秋冬——中國古典詩歌
中的季節》一書云：

　　　　與「春景和春情」相對的另一種型態是：春事與春趣。景
　　　　與情總是綰合連結著表現出春的氣氛和人的喜悅；春事和
　　　　春趣則可以相關，也可以自承統類。所謂春事是說詩人所
　　　　歌詠的主體在於春天所發生的事件，從三月養蠶、清明上
　　　　墳、寒食禁火、禊登等等，以至於國破山河在的家國喪亂
　　　　之感，都是因春天所發生的事類而作的。春趣則描寫重心
　　　　就落到人在春風駘蕩、春雨連綿時所領受到的情趣，對風
　　　　景的描寫通常較少。〔註36〕

相對於唐詩對春事與春趣的描寫，王勃的節令詩中大量著墨於景物、
物候、人文典故，寓情於景，喻物寫趣，此大約是受到初唐時局以作

〔註35〕周淑芳：〈節令詩：人生況味的沈美創造〉，《新亞論叢》第四期，2002
　　　　年8月，頁237。
〔註36〕龔鵬程：《春夏秋冬——中國古典詩歌中的季節》，（臺北：故鄉出版
　　　　有限公司，1979年4月），頁80。

應制之作流行所影響。以下就「立春」、「上巳」之季節與民俗特徵，統計王勃所使用的意象詞，並略加概述相關的民俗活動。

一、立 春

「立春」又稱「打春」、「正月節」，是二十四節氣之首，時間在農曆十二月下旬或正月上旬，爲一年之始，故被賦予「又使新生」、「希望之源」的意象。周時有天子親迎春氣於東郊之俗，漢代以後的迎春禮改由官員替代，唐玄宗朝則曾一度親迎，可見唐代重視節慶之一斑。立春時節之民俗有祀芒神、出土牛、剪綵燕、貼宜春帖、戴春勝等活動，應節食品爲春盤。〔註37〕應此節慶，王勃有〈春日宴樂遊園賦韻得接字〉詩：

> 帝里寒光盡，神皋春望浹。梅郊落晚英，柳甸驚初葉。
> 流水抽奇弄，崩雲灑芳牒。清尊湛不空，暫喜平生接。
> 〔註38〕

「春望」說明作於春時節令赴宴遊園之時，「帝里」、「神皋」指的是地點，「帝里」猶言帝都、京都，爲古之金陵，「神皋」是指京畿此二者用以指王勃當時的京都－長安城，可見奉和意味。遠望郊外之景，與「梅」、「落（晚）英」、「柳」、「初葉」等植物意象，承接寒光去盡，萌發新生之氣息，清清流水因寒光而感覺沁涼，盤旋天上之雲朵爲冬殘而崩裂。在此詩中，王勃大量運用自然意象，營構殘冬清冷的氛圍，加以清尊宴樂之興，勾織出早春時節氣候之適，以及人文民俗活動之畫面，乃爲節令應制而作。

二、上 巳

別名「三巳」、「重三」、「元巳」，三月上旬巳日，魏之後定於農曆三月三日。上巳之起源，一說爲曲水流觴節俗，或起於周公卜成洛

〔註37〕詳見劉奇慧：《唐代節令詩研究》，國立臺灣師範大學國文學系博士論文，2010 年 6 月，頁 51～57、217。
〔註38〕同註 5，頁 61。

邑，因流水以泛酒之說，或爲周幽王時淫亂，群臣愁苦，故設河上曲
水宴，以河水泛酒杯；另一說，則起於周時水濱祓禊之俗，「祓」爲
古代民間爲除去不潔，使身心純潔之除災去邪儀式，「祓禊」是在水
邊以香草浸水沐浴後，進行齋戒祈福之儀，以防病驅邪，去除不祥，
後演爲上巳之日行之。至唐代，上巳已是三大節日之一：

> 唐代三月三成爲一個主要以春遊爲中心的節日。上巳是唐
> 代三大節日之一，在節前五天，按照官吏職位高低，分別
> 賞以一百至五百貫的宴會費用。上巳日皇帝照例賜宴曲江
> 亭，百姓也到曲江行樂。〔註39〕

唐代將「上巳」、「中和」、「重陽」並列爲三大重要節日，唐德宗亦有
上巳賦詩贈群臣之事，此時無論帝王百姓，家家戶戶歡慶佳節於曲
江，但唐之後則流觴聚會之俗漸衰。上巳節俗爲曲水流觴、曲江宴、
泛舟、蘭亭會、踏青、祓禊、會男女等。〔註40〕

　　春時節令有「立春」、「上元」、「中和」、「上巳」、「寒食」、「清明」
等五個，統計王勃春季節令詩共有四首，但只見「立春」、「上巳」二
節，「立春」一首，三首作於「上巳」，可知唐時「上巳」節俗之盛，
及對詩人創作之影響。

　　王勃的「上巳」節令詩作，第一首爲〈上巳浮江宴韻得阯字〉：

> 披觀玉京路，駐賞金臺阯。逸興懷九仙，良辰傾四美。
>
> 松吟白雲際，桂馥青谿裡。別有江海心，日暮情何已。
>
> 〔註41〕

「玉京路」、「金臺阯」是讚美宮臺樓閣，以金碧、美玉描繪華貴之意
象；「九仙」乃何氏家九位得道成仙之眞人，詩人因宴樂意興之致而
闊論仙佛，塑造宴會熱鬧談論之意象，「四美」指音（音樂）、味（美

〔註39〕常見華：《歲時節日裡的中國》，（北京：中華書局，2006年6月），
　　　　頁100。

〔註40〕詳見劉奇慧：《唐代節令詩研究》，（國立臺灣師範大學國文學系博士
　　　　論文，2010年6月），頁71～79。

〔註41〕同註5，頁60。

食）、文（文章）、言（言語），運用「九仙」、「四美」二典美宴會盛況，上聯處處可見「奉和」之跡；下聯的「松吟」引用風起松聲輕之聽覺，配以白雲悠悠之廣闊無際，以及桂之馥郁芳香飄蕩於高山青谿，自然美景流露寧靜閒適之感；然「日暮」晦色，人事窮途，就算良辰美景當前，已如「江海」凌雲出仕之心，誰人得見？求仕意圖濃厚，此應是節令奉和之作。

第二首〈上巳浮江宴韻得遙字〉：

上巳年光促，中川興緒遙。綠齊山葉滿，紅淺片花銷。

泉聲喧後澗，虹影照前橋。遽悲春望遠，江路積波潮。

〔註42〕

這首詩與前首寫作背景相同。王勃寫滿山之綠葉、銷銷之紅花，色彩鮮明；潺潺泉水與山間小溪相互喧鬧，澄透七彩之虹，映照小橋，乃三月融融之春景。透過這些豐富鮮豔的意象，交織成一幅景致鮮明的山水畫，佳節美景倍思親，美好之節令與春光，卻更添遊子悲哀。此為節令感懷之作。

第三首上巳節令詩為〈三月曲水宴得煙字〉

彭澤官初去，河陽賦始傳。田園歸舊國，詩酒間長筵。

列室窺丹洞，分樓瞰紫煙。縈回互津渡，出沒控郊廛。

鳳琴調上客，龍巒儼群仙。松石偏宜古，藤蘿不記年。

重簷交密樹，複磴擁危泉。抗石晞南嶺，乘沙眇北川。

傅巖來築處，磻谿入釣前。日斜真趣遠，幽思夢涼蟬。

「彭澤官、河陽賦，田園、詩酒」，可知詩人罷官歸隱，既不為用，退而言志立說；仕途受挫，故興懷仙修道之意，轉而關注「列室、丹洞、紫煙、群仙」。王勃對是非官場心有餘悸，所寫景物如「藤蘿、重簷、密樹、複磴、危泉、抗石」等，顯得嚴密危峻，雖與前二首同為上巳春時之作，卻意象大異，出現避世歸道，遊夢懷仙的感悟。

綜觀王勃的春日節令詩，以天文地理、動植物類等自然意象表現

〔註42〕同註5，頁67。

春天意象者，約爲人文意象之二倍，自然意象雖仍多於人文活動的意象，但相較於春意象詩作的總體比例：自然意象爲人文意象之四倍，節令詩的人文意象詞使用比率大幅提高。由此可知，在自然界風和日麗、處處生機的美好時節之下，春日不但容易引發詩人對功名、未來深植期盼之心，油生爲時見用之志，且因在此充滿希望的季節裡，受到充斥著人文習俗、交流活動的氛圍影響，反見自身之不遇，益形悲憐，轉生求道避世的悲傷心緒，故對於帝京宮室與仙道器物的意象描摹大增，相對於詩人其他春意象詩所表現出充滿活躍靈動、青春洋溢的喜悅自然氣息，節令詩的意象展現則添了幾分哀愁落寞，危疑思隱的矛盾心情。

以下歸納王勃的春日節令詩中春天相關的意象，如下表三：

表三：春日節令詩意象詞統計表

	季節	自 然 象 意						人文意象	意涵
		植物	意涵	動物	意涵	天地	意涵		
〈春日宴樂遊園賦韻得接字〉	春望（喜）	梅、落（晚）英、柳旬、初葉	新生、堅忍			崩雲、寒光、郊、流水、	沁涼、清冷	尊、帝里、神皋、清	奉和、閒適
		4		4				3	
〈上巳浮江宴韻得阯字〉	上巳	松（吟）、桂（馥）	寧靜、閒適、芳香			白雲、青溪、日（暮）	寧靜、閒適、傷逝	阯、玉京路、九仙、四美、江海心	奉和、熱鬧、華貴、遠大
		2				3		5	
〈上巳浮江宴韻得遙字〉	上巳、春望（悲）	山（綠）葉片、（紅）花	茂盛、繽紛、鮮豔、生機			影、泉聲、江路、後潤、波潮、虹	清涼、熱鬧、光亮、美麗、豐富	前橋	
		2				5		1	

〈三月曲水宴得煙字〉	三月	藤蘿、密樹	纏繞、繁複	涼蟬	幽然、鬱思	乘沙、北川、傅巖、日斜 松石、舊泉、複礙、抗石、南嶺、 田園、舊國、紫煙、丹洞、津、郊	隱逸、神秘、層疊	彭澤宦、河陽賦、詩酒、長筵、列室、鳳琴、客、龍轡、群仙、重簪	嚴密、危峻、不遇、歸隱
		2		1			16	10	
		10		1			27	19	

第三節　春詩意象之意涵與春情

　　春，是一歲之始，百花盛開，萬物伺伏　動，東風吹拂，喚醒沉冬眠的大地，冰融雪解，草木萌發，花葉吐新，　蝶鶯燕穿梭遊走，蟲魚禽鳥紛紛出籠。《　子‧形勢解》云：「春，陽氣始上，故萬物生。」〔註43〕陸機〈文賦〉曰：「喜柔條於芳春。」〔註44〕春時爲生之悸動，

　　流動著的柔和春光，正是有情生命　生之始，陽氣上升，使和煦大地處處生機，充滿新生喜悅的希望與象徵，不論視、聽、嗅、觸、動覺，都成爲柔美春日繽紛躍動、高歌起舞、生生不已的感官享宴。王立《中國古代文學十大主題——原型與流變》云：

> 春，是四季物候中最美好，最宜人的時令，與之相關的一系列美好的意象特質，最易同人之自我感覺中最美好的東西聯結契合。〔註45〕

在宇宙自然間，沉寂嚴冬的　然褪去，使生命的力量蓬勃展現，詩人

〔註43〕黎翔鳳撰，梁運華整理：《管子校注》，臺北：中華書局，2004年。
〔註44〕〔梁〕昭明太子撰，〔唐〕李善注：《昭明文選》，（臺北市：文化圖書公司，1995年3月），頁224。
〔註45〕王立：《中國古代文學十大主題——原型與流變》，（台北：文史哲出版社，1994年7月），頁174。

的詩心亦按耐不住情意的雀躍而歡唱歌詠，競相傾吐內心的喜樂哀愁，利用語言文字將心中情意投射，成為一幅幅景致鮮明與情境追尋相互交融的心靈圖像，再透過語言文字反射投映到讀者的思維意識，重現歡樂景況。然而在經驗聯想，與情志傳遞的過程間，詩人往往於良辰美景當前，因內心震觸引發之無限嚮往，而產生極度諷刺的衝突矛盾，現實與希望的對比，遂產生極端喜與愁的衝擊，而益顯悲淒，故可喜、可悲存在於相互矛盾的一線之隔，若又見生機，便轉移至自身漂泊景況，因感羈旅歸回無望，從而形成強烈對照，悲人事依舊之悲，歎一事無成之歎，此春愁與春怨，即是詩人反省自我不足之空虛與悵　，故喜悅與悵　之春情展現，乃中國詩歌對春天情感表現之兩大系統〔註46〕。

　　中國古典詩歌中，傷別的時節多在春、秋二季，一因此二季出遊離別之事多，加以景物之開落變化，色調之鮮豔枯槁更替明顯，詩人最易感受到時間的流逝和人事的變化。陳植鍔言：

　　　　春秋兩季，前者陰雨霏霏，後者悲風怒號，再加上日暮途
　　　　窮、夜深人靜之時，特別適宜於創造一種抒寫文人失意時
　　　　的怨、悲、愁氣氛。〔註47〕

　　王勃的春詩，在天候景物鋪排下，營造出春日的萬種風情，或以物詠春，或以春喻情，意義內涵豐富。蘇愛風分王勃詩歌「春」所體現的基本意蘊為：「春——生機」、「春——惜時」、「春——相思」、「春——繁盛」四個意義系統〔註48〕，而凌欣欣總結初唐詩人於「春情」之表現則分為「樂春」、「惜春」、「春閒」、「傷春」四種春日心情〔註49〕，故本文綜合上述春意象的歸納與風情表現，結合意象意

〔註46〕龔鵬程：《春夏秋冬——中國古典詩歌中的季節》，（臺北：故鄉出版
　　　　有限公司，1979 年 4 月），頁 66～68。
〔註47〕陳植鍔：《中國詩歌藝術研究》，（北京：北京大學出版社，1987 年 6
　　　　月），頁 236。
〔註48〕蘇愛風：《王勃詩歌藝術研究》，（南京師範大學中國古代文學碩士論
　　　　文，2007 年 5 月），頁 31。
〔註49〕凌欣欣：《初唐詩歌中季節之研究》，（文化大學中國文學研究所碩士

義、詩旨，與詩人情感，窺探王勃詩歌所營構之春天意涵，與詩意春情。茲分爲「生機」、「思愁」、「惜時」、「繁盛」四種，分述如下：

一、生　機

龔鵬程於《春夏秋冬——中國古典詩歌中的季節》一書中說：

> 生的熱愛與渴望，本是人類原始具存的內在衝動。當個體現象在宇宙自然之中生續不斷時，生命便以它無比豐厚的蘊蓄向前奔馳迸散。人類理性智慧的成熟，必須經歷漫長的錘鍊和努力；而生的渴念，卻是回歸本源、不假思索的自然意識。〔註50〕

此類意涵，大致表現詩人於春日美好風光下，愉快喜樂的心情，如龔鵬程所言「景與情總是　合連結著表現出春的氣氛和人的喜悅」〔註51〕，即一般所言喜春、樂春、迎春、遊春等之春喜心情，此類意象的意涵，大致如表四所示，有叢密、生息、清透、鮮紅、芬芳、馥郁芳香、光澤、明亮、朝氣、一片青綠、生命力、茂密、層疊、高大、寧靜、閒適、舒懶、長青、新生、繽紛、鮮明、幽香、熱鬧、喜氣、愛情（喜）、恩愛、神聖、富貴、美好、動聽、活潑、頑皮、躍動、喜氣、愛情、恩愛、神聖、富貴、美好、動聽、美麗、樸實、清靜、清新、明亮、皎潔、變化、乾淨、高長、清爽、輕聲、溫緩、神秘、曠遠、涓細、浪漫、清新、透徹、和諧、靈動、穩固、不移、高大、開闊、偉麗、雄壯、清新、鮮豔、亮麗、純淨、欣喜、可人、嫵媚、清閒、享樂、羨仙、相思、情趣、生機、閒適、喜樂、新生、希望、期盼、賞玩等。

「生機」類意象的意涵，所表達之主題情意有：「春閒、記遊、宴享」三類。第一類，以春之「生機」來表達春日閒適心情之作，占

論文，1996 年月），頁 295。

〔註50〕 龔鵬程：《春夏秋冬——中國古典詩歌中的季節》，（臺北：故鄉出版有限公司，1979 年 4 月），頁 80。

〔註51〕 同前註，頁 80。

此類意象意涵的三分之二者，例如：

　　煙霞春早賞，松竹故年心。(〈郊園即事〉)〔註52〕

　　閒情兼嘿嘿，攜杖赴巖泉。草綠縈新帶，榆青綴古錢。

　　魚床侵岸水，鳥路入山煙。還題平子賦，花樹滿春田。

　　(〈春日還郊〉)〔註53〕

　　狹水牽長鏡，高花送斷香。繁鶯歌似曲，疏蝶舞成行。

　　(〈對酒春園作〉)〔註54〕

　　林塘花月下，別似一家春(〈山扉夜坐〉)〔註55〕

　　山中蘭葉徑，城外李桃園。豈知人事靜，不覺鳥聲喧。

　　(〈春莊〉)〔註56〕

　　山泉兩處晚，花柳一園春。還持千日醉，共作百年人。

　　(〈春園〉)〔註57〕

　　丘壑經塗賞，花柳遇時春。(〈林泉獨飲〉)〔註58〕

　　物外山川近，晴初景靄新。芳郊花柳遍，何處不宜春。

　　(〈登城春望〉)〔註59〕

　　綴葉歸煙晚，乘花落照春。邊城琴酒處，俱是越鄉人。

　　(〈他鄉敘興〉)〔註60〕

　　江曠春潮白，山長曉岫青。(〈早春野望〉)〔註61〕

此類詩作，多由春日景色物象彩繪出一幅幅萬紫千紅，綠意盎然，景
致鮮明的山水田園畫，藉以表達春天的美好時光與景色。草新、綠樹、
繁葉、紅花、青山、新晴、明月、水流、游魚、舞蝶、鳥聲、琴酒、

〔註52〕同註5，頁66。
〔註53〕同註5，頁66。
〔註54〕同註5，頁66。
〔註55〕同註5，頁69。
〔註56〕同註5，頁69～70。
〔註57〕同註5，頁70。
〔註58〕同註5，頁70。
〔註59〕同註5，頁70。
〔註60〕同註5，頁70。
〔註61〕同註5，頁71。

人趣等，動靜相襯，景情相融，字裡行間處處流露此寧靜舒適、悠閒愉悅的心情，感情自然眞摯，展現其對春天之喜愛。

第一類以春日處處生機，表達對春光的閒適喜愛之情者，又有透露隱逸避世心聲的詩篇，如：

家住箕山下，門枕潁川濱。不知今有漢，爲言昔避秦。
琴伴前庭月，酒勸後園春。自得中林士，何泰上皇人。
（〈田家〉三首之二）〔註62〕

東園垂柳徑，西堰落花津。物色連三月，風光絕四鄰。
初晴山院裡，何處染囂塵。鳥飛村覺曙，魚戲水知春。
（〈仲春郊外〉）〔註63〕

空園歌獨酌，春日賦閒居。（〈郊興〉）〔註64〕

詩人於春日蓬勃生機的好時光、好風光裡，過著田園隱居、閒雲野鶴般的生活，和諧閒適，充滿著歡樂的朝氣，也表達了追求避世離塵或嚮慕仙道隱者的閒情。

就王勃詩作中記遊的主題觀之，依其內容可分爲三〔註65〕：純記遊覽景況、抒發行旅艱辛、因賞景而萌仙佛嚮往之志情三種，而王勃春意象詩，以春之「生機」意涵表達第二類「記遊」主題者，則出現於純記遊覽景況，與因賞景而萌仙佛嚮往之志情二種情況。前者詩如〈臨高臺〉：

臨高臺，高臺迢遞絕浮埃。
瑤軒綺構何崔嵬，鸞歌鳳吹清且哀。
俯瞰長安道，萋萋禦溝草。

〔註62〕同註5，頁61。
〔註63〕同註5，頁65。
〔註64〕同註5，頁65。
〔註65〕本文將王勃詩中「記遊」主題歸納爲三類：一純記遊覽景況，因路途險峻，或有所感，懷鄉傷時者；次爲抒發行旅艱辛爲主，行旅中或因羈旅而生思鄉愁緒，或因去官愁悶而歎悲苦，此類詩題材常同時重疊思鄉、懷友之情；三因歷覽佛寺道觀，賞景而萌仙佛嚮往之志情。

> 斜對甘泉路，蒼蒼茂陵樹。
> 高臺四望同，帝鄉佳氣鬱蔥蔥。
> 紫閣丹樓紛照曜，璧房錦殿相玲瓏。
> 東彌長樂觀，西指未央宮。
> 赤成映朝日，綠樹搖春風。〔註66〕

記敘遊覽長安城所見之發達繁榮，建物之金碧輝煌，歌舞昇平之盛況，春日之繽紛盎然，一如京城的蓬勃熱鬧。

後者詩以春之生機，充滿著生命力的意涵，運用仙道典故，敘寫出遊路徑與傳達情志，如〈出境遊山〉二首之一：

> 化鶴千齡早，元龜六代春。浮雲今可駕，滄海自成塵。
> 〔註67〕

山路的嚴密危疑，幽深神秘，一如詩人王勃嚐盡官場冷暖後，對生命的新體悟，因景生情，幻想能夠成道如仙，歎人生苦短，滄海成塵，世間繁華轉瞬煙消雲散，萬事皆空，不如笑看滄海，消遙過日子，故欽羨成道成仙的灑脫消遙，傳遞出對生命轉折的豁然情態。詩中以鶴、龜長壽的生命力，表達其對人生的悠豁心境，此時，春則為詩中表達嚮慕仙道生活的一個配件。

以春之「生機」意涵表達第三類「宴享」主題之作，又可分兩種情況，其一如〈春日宴樂遊園賦韻得接字〉：

> 帝里寒光盡，神皋春望浹。梅郊落晚英，柳甸驚初葉。
> 流水抽奇弄，崩雲灑芳牒。清尊湛不空，暫喜平生接。
> 〔註68〕

此乃春日應君王或節令活動，聚會赴宴而作，雖為應制而作，且可見奉和之跡，但猶可見詩人此時飲酒賦詩之悠閒喜悅心情，歌頌對春日的喜愛春日，表達自然真率。其二，為與友鄉居田園山林、共賞閒情而作，表達春日夜宴林塘之景象與情趣，春夜、清晨之視、聽、觸、

〔註66〕同註5，頁62。
〔註67〕同註5，頁73。
〔註68〕同註5，頁60。

嗅景物動靜之閒適,亦有隱居田園山林,自然清淨之樂,例〈聖泉宴〉:

> 披襟乘石磴,列籍俯春泉。蘭氣熏山酌,松聲韻野弦。
> 影飄垂葉外,香度落花前。興洽林塘晚,重巖起夕煙。
> 〔註69〕

春日泉水,因夜沁涼,泉聲清輕,蘭香飄熏,松聲奏樂,夕煙染染,爲夜晚遊宴雅興增添不少活潑清爽之趣味。

詩人王勃三十首春詩中,具「生機」意涵的詩篇有十七首,近三分之二,大量描寫春泉、春風、春天、春草、春日、春潮等溫馨柔和,使人感到欣喜愉悅之事物,甚至敘寫更貼近流水人家田野生活之一園春、後園春、一家春等,這類意象意涵之選用,多爲生活中十分陽光、積極的物象,春日景物意象所喚醒的多是詩人昂揚奮發之情緒,積極喜樂的心情。由於王勃正值年輕氣盛之時,所處時代正居繁榮強盛,兼之優秀的家學背景,和自幼便光芒四射、才華過人,皆使他充滿強盛樂觀,明亮自信之心,所思所見與所感所發,自然一致,大多充滿勃興積極之詩情,此乃王勃春意象詩所呈現與他人迥異的特點之一。

二、思　愁

詩人因春日的美好,充滿希望與無限嚮往之情,但對比於現實,卻是極度諷刺的矛盾衝突,因而使情緒反應逆向生發,大致表現出冷冽、纏繞、糾結、幽深、孤落、淒寒、冰涼、寒心、冷冽、相思、驚險、危急、險峻、阻隔、遙遠、神秘、悲恨、愁苦、厭倦、思念(歸鄉)等意象意涵,呈現春意象詩中傷恨、悲怨等傷春的思愁與心情。「思愁」一類意象意涵,占王勃春詩比例第二,可表達男女情愛之思,也有對友人之思,以及羈旅思鄉之愁。

因男女情愛之思而生愁的,例如〈江南弄〉一詩,詩人仿女子心情,運用多樣典故喻寫早春之時,汩汩流泛而出之相思情意:

〔註69〕同註5,頁63。

> 江南弄，巫山連楚夢，行雨行雲幾相送。
>
> 瑤軒金谷上春時，仙童玉女無見期。
>
> 紫露香煙眇難託，清風明月遙相思。
>
> 遙相思，草徒綠，爲聽雙飛鳳凰曲。〔註70〕

「巫山楚夢」爲戰國時楚襄王遊雲夢台，宋玉述楚懷王（先王）夢會巫山神女之事，言神女於烏山之陽，高丘之阻觸，且爲朝雲，暮爲行雨，朝朝暮暮於陽臺之下。〔註71〕「瑤軒」爲雕飾華麗的小屋。「金谷」爲西晉富豪石崇之別苑金穀園，繁榮華麗，極一時之盛。石崇有一美艷女妓綠珠，孫秀使人求之，不得，矯詔收崇。崇正宴于金穀園樓上，謂綠珠曰：「我今爲爾得罪。」綠珠泣曰：「當效死於君前。」於是自投於樓下而死。〔註72〕「鳳凰曲」指司馬相如以琴曲鳳求凰，情挑卓文君一事。《史記・司馬相如列傳》載：「卓王孫有女文君新寡，好音，故相如繆與令相重而以琴心挑之。相如時從車騎，雍容閒雅，甚都。及飲卓氏弄琴，文君竊從戶窺，心說而好之，恐不得當也。既罷，相如乃令侍人重賜文君侍者通殷勤。文君夜亡奔相如，相如與馳歸成都。」〔註73〕早春時節，雪盡冰融，花葉吐新，如此美景更添無可見期之思念之苦，綠草之綠徒然，春日美景卻使玉女思悲，更羨司馬相如與卓文君能雙宿雙飛，愁益添苦。自古文人多以女子閨愁比詩人近況寫照，多寫懷才不遇之貶謫遭遇，以仙童玉女之相思不可見，暗喻己身思鄉歸京之路不可見期。此詩乃表現傷恨、悲怨等思愁心情的典型之作。亦有如〈落花落〉，表達青樓女子的情愛之思：

> 落花飛，撩亂入中帷。落花春正滿，春人歸不歸。
>
> 落花度，氛氳繞高樹。落花春已繁，春人春不顧。〔註74〕

此詩寫青樓女子生活處境，紛紛落花撩亂，飄飛入帷帳，花瓣片片因

〔註70〕同註5，頁63。

〔註71〕典故可見註五，頁63。

〔註72〕典故可見註五，頁63。

〔註73〕〔漢〕司馬遷撰，王雲五主編：《史記》，（臺北市：臺灣商務印書館，2010年9月），頁1109。

〔註74〕同註5，頁72。

風起舞，翩翩然環繞高樹，一如青樓女子短暫繁麗的一生，在此春日繁華正滿的時刻裡，有情郎卻未歸來看顧，細膩揣摩出女子如落花凋零的顧盼與傷感，「春」成為了表達愛與情的暗示。以春意表達愛情之作又有〈河陽橋代竇郎中佳人答楊中舍〉：

> 判知秋夕帶啼還，那及春朝攜手度。〔註75〕

「河陽橋」為河陽關上的河橋，內地至邊塞駐軍營地所經之橋，素為兵家必爭之地，為從軍送別橋之代言，詩人模擬竇郎中佳人口吻，藉牛郎織女七夕相會之相思，呈現女子自身堅貞愛情。另有〈林塘懷友〉一詩，是王勃春詩中表達對友人思懷之作：

> 芳屏畫春草，仙杼織朝霞。
>
> 何如山水路，對面即飛花。〔註76〕

芳屏上繪著美麗的春日花草繪圖，猶如仙女巧手織出之雲霞般美妙，但如此盎然的景致，卻遙不及詩人心繫之友人，由畫中的山水路，聯想起友人旅途所見的山水景物，詩人藉由描繪行旅中山水路上迎面飛舞的春日美景，襯托自己對友人關切的想念心情。

古人安土重遷，又因地大物博，對於離鄉背井，一去千里，感受極度不安，加以舟車不便，行旅漫長，相距之遙，故羈旅思鄉思歸之愁苦益生，每逢節令慶宴時刻，美景佳餚當前，更生遊子悲恨，歎怨一事無成之思。王勃〈上巳浮江宴韻得遙字〉便為春日赴宴思歸傷春之作：

> 遽悲春望遠，江路積波潮。〔註77〕

詩人應邀參加美麗春光之聚會宴集，卻因內心強烈衝突，急遽萌發憂傷之春悲，江路一洩而去，而思歸不得之心情，也隨陣陣波潮之聲觸動心緒。

王勃春詩中，〈羈春〉、〈春遊〉二首亦有作客思歸之情，但內容主旨是因時光消逝而悲鳴，故歸入春意象意涵之第三項「惜時」類。

〔註75〕同註5，頁73。

〔註76〕同註5，頁69。

〔註77〕同註5，頁67。

三、惜　時

　　人在面對美好幸福的生活時，同時亦伴隨著生怕失去這份美好而不安之心情，故賞觀享受於春天各樣美好時，一思及如此美好時光終究會流逝，往往油生憐惜之心，而悲時光飛逝之歎，此情又常由客倦、思鄉之情緒所牽引，故亦悲傷難抑，此即「惜時」心緒。龔鵬程說：

> 宇宙間時光之流頓不可留我，即是自我生命逐漸老去的說明；錦簇繁花，隨著風雨而凋零殘落，也象徵著宇宙的無常與無奈。世事無常，一切功名成就遂成泡影；生命無奈，人生也終歸與萎謝凋零。——意識到這種人生的無常與無奈時，也就是感傷的開始。偏偏風雨殘花，又以如此鮮明而強烈的動作和色彩，刺激著詩人，無法逃避，而墮入感傷的窟窪裡。〔註78〕

王勃詩中，此意象詞的意涵大致有飛落、消逝、傷時歎逝、流逝、眷戀等意涵，以此生發之主題情意，多半感於記遊、宴樂之中，也有因遊覽景況而有所感，故傷事事多變、時光易逝者，如〈臨高臺〉：

> 倡家少婦不需嚬，東園桃李片時春。
> 君看舊日高臺處，柏梁銅雀生黃塵。〔註79〕

春光看來美好，卻也只是短暫瞬間，事事多變，滄海桑田，繁華終究會逝去，詩人流露對社會下層之倡婦的同情關懷，同時也暗諷貴族豪門生活奢華。

　　春日天朗氣清，風和日麗，時光美好，正是郊外出遊的好時機，但若碰上詩人因去官愁悶、仕途受挫而羈旅客作他鄉之時，見春光之美，反而無法閒適以對，時光稍縱即逝，卻依舊一無所成，光陰無情，此情何堪？故淚恨春天之美，眷戀時光之貴，如〈羈春〉：

> 客心千里倦，春事一朝歸。
> 還傷北園裡，重見落花飛。〔註80〕

〔註78〕龔鵬程：《春夏秋冬——中國古典詩歌中的季節》，（臺北：故鄉出版有限公司，1979年4月），頁110。
〔註79〕同註5，頁62。

此詩寫出王勃因貶謫而作客蜀地，傷悲未止，暮春時節又見落花，悲歡光陰荏苒，一朝歸去，厭倦自身羈旅千里不得歸，頓生惜春傷時之悲。同樣表達憐惜時光消遁之詩，還有〈春遊〉：

> 客念紛無極，春淚倍成行。
>
> 今朝花樹下，不覺戀年光。〔註81〕

旅途中紛亂的思緒，使詩人在紅花綠樹的大好春光裡，心中悲痛，汩汩淚流，宛若春天豐沛不絕的雨水，不知何時可歸，因而不自覺地珍惜起自己有限的青春年華。〈上巳浮江宴韻得阯字〉一詩，則是春日宴享之時，詩人盼能得重用之作：

> 松吟白雲際，桂馥青谿裡。
>
> 別有江海心，日暮情何已。〔註82〕

如此美好芳香的時節裡，自己如江海的凌雲之志卻有志不申，又見日暮，時光即將飛過逝去，情何以堪。

　　詩人王勃有傲人才情，又年輕氣盛，加以生活於初唐興望發達的時代背景下，存持著對於未來前景深情熱烈的期待與展望，滿懷用世之激情，有如春潮一波波泛湧於內心，然而現實遭遇卻與之大相逕庭，離志向抱負越行越遠，在羈旅等待的心慌與愁悶之下，自然產生惜時傷悲之情。

四、繁　盛

　　「繁盛」意涵，於王勃春詩中僅見於〈臨高臺〉一詩，大致有繁盛、華麗、富貴等富麗堂皇之氣象：

> 旗亭百隊開新市，甲第千甍分戚裡。
>
> 朱輪翠蓋不勝春，疊樹層楹相對起。〔註83〕

先以金碧輝煌、富麗堂皇、華麗富貴的繁華盛況，描寫春景，卻又翻

〔註80〕同註5，頁69。
〔註81〕同註5，頁70。
〔註82〕同註5，頁60。
〔註83〕同註5，頁62。

筆一轉，點明人文雕鏤比不上春天萬物欣欣向榮之景致，流露出詩人對自然之讚賞與喜好情懷。

表四：春意象詞的意涵統計表

植物意象	花	叢密、生息、清透、鮮紅、芬芳、飛落、消逝、繽紛、鮮豔、生機
		馥郁芳香、冷冽、光澤、新生、堅忍
	草	明亮、朝氣、一片青綠、生命力
	木	茂密、層疊、高大、幽深、茂盛、繁複
		寧靜、閒適、舒懶、長青、寧靜、閒適、芳香、纏繞
	葉	新生、孤落、繽紛、鮮明、幽香、纏繞、糾結
動物意象	鳥	熱鬧、繁盛、
		喜氣、愛情、恩愛、神聖、富貴、美好、動聽
	魚	活潑、頑皮、躍動
	蟲、蝶	熱鬧、繁盛、美麗、淒寒、冰涼、寒心、幽然、鬱思
天文、地理意象	天文（天氣、月、日）	樸實、清靜、清新、明亮、皎潔、變化、乾淨、高長、清爽、輕聲、溫緩、神秘、相思、歡逝傷時、冷冽、曠遠、涓細、浪漫、寧靜、閒適、傷逝、熱鬧、光亮、美麗、豐富
	水	清新、透徹、和諧、靈動、驚險、危急、險峻、阻隔、遙遠、流逝、沁涼、清冷、清涼、
	石土、山	穩固、不移、高大、開闊、偉麗、雄壯、險峻、隱逸、神秘、層疊
其他	※顏色	清新、鮮豔、亮麗、喜氣、純淨、神秘
	官感	欣喜、可人、嫵媚
	文人	華麗、富貴、富麗堂皇、繁盛、清閒、享樂、羨仙、相思、情趣、奉和、閒適、奉和、熱鬧、華貴、遠大嚴密、危峻、不遇、歸隱
春天		生機、閒適、喜樂、熱鬧、清新、躍動、新生、希望、期盼、賞玩、歡逝傷時、悲恨、愁苦、厭倦、眷戀、思念（歸鄉）、愛情（喜）、相思、繁盛

第四章　秋詩與秋意

　　秋，陰秋之氣起，而盛陽之氣衰，時間之順序運往，使自然界冥冥之氣倏地走向衰落與沉寂，天氣既清且寒，花草樹木色變，蟲魚鳥獸姿態生變，萬物歸趨沉靜寂廖，人憑感官感應外物，同時參與時空大地轉移之氣，一葉而知秋，分秒領受於涼冷蕭索的氣息，特易感覺淒切慘澹的心情，故秋風蕭蕭而使秋詩篇篇，一葉梧桐卻不知多少秋聲，秋天意象豐富可與春相比，各種題材所表現之整體氣氛，則滿是孤寂、悲情、愁怨、哀苦與憂傷，即便秋節慶宴、賞望登高，皆缺了分遊戲玩笑的興味，而秋之時令，農民們的忙碌收割，正告知詩人們秋時大地之變，召喚提醒著人們將收拾起高亢玩味的心理，為豐收預作準備，儲藏糧食，以面對即將承接著的寒冬。

　　《逸周書‧時訓解》曰：

> 立秋之日，涼風至，又五日白露降，又五日寒蟬鳴。……
> 處暑之日，鷹乃祭鳥，又五日天地使肅，又五日禾乃登。……
> 白露之日，鴻鴈來，又五日玄鳥歸，又五日群鳥養羞。……
> 秋分之日，雷乃始收，又五日蟄蟲培戶，又五日水始涸。……
> 寒露之日，鴻鴈來賓，又五日爵入大水化為蛤，又五日菊有黃華。……
> 霜降之日，豺乃祭獸，又五日草黃落，又五日蟄蟲鹹附。……

[註1]

秋天的氣象與物象有露水、涼風、寒霜，亦有蟄蟲、蟬鳴、鷹飛、鴻雁、歸鳥，有草枯、葉落、黃菊，亦見雷收、氣肅、水涸，一片冷清零落與蕭殺氛圍，彷彿刻意刺激著詩人們敏感纖細的心緒，在心頭抹上離別與不遇的感傷，增添無限寂寞的哀愁與淒涼，陸機〈文賦〉云：「悲落葉於勁秋 [註2]」。秋懷、秋怨、秋愁、秋苦、秋悲，勾勒出中國歷代古典詩歌之悲秋模式，若說春天有春怨傷悲，秋日則有秋愁哀淒，然春怨之傷與秋悲之戚，卻爲截然不同的心路歷程，龔鵬程說：

> 融融春怨，雖也淒迷魂斷，但即使悲劇感重如李商隱，也
> 仍只是悵惘的體貌。不像秋之傷人，化作悽屬的哀響，剗
> 心憂魄，……竚立在風霜淒緊、蕭殺多悲的季節裡，所要
> 迎接的卻竟是那玄冰積雪、朔霧沉沉的嚴冬酷寒！ [註3]

春接續酷寒嚴冬而至，迎向暖風和煦的光明亮麗，而承啓大自然生命落敗衰頹的秋時，所要面對的卻是惶惶不安、漫長無盡的恐懼與等候，自然之綿延永恆，與生命之短暫有限，加以人事之錯落哀傷，憂傷糾結，故慨然而發，秋之悲怨是冥邈淒屬的。

第一節　秋詩及意象詞的歸納統計

一、秋詩的歸納統計

　　王勃秋意象詩之選詩，大抵與春意象詩同。秋意象詩中，〈出境遊山〉二首之一、〈河陽橋代竇郎中佳人答陽中舍〉二首，同俱「春」、「秋」字眼；〈冬郊行望〉 [註4] 一詩，詩題有「冬」，但觀詩文內容

[註1]　〔清〕朱又增著，王雲五主編：《逸周書集訓校釋・時訓》卷六，（臺北市：臺灣商務印書館，1971 年 11 月），頁 90。

[註2]　〔梁〕劉勰著，〔清〕范文瀾註：《文心雕龍注》，（臺北：學海出版社，1988 年 3 月），頁 224。

[註3]　龔鵬程：《春夏秋冬——中國古典詩歌中的季節》，（臺北：故鄉出版有限公司，1979 年 4 月），頁 89。

[註4]　〈冬郊行望〉詩見附件二。

的物象與氣象，應爲晚「秋」入冬，故亦歸秋意象詩，表列如下。

表五：秋詩意象統計表

第一類：詩句中出現「秋」字眼者，含詩題、詩句同具「秋」者			
	詩　題	表　現　主　題	詩　句	意　象　詞
1	秋夜長	閨（宮）怨（念征夫）	秋夜長 爲君秋夜擣衣裳	秋夜
2	采蓮曲	閨（宮）怨——男（征夫）女（採蓮女）相思	秋風起浪鳧雁飛	秋風
3	滕王閣	詠物（惜時、物是人非）	物換星移幾度秋	幾度秋
4	餞韋兵曹	離別（送別）	蟬露泣秋枝	秋枝
5	焦岸早行和陸四	離別（行旅、別友）	螢散野風秋	秋
6	夜興	閒情	山月照秋林	秋林
7	臨江，二首之二	懷鄉（羈旅、行旅、思歸）	應想故城秋	故城秋
8	江亭夜月送別，二首之一	離別（送別、客中送客）	津亭秋月夜	秋月夜
9	秋江送別，二首之一	離別（送別）	早是他鄉值早秋	早秋
10	寒夜懷友雜體二首之一	懷友	秋深客思紛無已	秋深
11	寒夜懷友雜體二首之二	懷友	秋風明月度江來	秋風
12	九日懷封元寂	懷友	九秋良會夕	九秋
13	※出境遊山【題玄武山道君廟】，二首之一	記遊	洞晚秋泉冷	秋泉
14	出境遊山【題玄武山道君廟】，二首之二	記遊	珠洞結秋陰	秋陰
15	※河陽橋代竇郎中佳人答楊中舍	愛情（女子情思）	判知秋夕帶啼還	秋夕
16	有所思	閨怨（思念征夫）	三秋方一日	三秋

17	邵大震九月九日玄武山旅眺【附】	傷時（羈旅、惜時）	秋水秋天生夕風	秋水、秋天
18	隴上行	邊塞（邊景、記遊）	草白見邊秋	邊秋

第二類：僅詩題中出現「秋」字眼，詩句中不見其字眼者。

	詩　題	表現主題	詩　句
1	秋日別王長史	離別（留別）	正悲西候日，更動北梁篇。 野色籠寒霧，山光斂暮煙。
2	秋日仙遊觀贈道士【案：一作駱賓王詩。無首四句。】	贈送	霧濃金灶靜，雲暗玉壇空。 野花常捧露，山葉自吟風。
3	秋江送別，二首之二	離別（送別、思友）	歸舟歸騎儼成行，江南江北互相望。 誰謂波瀾繞一水，已覺山川是兩鄉。

第三類：於秋季節令時應制或節令民俗活動感懷而作者

	詩　題	表現主題	詩　句
1	九日	閒情（歸隱田居之樂）	九日重陽節，開門有菊花。 不知來送酒，若箇是陶家。
2	蜀中九日	懷鄉（思歸）	九月九日望鄉臺，他席他鄉送客杯。 人情已厭南中苦，鴻雁那從北地來。
3	※九日懷封元寂	懷友	九日郊原望，平野遍雙威。 蘭氣添新酌，花香染別衣。
4	盧照鄰九月九日玄武山旅眺【附】	懷鄉（羈旅）	九月九日眺山川，歸心歸望積風煙。 他鄉共酌金花酒，萬裡同悲鴻雁天。
5	※邵大震九月九日玄武山旅眺【附】	懷鄉（羈旅、惜時）	九月九日望遙空，秋水秋天生夕風。 寒雁一向南飛遠，遊人幾度菊花叢。

第四類：詩題、詩句中雖無「秋」字，但透過詩題或詩中物象（植物、動物、天象及其他）描摹使用而有明顯「季節感」者。

	詩　題	表現主題	詩　句
1	山亭夜宴	宴享（夜宴）	桂宇幽襟積，山亭涼夜永。 森沈野徑寒，蕭穆嚴扉靜。
2	詠風	詠物	肅肅涼景生，加我林壑清。
3	尋道觀	記遊	碧壇清桂閟，丹洞肅松樞。
4	麻平晚行	記遊	澗葉繞分色，山花不辨名。 羈心何處盡，風急暮猿清。

5	羈遊餞別	離別（留別）	槿豐朝砌靜，篠密夜窗寒。
6	傷裴錄事喪子	傷逝（哀悼）	蘭階霜候早，松露夕臺深。 魄散珠胎沒，芳銷玉樹沈。
7	深灣夜宿	懷鄉	津塗臨巨壑，村宇架危岑。 堰絕灘聲隱，風交樹影深。 江童暮理楫，山女夜調砧。 此時故鄉遠，寧知遊子心。
8	別人，四首之一	離別（送別）	久客逢餘閏，他鄉別故人。 自然堪下淚，誰忍望征塵。
9	別人，四首之二	離別（送別）	江上風煙積，山幽雲霧多。 送君南浦外，還望將如何。
10	別人，四首之三	離別（送別）	桂輶雖不駐，蘭筵幸未開。 林塘風月賞，還待故人來。
11	別人，四首之四	離別（送別）	霜華淨天末，霧色籠江際。 客子常畏人，何爲久留滯。
12	山中	懷鄉（愁思、悲苦）	況屬高風晚，山山黃葉飛。
13	冬郊行望	懷鄉（秋景）	桂密巖花白，梨疏林葉紅。 江皋寒望盡，歸念斷征篷。
14	寒夜思友，三首之一	懷友（思友）	久別侵懷抱，他鄉變容色。
15	寒夜思友，三首之二	懷友（歸愁）	鴻雁西南飛，如何故人別。
16	隴西行，十首之七	邊塞	風火照臨洮，榆塞馬蕭蕭。

（＊表同首詩兼有「春」與「秋」；※表詩題重複）

　　表五所示，詩句中屬第一類，出現「秋」字字眼者，計十八次（首），同詩重複以一次計，包括〈秋夜長〉、〈採蓮曲〉、〈滕王閣〉、〈餞韋兵曹〉、〈焦岸早行和陸四〉、〈夜興〉、〈臨江〉二首之二、〈江亭月夜送別〉二首之一、〈秋江送別〉二首之一、〈寒夜懷友雜體〉二首、〈九日懷封元寂〉、〈出境遊山〉二首、〈河陽橋代竇郎中佳人答楊中舍〉、〈有所思〉、〈邵大震九月九日玄武山旅眺〉、〈隴上行〉。詩題、詩句同時出現「秋」，或點出秋時者，有〈秋夜長〉、〈秋江送別〉二首之一、〈九日懷封元寂〉、〈邵大震九月九日玄武山旅眺〉四首。第二類，

僅詩題以「秋」爲名，而詩句中不見「秋」字字眼，卻以其他物象表現者，計三首，包括〈秋日別王長史〉、〈秋日仙遊觀贈道士〉、〈秋江送別〉二首之二。第三類，應秋季節令之制或因節令民俗活動感懷而作者，計五首：〈九日〉、〈蜀中九日〉、〈九日懷封元寂〉、〈盧照鄰九月九日玄武山旅眺〉、〈邵大震九月九日玄武山旅眺〉，其中〈九日懷封元寂〉、〈邵大震九月九日玄武山旅眺〉兩首重複。第四類，詩題、詩句中雖無「秋」字字眼，但透過植物、動物、天象等物象描摹而有明顯「季節感」者，包括〈山亭夜宴〉、〈詠風〉、〈尋道觀〉、〈麻平晚行〉、〈羈遊餞別〉、〈傷裴錄事喪子〉、〈深灣夜宿〉、〈別人〉四首、〈山中〉、〈冬郊行望〉、〈寒夜思友〉三首之一、二、〈隴西行〉十首之七等，共十六首詩。總計王勃的詩作中，秋日而作、表達秋天意象、以秋意象抒發各類主題情意者，共計四十首，超過其詩作的三分之一。

　　秋意象詩中，秋天意象的使用方法同如春詩，亦分二形式，一爲「以物詠秋」，使用秋季時空下之動態、靜態所呈現的物象交互渲染，運用客觀物象交織成的觀感與印象，營造出其對秋天的基本意象，流露之心緒，即詩意，因秋，則名「秋意」；另一表現形式則爲「以秋表意」，詩人以秋天既已形成之印象，即儲存於腦海、心理主觀或客觀既有之抽象概念（秋本有之意涵），來表達抒發某些主題、意念，以秋敘志抒情，是以表露此主題心情爲主，故「秋」常成爲詩人抒發主題情意的意象部件之一，再加以其他意象部件，營構出整首詩之意境。

　　秋天之詩，以衰弱感傷之音符，譜成一曲曲發人省思的悲歌，彷彿天地萬物都爲詩人的哀愁而悲鳴涕啼，故難以產生閒適曠達，而感到欣喜，並生詠懷，王勃詩中，單純詠秋日美好，而流露秋高氣爽閒適心情，即「以物詠秋」表現的詩少，只有〈夜興〉、〈九日〉、〈詠風〉諸作，其中〈九日〉爲應節令而歌之詩：

　　　　九日重陽節，開門有菊花。
　　　　不知來送酒，若箇是陶家。〔註5〕

〔註5〕　同註5，頁72。

此詩以屬於節令意象詞之菊花、送酒、陶家，寫出秋日隱居山林清寧和淡之悠然，爲籠罩著濃濃秋愁之重陽日，帶來一股歷經生命沉潛沉澱後昇華之欣秋喜悅，透露出超越之心境，清淡而雅致。又如〈夜興〉：

　　　野煙含夕渚，山月照秋林。

　　　還將中散興，來偶步兵琴。〔註6〕

漫步荒郊，濃濃野煙中透出若隱若現的夕照，清淡的月光映照在暮晚的秋林間，詩人陶鎔於秋日高爽的大自然氛圍裡，閒適自得，如同修養於山林間的中散大夫阮籍，與善於彈琴，放逐詩酒而拜步兵校尉的嵇康，願同二人般與世無爭、胸懷曠達。「野煙」、「夕渚」、「山月」、「秋林」、「中散」之興、「步兵」琴情，營造出悠閒無煩憂的「秋」涼欣悅意象。

　　　大部分秋詩中，爲更精確清楚地傳遞與抒發秋日悲懷，皆先以天地萬物之象清楚營造秋氣氛圍後，再以秋意象表達所欲發抒之主題情意，王勃秋詩大多屬此，如〈山中〉：

　　　長江悲已滯，萬裡念將歸。

　　　況屬高風晚，山山黃葉飛。〔註7〕

高風即指秋風，所謂秋高氣爽，又爲晚上，寒涼氣息撲鼻；山山如秋之悲淒一重又一重，滿山枯槁飄零之黃葉意象，如秋之哀愁漫天飛舞，慘澹昏黃如暮之氣，襯托並加深詩人眼見滾滾長江東流去，卻身在萬里之外滯留不得歸鄉之悲淒哀嘆。以江水之一逝千里、身滯萬里之悲、寒晚高風、重山黃葉，營造濃濃秋愁，託思鄉之意，以景結情。同此詩以秋之思愁而表達對家鄉的思念者還有以下詩句：

　　　江皋木葉下，應想故城秋。（〈臨江〉二首之二）〔註8〕

　　　人情已厭南中苦，鴻雁那從北地來。（〈蜀中九日〉）〔註9〕

　　　他鄉共酌金花酒，萬裡同悲鴻雁天。（〈盧照鄰九月九日玄武山

〔註6〕同註5，頁70。

〔註7〕同註5，頁71。

〔註8〕同註5，頁70。

〔註9〕同註5，頁70。

旅眺〉〉〔註10〕

　　九月九日望遙空，秋水秋天生夕風。寒雁一向南飛遠，遊
　　人幾度菊花叢。（〈邵大震九月九日玄武山旅眺〉）〔註11〕

　　桂密巖花白，梨疏林葉紅。
　　江皋寒望盡，歸念斷征篷。（〈冬郊行望〉）〔註12〕

詩人去鄉羈旅、行旅做客他鄉，時日已久而歸鄉之途卻遙遙無望，秋
日的思愁苦楚，更貼切而深沉的凸顯出心底思歸而不得歸的懷鄉之
痛。另外，王勃詩中亦有以秋之思愁而表達其他主題者，如：

　　鷹風凋晚葉，蟬露泣秋枝。（〈餞韋兵槽〉）〔註13〕

　　猿吟山漏曉，螢散野風秋。（〈焦岸早行和陸四〉）〔註14〕

　　早是他鄉值早秋，江亭明月帶江流。
　　已覺逝川傷別念，復看津樹隱離舟。（〈秋江送別〉二首之一）

　　〔註15〕

　　野色籠寒霧，山光斂暮煙。（〈秋日別王長史〉）〔註16〕

以上四首皆以秋之思愁來表達去鄉羈遊留別、送別的離愁心情。再
者，秋之思愁又可用來表達對友人之思懷，如：

　　久別侵懷抱，他鄉變容色。
　　月下調鳴琴，相思此何極。（〈寒夜思友〉三首之一）

　　雲間征思斷，月下歸愁切。
　　鴻雁西南飛，如何故人別。（〈寒夜思友〉三首之二）〔註17〕

　　秋深客思紛無已，復值征鴻中夜起。（〈寒夜懷友雜體〉二首之一）

〔註10〕〔唐〕王勃著，〔明〕張燮輯，王雲五主編：《王子安集》，（臺北：
　　　　商務印書館，1976年3月），頁29。
〔註11〕〔唐〕王勃著，〔明〕張燮輯，王雲五主編：《王子安集》（臺北：商
　　　　務印書館，1976年3月），頁29。
〔註12〕同註5，頁71。
〔註13〕同註5，頁65。
〔註14〕同註5，頁68。
〔註15〕同註5，頁72。
〔註16〕同註5，頁67。
〔註17〕〈寒夜思友〉之一、之二，同註5，頁71。

故人故情懷故宴，相望相思不相見。(〈寒夜懷友雜體〉二首之二)
〔註18〕

同以秋愁表達懷念情思者，尚有下列之詩：

鳴環曳履出長廊，爲君秋夜擣衣裳。(〈秋夜長〉)〔註19〕

采蓮歸，綠水芙蓉衣。

秋風起浪鳧雁飛，桂棹蘭橈下長浦。

羅裙玉腕搖輕櫓，葉嶼花潭極望平。

江謳越吹相思苦，相思苦。

佳期不可駐，塞外征夫猶未還。(〈採蓮曲〉)〔註20〕

判知秋夕帶啼還，那及春朝攜手度。(〈河陽橋代竇郎中佳人答
陽中舍〉)〔註21〕

秋日蕭瑟，帶來更多情愁，面對久未見面的夫君或情人，秋之相思益
發顯得愁苦淒清，帶出女子、閨婦深埋心中之悶怨。

此外，表達女子、少婦、閨婦心情，可以以秋之思愁體現，亦可
以以傷時、傷逝等衰亡的秋情，傳達時光飛逝而年華老去之怨懟，如
〈有所思〉：

三秋方一日，少別已經年。〔註22〕

又有以秋之傷時、惜時等衰亡之秋表意者，如名作〈滕王閣〉：

滕王高閣臨江渚，珮玉鳴鸞罷歌舞。

畫棟朝飛南浦雲，珠簾暮捲西山雨。

閒雲潭影日悠悠，物換星移幾度秋。

閣中帝子今何在，檻外長江空自流。〔註23〕

此詩高詠滕王閣之氣勢，滕王閣之華貴，滕王閣之形勢，對照滕王閣
人去樓空後之寂寞，相比時日悠悠之漫長、長江永流之永恆，自然興

〔註18〕〈寒夜懷友雜體〉之一、之二，同註5，頁72。

〔註19〕同註5，頁61。

〔註20〕同註5，頁61、62。

〔註21〕同註5，頁73。

〔註22〕同註5，頁73。

〔註23〕同註5，頁63。

起歲月無情，物是人非，時光易逝之慨。幾度之「秋」，爲人事無常與時光飛逝，迸出濃濃慨嘆之悲鳴與傷感，秋之循環爲恆固光陰添抹不知幾許哀愁。除上述秋之涵義外，又見以秋之肅穆，寫遊山賞觀之情景者，如〈出境遊山〉二首之一：

　　洞晚秋泉冷，巖朝古樹新。〔註24〕

詩人出境遊山，以秋之清冷肅穆，寫出一路沿著小徑尋覓道觀之景況，塑造出莊嚴靜謐的氛圍。

　　歸結王勃季節詩中春、秋意象的使用，若單純以第一種形式爲詩者，目的多半爲歌詠季節（春、秋）之美好，由歌詠之中見詩人閒適之情，第二種表現形式主要是以季節（春、秋）意象表達抒發的主題情意。大體而言，爲更精確清表達抒發之主題，王勃大部分的詩作，皆先藉第一種形式清楚地建構季節（春、秋）意象後，再以第二種形式表意。

二、秋意象詞的歸納統計

　　秋詩著重寫實，更重寫意，故著重氛圍意境之營造，除物象的呈現外，具秋日氣氛的詞彙，如蕭瑟、肅殺、蕭蕭、悠悠等之運用，實不可或缺。以下就王勃秋詩中可感知秋天的意象詞種類，略參照其屬性特質，配合詩內容主旨，歸納出同類物象詞，爲分析理解方便，有的物象附帶其形容一起概觀，物象複合詞若分屬兩類則擇一，如表六，並且統計歸納表達情意時常見的意象使用意涵，如表八。

表六：秋意象詞歸納統計

植　物　意　象		34
花	花葉、花紅、牽花共蒂、野花捧露、巖花（白）	5
	芳銷	1
	崇蘭、時菊（芳）、蓮、蓮花、荷翻、折藕連絲、桂（密）、菊花、菊花叢	9
	草白	1

〔註24〕同註5，頁73。

木	森沉、林壑（清）、林端、玉樹（沉）、津樹、古樹（新）	6
	竹（晦）、松楸、篠密、梨（疏）、槿	5
葉	桑葉、葉翠、晚葉、山葉吟風、木葉、黃葉（飛）、林葉（紅）	7
	動　　　物	18
鳥	振翮、聽鳥	3
	南雁、鳧雁、寒雁、飛鴻、鴻雁*2、征鴻（對）鳳凰、（雙）鴛鴦	8
獸	征驂、猿吟、去驂（嘶）、回鑣、（驅）羊、（走）兔	6
蟲	蟬露、螢散	2
	天　文　、　地　理	111
天氣	天末、天潯、白雲天、鴻雁天、閒雲、雲涯、雲間*2、雲霧*2、煙霧、寒霧、霧色、北風、江上風、鷹風、野風、披風、高風、夕風、風煙*2、浮煙（斂）、暮煙、亂煙、野煙、川霽、亭皋、霜候、霜吹、白露、松露、征塵、霜華、蘭氣、雲黃	33
日月星	日悠悠、夕、落照、星移、侵星、月明、江上月、乘月、明月*3、山月、飛月、風月、月下*2、霜月	14
水	川、花潭、北潭、江上*2、寒江、江垂、江（送）、江山*2、江流、江際、江南江北、江、暗流、林泉、林塘、長江、逝川、波瀾一水、澗毀、源水、長河（路）、長浦、蓮浦、浦、南汀、夕渚、寒洲、江皋*2、西津	29
土石、山	山明、山漏、山（橫）、山幽、山川兩鄉、山川*2、山阿、復嶂、巖扉（靜）、虛巖、巖朝、巖深、翠壑、清岑、洞（晚）、珠洞、峰斜鳥翅、磴疊魚鱗、野徑（寒）、葉嶼、野次、野色、郊原、平野、遙空、北山、籠山、鶴關、龍門、關山、蘭階、岑臺、別路、南楚、北燕	35
	其　　　他	22
※色彩、氣氛、感官	肅肅、涼景、涼夜、悵望、暮、肅穆、悠悠、浩蕩、空（自流）、寂寂、夜寒、寒望（盡）、茫茫、蒼蒼、蕭蕭*2、擾擾、暮夜、迢遞、清光、清興、山光、晴色、變容色、花香、帶啼還	25
人文意象（器物、建築）	幽襟、纖羅、丹綺、調砧、亂杵、音信、寒衣、芙蓉衣、交佩、北海雁書、朝砧、夜窗、琴聲、（步）兵琴、歸櫂（隱）、金灶靜、玉壇空、碧砌、桂輯、蘭筵、征篷、鳴琴	22
秋天	秋夜、秋風*2、幾度秋、秋枝、秋、秋林、故城秋、秋月夜、早秋、秋深、九秋、秋泉（冷）、秋陰、三秋、秋水秋天	

以上秋意象詞，乃自表五所選之秋意象詩中選取歸納，統計原則與春意象詩同，並對應詩作主旨，試略述其意象的表達意涵。

（一）植物意象詞

王詩描述秋日之植物意象中，花之泛稱少於特稱，以「花葉」、「花紅」、「牽花共蒂」、「野花捧露」描摹花之飄落、紛飛、清新、光透、連繫姿態，以「芳銷」喻女子死亡，「巖花白」則以清疏、肅穆、白淨等意涵形容秋天。

素為中國詩家賦予獨特人文精神，具象徵意義之特稱花，有蘭、桂、菊、蓮、荷、蓮之果實藕等，王勃秋意象詩所見特稱花有「崇蘭」、「時菊（芳）」、「蓮」、「蓮花」、「荷翻」、「折藕連絲」、「桂（密）」等意象詞。蘭、桂因品種不同，花期可春可秋，蘭花幽香清遠之姿，立於秋高氣爽、蒼茫秋光之中，高潔典雅，文人多歌詠其高尚品德，引為哀悼亡者之用；桂木自古用為舟、櫂、棟等材料，先秦《楚辭》之〈九歌〉即有「沛吾乘兮桂舟」、「桂櫂兮蘭枻」等句〔註25〕，又因其高密叢生儼然之姿，人投射以崇敬心理而與仙人、仙樹、仙境結合，成為仙道意識最直覺聯想之意象橋梁，王勃詩中桂之出現常用於此；菊花為重陽應節最常見意象，為花中志士，不隨流俗，王詩亦用以比擬山林隱逸、閒適歸隱之喻；古時荷花即蓮花，一為學名，一為俗稱，多野生於塘潭，或植於宮苑遊興供賞，自古即有豐富的意象著墨，佛教東移後，蓮花與其出淤泥不染之佛性密不可分，象徵花中君子，王勃詩仿樂府《相和歌辭·相和曲》之〈江南〉〔註26〕，以「蓮」、「憐」同音，表「憐愛」之愛情象徵，以「折藕連絲」寫采蓮女對遙遠征夫相思之連繫；槿為木槿花，朝發暮落，總於瞬間零落，故有「易逝」之歎，又因其日日不絕，故亦有「生命力」象徵。總觀王詩中花之特

〔註25〕〔宋〕洪興祖撰：《楚辭補注》，（臺北縣：頂淵文化，2005 年 10 月），頁 54～84。
〔註26〕汪中著：《樂府詩選注》，（臺北市：學海出版社，1994 年 3 月），頁 28。

稱意象意蘊綿邈，傳遞出哀悼、高尚、尊嚴、相思、相繫、悲怨、清閒、高潔、道佛、愛情、易逝等象徵意涵。

秋日因初秋涼意而「林壑」高清、「古樹」意新，因陽衰陰風而「林木」森沉、「玉樹」沉沒、「津樹」隱蔽；木之特稱意象與花特稱意象的呈現相反，多純取其姿態、色調，如「竹」於秋夜之晦暗、「梨」於晚秋入冬自然稀疏；「篠」為細竹，其密也幽，用以形容羈旅餞別，則離愁幽幽；「松」、「楄」，即松樹和榆樹，松後凋故長青、長壽、永恆、堅忍等，「榆樹」則為尊貴之姿，故松、榆常為喻寫道觀之肅穆、莊嚴。秋日之草，僅以「草白」形容邊塞風景，有別於一般以枯草入詩。

葉有「桑葉」、「晚葉」、「山葉吟風」、「木葉」，以及「葉翠」，皆以陪襯之姿於秋日登場，黃葉飄飛、楓林葉紅，以秋日之色營造秋日氣象，呈現飄飛、枯乾、清爽、涼冷之味。

（二）動物意象詞

王勃詩的動物意象上，秋日少了春時之遊魚嬉戲，多了驂鑣之馬、征戰去回等蕭殺嘶鳴悲憤之氣，這是春日所無之壯烈邊塞氣息，活潑鳥喧轉為溫溫憂憂之「鳥啼」，「鳥振翮」之瞬間可見其英武、有力，「聽鳥」一詞，顯見塞外空寂、孤曠風光，王勃秋詩的動物意象詞多以季節遷徙之候鳥如「南雁」、「梟雁」、「寒雁」、「飛鴻」、「鴻雁」、「征鴻」傳達分隔、分別、歸回、離去、孤寂等象意涵，使離愁與消衰之悲暈染秋天，以「驅羊」、「走兔」形成嚴肅、緊張之臨場感；「鳳凰成對」、「鴛鴦成雙」，反襯愛情思慕與望穿秋水之嘆；「猿吟」、「蟬露」、「螢散」，其聲淒切，其情則慘淡、淒清、飛散。

（三）天文、地理意象詞

秋意象詩則，著重秋氣氛圍之營造，自然之風雲雨露、高山遠流，萬有恆常之天體規律、時光運行間，閒止之感，正適合秋之特性，故雖就季節感知上較模糊緩慢，但卻能潛移默化，營造秋日氣息，加以

王勃個人的愛好與擅寫自然山水，故秋意象詩中天文、地理意象的鋪排使用，遠多過其他意象詞。

天文與地理之交互搭配，可使情意巧妙融合於字裡行間。王勃運用的天氣意象詞，以「天之末」、「天之潯」、「白雲天」、「鴻雁天」等，形容出無邊無際、高遠、空寂、明朗之景；以「閒雲」、「雲涯」、「雲間」，顯現清閒、邈遠之姿；「雲霧」、「煙霧」、「寒霧」、「霧色」等詞有寒冷、迷濛、氛氳之氣；形容秋風的意象詞如「北風」、「江上風」、「鷹風」、「野風」、「披風」，與春日和風相較下，多了點凌烈、強勁，「高風」、「夕風」則顯得蒼茫、清爽，「風煙」、「浮煙（斂）」、「暮煙」、「亂煙」、「野煙」有荒涼、氣沉、雜蕪撩亂的意象；至於「川上霽」、「霜候」、「霜吹」、「霜華」、「白露」、「松露」、「蘭氣」等，則呈溫和、清冷、高潔意象；「征塵」一詞氣勢開闊、雄壯，有濃濃塞漠空寂之質。整體而言，王勃秋詩的天文、地理意象詞，呈現蒼莽肅穆、孤高涼邈、消沉幽暗之空寂意境。

王勃春意象詩中日、月之意象多著眼於自然美景型態，而秋詩中落日之殘盡遲暮與月之陰晴圓缺意象，總不斷地透露出詩人對時光荏苒之眷戀，與人事悲歡離合之憂傷恐懼，若春比「朝日」，秋則為「落照」、「夕暮」，一步入希望，一走向結束；「悠悠之日」則見悠然、自在；「星移」、「侵星」寫行旅之路危險、艱辛、不安情緒；「明月」因夜晚更覺明澈透亮，因思念徘徊而有「江上望穿之月」，因追尋仙境幻夢或清晨趲路而「乘月」，或有高掛青山及隱於林泉之「明月」，或秋夜離別不捨之「月」，彷彿追隨友人南移之「飛月」，林塘觀賞之「風月」，山林月下獨自思友之「月」，霜寒蒼涼之「月」，顯示明亮、流連、眷戀、深沉、悠閒、思念、幻夢、徘徊、不捨、離愁、寂廖、沉默、蒼涼等不同意象，秋之天體意象，實以喻詩人情懷之用。

山本高竮聳立，具穩固、不移、高大、開闊、偉麗、雄壯等姿態，在王勃詩作中，秋山的意象與春日之山大不相同，春日之山嶺多半清新翠艷，兼具明麗與開闊，而秋日之山壑景象如「山漏」、「山阿」、「橫

臥之山」、「幽深之山」、「疊復之嶂」、「巖扉」、「虛巖」、「巖朝」、「巖深」、「峰斜鳥翅」、「磴疊魚鱗」、「寒冷野徑」、「夕渚」、「寒洲」、「郊原」、「平野」、「遙空」等，呈現清冷沉寂、肅瑟曠遠、蒼涼壯闊、孤幽遼闊、高險峻疊之姿態。王勃詩中之山多寄寓分隔兩地的離愁思情，以「山川」、「葉嶼」、「野次」、「野色」、等意象詞著墨；亦有取自初秋涼爽舒適之「翠壑」、「清岑」，而夜晚之山人「巖洞」、「珠洞」則顯得陰暗幽森。地點的描寫有「西津」、「北山」、「籠山」、「鶴關」、「龍門」、「關山」、「蘭階」、「夛臺」、「別路」、「南楚」、「北燕」等，多為邊塞、邊關送別之要塞。

　　水是受季節影響變化最明顯之地理意象，於詩中可形成強烈之「空間感」，春夏之水流源盛不止、清涼舒暖，秋冬之水卻短小乾涸、冰冷刺骨，無論視、聽、觸、動皆可感知辨明，王勃以「長浦」、「蓮浦」、「浦」、「南汀」、「江皋」、「江山」、「寒江」、「江垂」、「江送」、「江流」、「江際」、「江南江北」、「長江」、「逝川」、「波瀾一水」、「澗毀」、「長河路」、「源水」等意象詞，寫壯麗、寒冷、流逝不返、世事無常、荒毀、漫長、恆常、分隔、遙遠、流長之感；用「花潭」、「北潭」、「林泉」、「林塘」，顯現秋日幽深、寂靜、寧靜之感，「暗流」則暗藏危疑、暗深、謹慎的意涵。

　　將天地山水意象串連，則天地一線，遠近交替，氣勢壯闊、空寂無際，蘊化出秋詩中最重要之秋氣氛圍，若與個人情意相應和，易感相隔離愁、遙遠思念、時光流逝之依戀，其閑止之狀態，更可顯了悟豁達之境。

（四）秋字意象詞

　　秋意象詩大部分先以天地萬物之象營構秋氣氛圍，再以秋之意象表達所欲發抒的主題情意，直接以秋字出現的秋意象詞，多以秋修飾物象，提騰出秋氣，如「秋夜」、「秋月夜」、「秋風」、「秋枝」、「秋林」、秋泉（冷）」，呈現秋之長冷、孤寂、清亮、颯颯、枯細、幽寂、冰寒；

或表時間流逝、變遷、永恆之「九秋」、「三秋」、「幾度秋」、「秋水秋天」；亦有專以鋪陳氛圍、指主題情意之「故城秋」、「早秋」、「秋深」、「秋陰」、「秋」等，表現思鄉、離愁、暗幽、清冷、秋季等心緒。

（五）其他意象詞

秋意象詩中除了自然意象詞外，王勃也運用了一些人文意象詞。人物部分，如「征夫」、「江謳」、「越吹」、「塞外征夫」、「倡家」、「佳人」、「吳姬越女」、「征客」、「故人」，多爲社會底層人物發憤怨之悲鳴。色調的意象詞多偏晦暗或冷調，如「明」、「白」、「黃（枯）」、「霧色」、「晦」、「暗」、「深」、「森」、「沉」、「幽」、「茫」等，白色使用最多，有歡喜、明快、潔白、純眞、神聖、清楚、信仰、眞誠、柔弱、空虛〔註27〕等較屬於正面的特質，主要是受月的描寫影響；寫仙道則用神秘之紫。

器物、建築等一類意象詞中，以「纖羅」、「丹綺」、「調砧」、「亂杵」、「音信」、「寒衣」、「芙蓉衣」、「交佩」、「北海雁書」、「征篷」等形容對征夫、好友之懷想思念；「幽襟」、「朝砌」、「碧砌」、「桂櫂」、「蘭筵」、「夜窗」、「琴聲」、「兵琴」、「歸櫂」、「鳴琴」等，是寫秋深朝暮之清冷、欣閒、坐享的觀賞景況；「金灶靜」、「玉壇空」是形容修道道觀之空靜、幽獨。

以下將王勃春意象，與秋意象詞的統計，表列比較，並配合秋意象詞整體呈現之意涵，與春意象詩作風格比較如下：

表七：春、秋意象詞統計比較表

意象詞統計	植物	動物	天文	地理	人文
春	46	11	26	22	25
秋	34	18	47	64	22

由上表六、表七之統計與分析比較可知，秋意象詩與春意象詩相

〔註27〕林文昌：《色彩計畫》，（臺北：藝術圖書有限公司，1988 年），頁 84。

反，用以營造秋天自然氛圍之天文、地理意象遠多於動植物意象之使用，值得留意的是「草」之意象僅於描寫邊景時出現一次，且其色白，與枯黃之草的衰落秋意大不相同，一般習以呈現衰枯的秋草意象，但王勃秋意象詩中全無，此乃秋與春詩意象之使用上極大的區別，春日之詩，主藉花草樹木之生機蓬勃，與花、樹、草、葉等鮮豔色調展現活潑新生，因此描摹呈現春天溫婉柔美、亮麗喜悅的清麗明媚之姿態，而秋詩則著重秋氣氛圍之營造，強調高曠清遠之心境、沉寂肅穆之秋愁，而呈現蒼涼悲戚之樣貌，就色彩上的著墨，亦多偏重灰暗、沉重之雲、雨、霧、煙、風等組合搭配，而秋日草地枯黃，荒蕪不見，自然無以著墨，因此天地之氣與山川之壯，交錯混合之姿態，變化成為秋詩意境在呈現上，舉足輕重、不可或缺之角色，春天時時刻刻千動萬變，而秋天則躞著沉靜緩慢的步伐逐步走入衰萎，春感時光緊而湊，秋覺光陰疏而緩，天、地意象在永恆天體之規律運行下，閒止之感正適合秋之特性，營造秋日氣息。

表八：王勃春、秋意象詩風格呈現比較表

春	秋
動植物意象＞天文地理意象	天文地理意象＞動植物意象
鮮豔色調展現活潑新生	晦暗沉重重秋氣氛圍
溫婉柔美、亮麗喜悅而清麗明媚	高曠清遠、沉寂肅穆而蒼涼悲戚
千動萬變	走入衰萎
時光	沉靜

第二節　秋日節令詩的意象──重陽

　　本節與王勃春日節令詩同，將秋季節令詩另做統計，分析其意象之使用，以觀詩人呈顯自然，受人文因素影響的情形，藉以說明詩人情志、意象淘選的概況。

　　秋季節令有「中秋」、「重陽」、「下元」，王勃應秋日節令而作者，

共五首，包括〈九日〉、〈九日懷封元寂〉、〈蜀中九日〉、〈盧照鄰九月九日玄武山旅眺〉、〈邵大震九月九日玄武山旅眺〉，全爲「重陽」之作，「重陽」亦爲唐代三大節令之一。

重陽又稱「重九」、「上九」、「九日」，農曆九月九日，天地之數始於一，九乃上達天陽之處，故爲陽數，九重複二次，此日洽逢日與月並應，皆九數，故曰「重陽」。民俗活動以佩插茱萸、登高宴飲、賞菊賦詩爲主〔註28〕。杜公瞻注《荊楚歲時記》曰：

> 九月九日宴會，不知起於何代？然自漢世以來未改，今北人亦重此節，佩茱萸、食餌、飲菊花酒，云令人長壽。近代皆宴設於臺謝。又《續齊諧記》云：「汝南桓景，隨費長房遊學，長房謂之曰：『九月九日，汝家中當有災厄，即令家人逢囊，盛茱萸繫臂上，登山引菊花酒，此禍可消。』景如言，舉家登山，夕還，見雞犬牛羊一時暴死，長房聞之曰：『此可代也』」今世人九日登高飲酒，婦人帶茱萸囊，蓋始於此。〔註29〕

是故重陽之日，佩插茱萸、登高祓褉，民俗以爲可避災解厄。宋人陳元靚的《歲時廣記》說：

> 《風土記》曰：「俗尚九月九日，謂之上九，茱萸到此日成熟，氣烈色赤，爭折其房以插頭」云：「必除惡炁，而禦初寒」。〔註30〕

《歲時廣記》卷三十四〈重九上・佩茱萸〉又云：

> 《西京雜記》曰：「九月九日佩茱萸，令人長壽。」〔註31〕

〔註28〕另有「遊戲馬臺」之娛樂活動，因王勃節令詩無此意象，故本章不取。參見劉奇慧：《唐代節令詩研究》，（國立臺灣師範大學國文學系博士論文，2010 年 6 月），頁 179。

〔註29〕〔梁〕宗懍撰，王毓榮校注《荊楚歲時記校注》，（台北：文津出版社，1992 年，六月），頁 212。

〔註30〕〔宋]陳元靚：《歲時廣記》，卷三四，〈重九上・插茱萸〉（臺北：新文豐出版有限公司，1984 年 6 月），頁 376。

〔註31〕〔宋〕陳元靚：《歲時廣記》，卷三四，〈重九上・佩茱萸〉，（臺北：新文豐出版有限公司，1984 年 6 月），頁 376。

故九月九之茱萸，色紅味烈，而頭爲身首，人們爲求安定，欲使害物不敢近，插頭佩戴之，以示蟲邪，可驅厄避凶，既可驅邪避凶，生理、心理無所威脅，自然健康長壽。

　　登高祓禊可溯源於汝南桓景一事，至唐代君王重節慶，重陽登高，君臣齊宴共歡，蔚爲風潮。《歲時廣記》記載：

　　　　《西京雜記》曰：「樂遊園，漢宣帝所立。」唐長安中，太
　　　　平公主於園上置亭遊賞，其亭四望寬敞，每上巳、重九，
　　　　士女戲就，祓禊登高。〔註32〕

王勃名作〈滕王閣序〉中的名句「落霞與孤雁齊飛，秋水共長天一色」，即爲重陽佳節登臨時作，傳爲絕響〔註33〕。王勃的九日詩中如下列四首，亦皆是登臨之作：

　　　　九日郊原望，平野遍雙威。（〈九日懷封元寂〉）〔註34〕

　　　　九月九日望鄉臺，他席他鄉送客杯。（〈蜀中九日〉）〔註35〕

　　　　九月九日眺山川，歸心歸望積風煙。（〈盧照鄰九月九日玄武山
　　　　旅眺〉）〔註36〕

　　　　九月九日望遙空，秋水秋天生夕風。（〈邵大震九月九日玄武山
　　　　旅眺〉）〔註37〕

「九日」、「九月九日」皆明言「重陽」時節，「郊原望」、「望鄉臺」、「眺山川」、「望遙空」，其「望」、「眺」皆居高臨下之舉，「郊原」、「鄉臺」、「山川」、「遙」、「空」顯其寬廣、高曠、遠壯、開闊，充斥清高曠朗之濃濃秋氣。

　　菊花可賞、可飲、可食，登高享宴之時，遊賞菊田、菊海，酣飲

〔註32〕〔宋〕陳元靚：《歲時廣記》，卷十八，〈上巳上・置賞亭〉，（臺北：
　　　　新文豐出版有限公司，1984 年 6 月），頁 198。
〔註33〕王勃同時另作〈滕王閣〉詩，但歌詠與此節無關，故不於此論。
〔註34〕同註 5，頁 72、73。
〔註35〕同註 5，頁 72。
〔註36〕〔唐〕王勃著，〔明〕張燮輯，王雲五主編：《王子安集》（臺北：商
　　　　務印書館，1976 年 3 月），頁 29。
〔註37〕同前註。

菊花酒助興,配之菊花糕點,應是受晉人陶潛,愛菊嗜酒之習所影響,《歲時廣記》云:

> 《敘晉陽秋》曰:「陶潛興嗜酒,家貧不能常得。九月九日無酒,於宅籬畔菊叢中,摘花盈把而作,悵望久之,有白衣人至,乃江州太守王宏送酒,即便就酌,醉後而歸。」 〔註38〕

是故重陽詩便常與「賞菊共酌」、「重陽送酒」、「山林隱逸」、「採菊東籬」、「彭澤去官」、「田園陶家」等意象畫上等號,詩人常以陶潛相關之著名意象入詩自喻,如李白〈九日登高〉:「因招白衣人,笑酌黃花酒。」〔註39〕;杜甫〈復愁十二首〉之十一詩:「每恨陶彭澤,無錢對菊花。如今九日至,自覺酒需賒。」〔註40〕王勃九日詩中亦處處可見此類意象詞,並且多以此自況,如〈九日〉:

> 九日重陽節,開門有菊花。
> 不知來送酒,若箇是陶家。〔註41〕

重陽時日,菊花滿山遍野,開門即入眼簾,王弘送酒陶家之田園逸樂,一如今日登高遊宴,遠望山林,享受悠悠情意的自己,詩人於寂歷的秋光之中,觸到一股生命潛沉的喜悅與機息,有別於一般唐詩悲哉秋氣之風格,寫出了秋高氣爽,登高遠望的閒適喜悅之情。但王勃重陽詩也有悲秋之作,如〈盧照鄰九月九日玄武山旅眺〉一詩曰:

> 九月九日眺山川,歸心歸望積風煙。
> 他鄉共酌金花酒,萬里同悲鴻雁天。〔註42〕

菊花色澤金黃,芳香宜人,故稱「金花」,酌飲金花於他鄉,使客作羈旅之登高顯得孤苦寂廖,「山川」、「風煙積」、「萬里」、「鴻雁」、「天」

〔註38〕〔宋〕陳元靚:《歲時廣記》,卷十八,〈上巳上‧置賞亭〉,(臺北:新文豐出版有限公司,1984年6月),頁198。
〔註39〕李白〈九日登高〉詩。(王啓興主編:《校編全唐詩》,(武漢:湖北人民出版社,2001年1月),頁651)。
〔註40〕杜甫〈復愁〉詩十二首之十一。(同前註),頁912。
〔註41〕同註5,頁72。
〔註42〕同註5,頁29。

等詞構組天地蒼莽之氣，詩人歸心望鄉，煩悶心緒，積如環繞山川萬里風煙之氣，連飛天鴻雁與遼闊大地，都來憐憫自己悲哀的心情。同樣表達思鄉之苦的還有〈蜀中九日〉：

> 九月九日望鄉臺，他席他鄉送客杯。
>
> 人情已厭南中苦，鴻雁那從北地來。〔註43〕

秋時佳節，登高慶祝，反更添悲愁，高瞰只見羈南望北之苦，客中邀客，情何以堪？「登高」、「送酒」成了厭倦思苦之意象。又〈邵大震九月九日玄武山旅眺〉詩曰：

> 九月九日望遙空，秋水秋天生夕風。
>
> 寒雁一向南飛遠，遊人幾度菊花叢。〔註44〕

秋意蕭瑟寥落，秋日清冷之水、秋日索然之天、暮晚黃昏之風、南飛遙遠天邊之寒雁，使得詩人對時光消逝形成衰老的敏感，羈旅的遊子不知是第幾度望眼菊花叢裡，而嗟自身一事無成之歎。而〈九日懷封元寂〉則寫懷友之情：

> 九日郊原望，平野遍雙威。蘭氣添新酌，花香染別衣。
>
> 九秋良會夕，千里故人希。今日籠山外，當憶雁書歸。
>
> 〔註45〕

「新酌」、「花香」，指的是飲酒與菊花，「良會」指與宴黃昏，重九登高望郊原，平坦遼闊的視野，述說著雄闊高遠的大地，高山、良景，卻少了知心老友，因此詩人於蕭蕭佳節中，思念而等待著好友溫情的書信。

　　同為秋日「茱萸」、「登高」、「高臺」、「菊花」、「賞菊」、「飲酒」、「送酒」等相關重陽意象，詩人表達情意卻各不相同，可以「閒喜」，也能夠「思悲」，用以「傷時」，藉意「懷故」，這類意象便成「重九」節令詩之重要代表，以下將王勃五首九日「重陽」詩的意象歸類整理如表九：

〔註43〕同註5，頁72。

〔註44〕〔唐〕王勃著，〔明〕張燮輯，王雲五主編：《王子安集》（臺北：商務印書館，1976年3月），頁29。

〔註45〕同註5，頁72。

表九：秋日節令詩意象詞統計表

	季節	自然意象						人文意象	意涵
		植物	意涵	動物	意涵	天地	意涵		
〈九日〉	九日重陽節	菊花	隱逸					門、送酒，陶家	欣閒
		1							3
〈蜀中九日〉	九月九日			鴻雁	思愁、愁苦	他席他鄉、望鄉臺、南中、北地	思愁、落寞、分隔、遙遠	送客杯、人情、厭、苦	厭倦、悲愁
				1		4		3	
〈九日懷封元寂〉	九日、九秋	花香	芬芳			蘭氣、夕、千里、籠山、郊原、平野	高潔、芳香、遼闊、高遠	添新酌、染別衣、故人、雁書歸	欣閒、悠然、懷友、思念
		1				6		4	
〈盧照鄰九月九日玄武山旅眺〉	九月九日			鴻雁	思愁、悲苦	山川、他鄉、風煙、萬里、天	分隔、遼遠、蒼莽	共酌金花酒，悲	欣閒、隱逸、悲淒
				1		5		2	
〈邵大震九月九日玄武山旅眺〉	九月九日	菊花叢	隱逸、傷時	寒雁	思愁、悲苦	秋水、秋天、夕風、南	蕭瑟、寥落	遊人	淒涼、孤單
		1		1		3		1	
		3		3		18		13	

　　以下將王勃春意象詞與秋意象詞的統計表列比較，並配合秋意象詞整體呈現之意涵，與春意象詩作風格比較如下：

表十：春、秋意象詞統計比較表

節令詩與意象詞統計	立春詩	上巳詩	人文	天地	植物	動物
春	1	3	19	27	10	1
秋	重陽詩*5		13	18	3	3

　　若說「高遠淒寒」爲中國文學世界「秋」之形象，那麼高遠之景，

即受秋日登高、目望山江之影響；淒寒之緒，則受秋日季節物色枯槁
凋落之荒落所發動。就表十而觀，王勃秋日節令詩中自然意象與人文
意象之使用比例，不到二比一，相較於春節令詩的二比一，人文意象
的使用比例更多，若相較於整體秋意象詩作的總表現比例：自然意象
與人文意象的比例近八比一，則秋日節令詩，更加倍突顯詩人受節慶
活動、人文習俗、事蹟的影響。秋日節令詩，天地、人文意象的描寫，
亦遠多於對動植物的著墨，恰與春日節令詩之自然意象遠多於人文意
象，形成對比。分析兩者基調，大抵春時溫婉柔美，但帶了點落寞的
哀愁，而秋時清曠廖落，懷故傷時。但無論春節、秋節，皆兼具開喜、
去悲、感時、思懷之情。總言之，可謂春令依應制而圖官名，秋慶因
物候而思歸。

　　節令之詩，因應節令之制或感懷起興而作，意象交錯複疊之中，
皆可看出時間流轉中詩人個人存在的意識，烙印著強烈的歷史情感與
詩人自我生命經歷的融合，以時節之物色風光、民俗風情加諸於詩，
便緊密的鑲嵌入詩情。

　　表十一：王勃春、秋節令詩意象之風格呈現比較表

春	天地、動植物意象＞人文意象	溫婉柔美、落寞哀愁	為應制而圖官名	兼具開喜、去悲、感時、思懷之情
秋	天地、人文意象＞動植物意象	清曠廖落，懷故傷時	因物候而思歸	

第三節　秋詩意象之意涵與秋意

　　時間流轉中個人存在的意識，附著強烈的歷史情感，使詩人自我
生命與天地緊密的融合為一，秋之基調傷感，由立秋至霜降，泰半由
清曠蒼茫之景寫至淒涼鬱悲之感。如《楚辭》寫秋：

　　　　秋風兮蕭蕭，舒芳兮振條。〔註46〕

_____

〔註46〕《楚辭・九懷》，（〔宋〕洪興祖撰：《楚辭補注》，（臺北縣：頂淵文

　　悲哉秋之爲氣也，蕭瑟兮草木遙落而變衰，憭慄兮若在遠
　　行，登山臨水兮送將歸。宍寥兮天高而氣清，寂慘兮收潦
　　水而水清。〔註47〕

所謂悲莫悲於秋夜，天寥廓而氣淒肅，感秋與感事之參差互融，形成
中國秋詩悲秋模式。

　　而唐代詩人於「秋情」之表現，可爲「悲秋」、「欣秋」二種秋候
心情〔註48〕，「悲秋」主要以傷逝嘆老的時間意識，與景物蕭條疏索
的空間意識，加上自身境況因離別、羈遊、不遇的寂落衰頹所形成；
「欣秋」則爲秋日淡然清悠之山水田園中，詩人以平和寧靜之心忘卻
憂愁現實，感悟出宇宙生命中另一種明淨、素樸之美。本節綜合此論
與前二節之歸納分類，結合意象意義與情意展現，將王勃秋意象詩歸
爲「悠豁」、「衰亡」、「思愁」、「肅穆」、「邊塞」五大意義系統，並以
此窺探王勃詩歌所營構之秋天意涵與秋意表現。

一、悠　豁

　　以此意義而吟詠之詩，多表達詩人內心欣開之興，而有豁然之
境，粗具淡遠之味。統計其意象意涵，如表十二所示，有清新、光
透、白淨、清閒、清疏、永恆、清爽、清閒、邈遠、清爽、溫和、
悠然、自在、明朗、悠閒、壯麗、涼爽、舒適、欣閒、坐享、空靜、
清亮、幽深、蕭瑟等意涵。王勃詩中以此呈現秋天者有〈山亭夜宴〉、
〈詠風〉、〈夜興〉、〈九日〉等詩，主要表現登高觀覽山水自然之景，
營造閒止安寧之氛圍，透顯對自然山水之喜好，流露欣然之情，如
〈山亭夜宴〉：

　　桂宇幽襟積，山亭涼夜永。森沈野徑寒，肅穆嚴扉靜。

　　　　化，2005 年 10 月），頁 275。）

〔註47〕《楚辭·九辯》，（〔宋〕洪興祖撰：《楚辭補注》，（臺北縣：頂淵文
　　　　化，2005 年 10 月），頁 182、183。）

〔註48〕凌欣欣：《初唐詩歌中季節之研究》，（文化大學中國文學研究所碩士
　　　　論文，1996 年月），頁 295。

　　竹晦南汀色，荷翻北潭影。清興殊未闌，林端照初景。

〔註49〕

有別於傳統嘆愁的秋懷，於天清氣爽之秋日，登高夜宴，寫出黑夜幽深肅穆之山林嚴扉，安靜寧適的氛圍使詩人心凝神怡，心境異於白日所見景緻，別有興味。另如〈詠風〉：

　　蕭蕭涼景生，加我林壑清。〔註50〕

相較於前一首，秋日之風動態較顯輕巧靈動，更添閒興之味。又如〈夜興〉：

　　野煙含夕渚，山月照秋林。

　　還將中散興，來偶步兵琴。〔註51〕

獨步夜晚之山林郊野，煙吹夕照，隱透於悠悠林葉間穿梭，隱隱流露淡遠輕悠、明淨素樸之美。

二、衰　亡

　　一片落葉而知秋臨，於處處凋零寥落之氣息中，人人感知大自然生命落敗與衰頹即將開始，相對於永恆運行之自然，因人之生命分秒消逝與極其有限，不禁悲窮生命光陰一步步走向消亡，故哀悼衰落、死亡，感時傷逝之情懷油然而生，並憂歎世事無常，慨物是人非，進一步生一切繁華終將落盡，歸於塵土之感悟，此為秋意之「衰亡」。此意象意涵大致有高清、無邊無際、高遠、空寂、寒冷、氛氳、清冷、高潔、憂傷、恐懼、結束、深沉、寂廖、沉默、蒼涼、流逝不返、世事無常、漫長、恆常、流逝、變遷、飄落、死亡、紛飛、連繫、哀悼、沉沒、稀疏、枯乾、飄飛、涼冷、消衰、淒清、飛散、荒毀、枯細等意涵。

　　因時光流逝而哀苦生命衰老、消褪、甚至死亡者，如〈有所思〉：

　　三秋方一日，少別已經年。

　　不掩嚬紅頰，無論數綠錢。〔註52〕

〔註49〕同註5，頁60。
〔註50〕同註5，頁60。
〔註51〕同註5，頁70。

此詩仿女子心情，寫少婦與征夫長久分別而生怨，年少離別至今不知多少年，而發生命流逝、衰老之怨憤，以女子心境比擬自身長久羈旅在外，時久不歸的境況。又如〈秋日別王長史〉：

> 野色籠寒霧，山光斂暮煙。
>
> 終知難再奉，懷德自潸然。〔註53〕

寒霧籠罩，蒼蒼郊野一片昏茫，即將落幕之光輝積聚繚繞山煙，殘餘的光景衰弱無力，淒涼如自身仕途前景，渺茫無望，不禁悲從中來，潸然涕泣。除悲消逝衰老外，亦有哀悼亡者詩，例如〈傷裴錄事喪子〉：

> 蘭階霜候早，松露夗臺深。
>
> 魄散珠胎沒，芳銷玉樹沈。〔註54〕

蘭階、玉樹、珠胎喻死者高潔珍貴，亡者芳銷葬玉樹，為其傷逝；秋日霜候、松露、夗臺墓死亡相關意象，營造淒冷深沈，亡逝之悲哀，以傷悼喪亡之痛。

還有因見眼前景物美好，思及自身境遇依舊，而傷時光消逝不待之詩，如〈邵大震九月九日玄武山旅眺〉：

> 九月九日望遙空，秋水秋天生夕風。
>
> 寒雁一向南飛遠，遊人幾度菊花叢。〔註55〕

秋水秋天相連一線，廣闊無際之天邊如常，又見南飛寒雁，光景幾度依舊，而詩人不知多少次至此觀賞叢叢菊花，但時光流逝，卻依舊懷才不遇，僅能孤獨遠望，心悲比雁寒。

在經歷幾度挫折，嚐盡人生大起大落、悲歡離和後，消化琢磨生命之悲喜，登臨遠望所見，轉生截然不同之心境，如〈滕王閣〉：

> 閒雲潭影日悠悠，物換星移幾度秋。
>
> 閣中帝子今何在，檻外長江空自流。〔註56〕

〔註52〕同註5，頁73。
〔註53〕同註5，頁70。
〔註54〕同註5，頁68。
〔註55〕〔唐〕王勃著，〔明〕張燮輯，王雲五主編：《王子安集》，（臺北：商務印書館，1976年3月），頁29。
〔註56〕同註5，頁63。

描寫滕王閣之景觀壯麗，華麗富貴，然歲月無情，從前風華而今何在？感物是人非，人生恰如浮雲潭影，漂泊起伏，虛幻如影，**慨歎**世事無常之了然心境，巧妙融寫景、抒情、議論為一體，將滕王閣描摹的明麗動人，栩栩如生，感情表達直率真摯，心境開闊明朗，故能傳頌千古。

三、思　愁

　　秋日低盪蕭瑟之氣，對於思念愁苦，恰如洪水潰堤，奔流而下，故具此念念懷悲的意象意涵詩作，是唐代遊子離人數量最多的詩篇，能將悲哀之情刻畫地深切真摯，易引發讀者同處其境，心有戚戚之憂悲憐憫，動人情懷而低迴沉吟。王勃此類詩篇有抒發女子因深閨離別而相思之怨悶，亦有與友相別，或作客他鄉送別、留別時依依不捨之淚，又或羈旅漂泊之遊子，行旅思鄉情切，卻不得歸之慟恨，皆充斥著孤寂落寞之潸然，此類意涵大致有相思、相繫、愛情、思慕、迷濛、流連、眷戀、悲怨、孤寂、淒切、慘淡、思念、徘徊、不捨、離去、分隔、分別、危險、艱辛、不安、離愁、分隔、遙遠、流長、分隔、離愁、思情、清冷、沉寂、蕭瑟、曠遠、蒼涼、壯闊、孤幽、遼闊、高險、峻疊、送別、悲戚、歸回、盪憂、空寂、孤曠、悲憤、開闊、雄壯、悲鳴、憤怨、懷想、思念、清冷、幽獨、長冷、孤寂、思鄉、離愁等。

　　王勃描述愛情相思之作，寫春日思情則汩汩流泛，而述戀戀秋日則不可遏止，一發成怨，如邊塞閨怨〈秋夜長〉、〈采蓮曲〉、〈有所思〉諸作：

　　　　秋夜長，殊未央。月明白露澄清光，層城綺閣遙相望。
　　　　遙相望，川無梁。北風受節南雁翔，崇蘭委質時菊芳。
　　　　鳴環曳履出長廊，為君秋夜擣衣裳。
　　　　纖羅對鳳皇，丹綺雙鴛鴦，調砧亂杵思自傷。
　　　　思自傷，征夫萬裡戍他鄉。鶴關音信斷，龍門道路長。

君在天一方，寒衣徒自香。(〈秋夜長〉)〔註57〕

採蓮歸，綠水芙蓉衣。秋風起浪鳧雁飛。

桂棹蘭橈下長浦，羅裙玉腕搖輕櫓。葉嶼花潭極望平，江
謳越吹相思苦。

相思苦，佳期不可駐。

塞外征夫猶未還，江南採蓮今已暮。今已暮，採蓮花，渠
今那必盡倡家。

官道城南把桑葉，何如江上採蓮花。

蓮花復蓮花，花葉何稠疊。葉翠本羞眉，花紅疆如頰。

佳人不在茲，悵望別離時。牽花憐共蒂，折藕愛連絲。

故情無處所，新物徒華滋。不惜西津交佩解，還羞北海雁
書遲。

採蓮歌有節，采蓮夜未歇。

正逢浩蕩江上風，又值徘徊江上月。

徘徊蓮浦夜相逢，吳姬越女何豐茸。

共問寒江千裡外，征客關山路幾重。(〈採蓮曲〉)〔註58〕

相思明月夜，迢遞白雲天。(〈有所思〉)〔註59〕

同為思念徵調遠方戍守之丈夫，因秋風遲暮生悲，徒自傷憐，故秋夜
更顯漫長，關外無音無信，只能徘徊自守獨望，因而悲憤生怨。顯見
詩人關注社會弱勢，同時亦以女子自比，空有滿腹才華，卻不受君王
重用，歸京之路不知幾多重，藉此發抒懷才不遇之怨悶與自我思憐。

其閨怨秋詩多以冷清蕭瑟之自然景物，與閨閣中空蕩之人事意
象，塑造淒清寂靜的環境，烘托出女子內心的哀怨。除閨中生怨外，
亦有以七夕故事表男女相思愛情似喜鵲悲啼，如春詩中已見之〈河陽
橋代竇郎中佳人答楊中舍〉〔註60〕等。

另外，王勃懷念友人之作，多因深秋或寒夜思及不遇感慨，而觸

〔註57〕同註5，頁61。
〔註58〕同註5，頁61、62。
〔註59〕同註5，頁73。
〔註60〕同註5，頁73。

發思懷故情，以清寒襯其心境低涼，表達直率眞切，例如〈寒夜思友〉
三首詩：

> 久別侵懷抱，他鄉變容色。
> 月下調鳴琴，相思此何極。（〈寒夜思友〉三首之一）
>
> 雲間征思斷，月下歸愁切。
> 鴻雁西南飛，如何故人別。（〈寒夜思友〉三首之二）
>
> 朝朝翠山下，夜夜蒼江曲。
> 復此遙相思，清尊湛芳綠。（〈寒夜思友〉三首之三）〔註61〕

「相思何極、征思斷、歸愁切、遙相思」等，直言對友人思懷情切，
「月下鳴琴」更見寒夜孤寂，油生歸思，此處化用阮籍「夜中不能寐，
起坐彈鳴琴，薄帷鑑明月，清風吹我衿。〔註62〕」一詩。而「鴻雁」
爲群聚候鳥，南飛之時，宛如歸鄉之感，故爲離愁詩中常見意象，在
寄寓思懷故人之情感中，也寄託代傳音信之盼。又如〈寒夜懷友雜體〉
詩：

> 北山煙霧始茫茫，南津霜月正蒼蒼。
> 秋深客思紛無已，復値征鴻中夜起。
>
> （〈寒夜懷友雜體〉二首之一）
>
> 複閣重樓向浦開，秋風明月度江來。
> 故人故情懷故宴，相望相思不相見。
>
> （〈寒夜懷友雜體〉二首之二）〔註693〕

霧茫茫、霜蒼蒼、紛無已、中夜、秋風、明月，渲染出秋夜皎潔月光
下，蒼茫無已，相思紛紛之氛圍，南北相隔，於寒冷孤寂之夜，又見
遠征起飛之歸雁，反增作客他鄉不遇之孤獨感，故而更加懷念起舊日
故友故宴的交遊舊情。此類詩作中亦有感懷秋日節令而生思友心緒之

〔註61〕 〈寒夜思友〉三首，同註5，頁71。
〔註62〕 阮籍〈詠懷〉詩：「夜中不能寐，起坐彈鳴琴，薄帷鑑明月，清風吹
　　　　我衿。孤鴻號外野，朔鳥鳴北林。徘徊將何見，幽思獨傷心。」見
　　　　林家驪注釋，簡宗梧、李清筠校閱：《阮籍詩文集》，（臺北市：三民
　　　　書局，2001年2月），頁247。
〔註693〕 　　　　〈寒夜懷友雜體〉三首，同註5，頁72。

篇,〈九日懷封元寂〉一詩即是,寫秋高氣爽,登高望遠,而生憶昔故舊相會之思。

　　自古因離生別恨,不論記敘送別或留別,或行旅途中送客,於秋日之際更添愴慘愁悵、淒寂落寞、孤獨心寒更生,因而多呈現衰弱不振、窮愁涕泣之悲情,王勃秋詩中以此類詩作居多。其中有以動物交融大地之氣帶出離愁者,如〈焦岸早行和陸四〉詩:

　　　　猿吟山漏曉,螢散野風秋。

　　　　故人渺何際,鄉關雲霧浮。〔註64〕

此詩描寫夏日螢蟲散飛,帶出秋日野風強勁蒼蒼,以猿聲陣陣哀吟,晨曉涼寒,山漏間迴聲盪盪,呈顯孤寂淒切之悲鳴,在無邊無際、渺遠的異地裡,別情之思於行旅途中,徒留飄飛浮雲。又如〈餞韋兵曹〉:

　　　　鷹風凋晚葉,蟬露泣秋枝。

　　　　亭皋分遠望,延想間雲涯。〔註65〕

秋日之風冷冽如鷹猛,揮落秋晚片片凋零枯葉,秋蟬聲中夏日已遠,蟬聲慘悲,象徵著羈旅與別離,秋日餞別,其悲如露沾秋枝,無奈的不得不涕泣問天。

　　也有以植物與天地相合而生濃濃別緒者,如〈羈遊餞別〉:

　　　　客心懸隴路,遊子倦江幹。槿豐朝砌靜,篠密夜窗寒。

　　　　琴聲銷別恨,風景駐離歡。寧覺山川遠,悠悠旅思難。

　　　　〔註66〕

槿爲木槿花,其色白紅鮮艷,多開於夏秋,朝開暮落,日日不絕,此處用以渲染清幽、靜謐悠悠之境;篠爲細竹,其密也幽,用以形容羈旅餞別,則離愁幽幽,山川之遠,羈旅餞別,既倦既懸。

　　另〈江亭月夜送別〉二首亦爲詩人旅居巴蜀,客中送客,悲從中來而作:

　　　　江送巴南水,山橫塞北雲。

〔註64〕同註5,頁68。
〔註65〕同註5,頁65。
〔註66〕同註5,頁67、68。

　　津亭秋月夜，誰見泣離群。(〈江亭月夜送別〉二首之一)

　　亂煙籠碧砌，飛月向南端。

　　寂寂離亭掩，江山此夜寒。(〈江亭月夜送別〉二首之二)〔註67〕

以江山南北相隔，寫兩地阻隔，秋月之悲、飛月之歸，皎潔明月之挪
移，猶似明鏡映照著心底的離愁；雜亂籠砌之飛煙，一如此刻獨坐離
亭之心緒紛亂，寂寂空盪之江山，聲聲呼喚著詩人客居巴蜀，客中送
客，漂泊送漂泊之寂寞，夜寒心更寒，離情愁更愁，淒切之情瀰漫天
人之間。又如〈別人〉四首：

　　久客逢餘閏，他鄉別故人。

　　自然堪下淚，誰忍望征塵。(〈別人〉四首之一)

　　江上風煙積，山幽雲霧多。

　　送君南浦外，還望將如何。(〈別人〉四首之二)

　　桂輶雖不駐，蘭筵幸未開。

　　林塘風月賞，還待故人來。(〈別人〉四首之三)

　　霜華淨天末，霧色籠江際。

　　客子常畏人，何爲久留滯。(〈別人〉四首之四)〔註68〕

久客他鄉，早已倍嚐孤寂，而今又別故人，風煙雲霧積累之多，使江
山更覺幽深，此淚何極？送別之情，由不忍悲痛，寫至心酸無奈，不
敢盼望，既已離去，林塘風月獨賞之寂寥，不由得切切盼望故人來歸，
在寒冷霜霧飛散籠罩於江水天際之氣氛下，孤獨寂寞不禁嘆問久滯之
悲憤，詩人情懷由離悲、無奈、盼見至憤問，情緒轉折刻畫，深切動
人。其餘如〈秋江送別〉二首、〈秋日別王長史〉，亦爲初唐別情佳作，
其詩如下：

　　早是他鄉值早秋，江亭明月帶江流。

　　已覺逝川傷別念，復看津樹隱離舟。(〈秋江送別〉之一)

　　歸舟歸騎儼成行，江南江北互相望。

〔註67〕同註5，頁70。

〔註68〕同註5，頁70。

誰謂波瀾纔一水，已覺山川是兩鄉。

（〈秋江送別〉之一）〔註69〕

終知難再奉，懷德自清然。（〈秋日別王長史〉）〔註70〕

中國人安土重遷，傳統農業社會裡對鄉土有著生於斯、長於斯、老於斯、死於斯之認定，離鄉客座異地，漂泊無依，最易驚覺時光消逝而悲老之將至，加以地廣物博，交通不便，對生離遠別後何去何從，極為不安，故極易產生悲傷思念之情懷，文人墨客或貶謫、或不遇，遠望獨坐時，低沉衰落之秋氣正推波助瀾，觸發思鄉懷歸，此類詩作所提，不離遊子、倦遊、悲滯、歸念等心懷，如〈深灣夜宿〉：

此時故鄉遠，寧知遊子心。〔註71〕

詩句直接點明遊子懷望故鄉，卻遠不得歸之心情。〈臨江〉二首，亦直言遊子且念且倦之心情：

泛泛東流水，飛飛北上塵。

歸驂將別棹，俱是倦遊人。（〈臨江〉二首之一）

去驂嘶別路，歸棹隱寒洲。

江皋木葉下，應想故城秋。（〈臨江〉二首之二）〔註72〕

馬為古代最方便之交通工具，自古文人對馬多有歌詠，或馴良或剛健，乃去歸間最要之連繫，其聲或悲鳴，或嘶狂，而征戰驛馬去歸之嘶啼，猶如詩人羈旅流散外地，心底最深沉之吶喊，不論江河之水泛泛東流，一去不返，或飛飛北上之塵土，同樣刺激著詩人漂泊已久之厭倦，與思鄉情切之歸愁。又如〈山中〉：

長江悲已滯，萬里念將歸。

況屬高風晚，山山黃葉飛。〔註73〕

「滯」乃受阻而不流通，已滯與將歸，苦其久留思歸卻不得之悲悶，

〔註69〕同註5，頁72。
〔註70〕同註5，頁67。
〔註71〕同註5，頁68。
〔註72〕同註5，頁70。
〔註73〕同註5，頁71。

萬里、長江，見旅人遠在異鄉而歸路迢迢，秋風蕭瑟，黃葉飄零，比擬詩人蕭瑟之心境與飄零旅況，言景卻更顯旅思鄉愁。〈冬郊行望〉一詩，以晚秋入冬之景，鋪陳歸念望盼卻徒心寒之況：

> 桂密巖花白，梨疏林葉紅。
>
> 江皋寒望盡，歸念斷征篷。〔註74〕

桂花於秋日密集盛開，其美麗芳香，常用以形容事物美好，梨花開於夏，秋日則稀疏。美麗芳香之桂與秋日林葉紅白相映，秋日美好景色，恰與盛夏梨花之疏落殘盡對比，帶出詩人秋日臨覽江皋，遠望美好秋景所引發之歸鄉思情，人如征篷離了根，心在家鄉，無奈身處異地，美好之景卻更突顯心中濃濃寒意。

　　除羈旅他鄉望景，易生思愁外，詩人亦有因旅途艱險困頓，勞頓不得休息之描述，如〈麻平晚行〉詩：

> 百年懷土望，千里倦遊情。高低尋戍道，遠近聽泉聲。
>
> 澗葉纏分色，山花不辨名。羈心何處盡，風急暮猿清。
>
> 〔註75〕

因夜行昏暗趕路，看不清四周之景，故只得尋著或高或低之山勢、藉著或遠或近之泉聲，區分可前行之道路，黯淡夜色下，山澗與幽暗叢密的樹葉才剛區分出，卻無法辨明眼前山花，生動描寫將晚之時，行旅幽寂不明之景況與行動，清冷急颯之風，伴著陣陣淒厲的猿聲，聲聲震盪此刻羈旅厭倦、懷鄉懷土之心，同時暗示出詩人仕途晦澀昏暗，看不清前景，如日暮殘垂之心情。同樣藉艱險景色，引發思鄉情愁之詩尚有〈深灣夜宿〉：

> 津塗臨巨壑，村宇架危岑。堰絕灘聲隱，風交樹影深。
>
> 江童暮理楫，山女夜調砧。此時故鄉遠，寧知遊子心。
>
> 〔註76〕

夜宿深灣，臨津岸景看來巨聳危峻，風勁灘險，樹飛影亂，暮夜時分，

〔註74〕同註5，頁71。
〔註75〕同註5，頁65。
〔註76〕同註5，頁68。

江童山女都將打道回府，故鄉遙遠，遊子思鄉之情又有誰知曉？初唐詩中，女子調砧意象出現頻繁，多用以寫女子對夫婿之思念，此亦用以喻詩人漂泊思鄉之懷，危景、急風、殘影、遲暮、相思意象，營構出詩人驚懼灰暗、蕭條寥落之心靈圖像。

其他如〈盧照鄰九月九日玄武山旅眺〉、〈邵大震九月九日玄武山旅眺〉等，亦皆寫思鄉盼歸之情懷：

> 九月九日眺山川，歸心歸望積風煙。他鄉共酌金花酒，萬里同悲鴻雁天。（〈盧照鄰九月九日玄武山旅眺〉）

> 九月九日望遙空，秋水秋天生夕風。寒雁一向南飛遠，遊人幾度菊花叢。（〈邵大震九月九日玄武山旅眺〉）〔註77〕

四、蕭 穆

秋詩之中，敘寫道佛相關之詩作，整體而觀，呈現莊嚴肅穆、幽森空寂、危密暗深之氣息，多為詩人遊道觀、佛寺，或出境之域，敘寫沿途景物而有道悟之作，此類意象意涵大致有肅穆、尊儼、道佛、森沉、隱蔽、晦暗、意新、幽密、長青、長壽、尊貴、莊嚴、堅忍、嚴肅、凌烈、強勁、蒼茫、荒涼、氣沉、雜蕪、幻夢、寂靜、寧靜、危疑、暗深、謹慎、陰暗、幽森、暗幽、幽寂、冰寒等。王勃詩中，以此類意象意涵喻寫秋日之詩者如〈秋日仙遊觀贈道士〉：

> 霧濃金灶靜，雲暗玉壇空。野花常捧露，山葉自吟風。
> 林泉明月在，詩酒故人同。待余逢石髓，從爾命飛鴻。

> 〔註78〕

濃霧、暗雲，以及宗教器物金灶、玉壇，皆用以營造幽森莊嚴、空寂靜謐的秋日氛圍，野花捧露、山葉吟風，伴以林泉明月，鋪陳出清新自得，與道友詩酒共賞，拋卻塵囂悠然氣氛。「石髓」意謂，石泥如

〔註77〕〈盧照鄰九月九日玄武山旅眺〉、〈邵大震九月九日玄武山旅眺〉二首。（〔唐〕王勃著，〔明〕張燮輯，王雲五主編：《王子安集》，（臺北：商務印書館，1976年3月），頁29。）

〔註78〕同註5，頁69。

髓出，乃化用《神仙傳》典故，「神山五百年輒開，服之則壽與天相畢」〔註79〕，末句乃言成仙後駕飛鴻乘紫煙而去〔註80〕，所謂詩酒趁年華，如此怡神之境，莫不與道友闊談之樂更樂，乘興之際，便引發詩人幻夢能夠得道成仙之想望。還有以道觀秋日景緻起興，寄託懷仙心情者，如〈出境遊山〉二首之一：

> 源水終無路，山阿若有人。驅羊先動石，走兔欲投巾。
> 洞晚秋泉冷，巖朝古樹新。峰斜連鳥翅，磴疊上魚鱗。
> 化鶴千齡早，元龜六代春。浮雲今可駕，滄海自成塵。
>
> 〔註81〕

此詩化用陶淵明〈桃花源記〉、《楚辭‧九歌》、《神仙傳二》、《抱朴子‧對俗篇》之典故〔註82〕，言陶源仙境、曲隅山鬼、白石化羊群、結巾投地而兔走之隱逸仙道典故，喻遊此境外之山的幽暗神秘，道士修道之山巖岩洞與秋泉古樹，呈顯肅穆空寂之新冷秋氣，峰形如鳥翅，山磴如龍鱗，處處呈現儼然之姿，襯托出人生於我如浮雲，蒼海終將復揚塵之豁然心境。〈出境遊山〉二首之二亦歸此類，其詩曰：

> 振翮凌霜吹，正月伫天潯。回鑣陵翠壑，飛軫控青岑。
> 巖深靈灶沒，澗毀石渠沈。宮闕雲間近，江山物外臨。
> 玉壇棲暮夜，珠洞結秋陰。蕭蕭離俗影，擾擾望鄉心。
> 誰意山遊好，屢傷人事侵。（〈出境遊山〉二首之二）〔註83〕

〔註79〕《神仙傳六》：「王烈，獨至太行山中，忽聞山東崩地隱隱如雷聲，往視，見山坡石裂數百丈，兩畔皆是青石，石中有一穴，口徑闊尺許，中有青泥流出，如髓烈，取泥試丸之，須臾成石，如投熱蠟之狀，隨手堅，凝氣如粳米飯，嚼之亦然，烈合數丸，如桃大，攜歸與嵇叔夜，取視已成青石，擊之如銅聲，叔夜即與烈往視之，斷山已復如故。按神仙經云：『神仙五百年輒開，其中石髓出，得而服之，壽與天相畢。』」（註五，頁67。）

〔註80〕郭璞〈遊仙詩〉：「赤松臨上由，駕鴻乘紫煙。」見註五〈秋日仙遊觀贈道士〉下注，頁69。

〔註81〕同註5，頁73。

〔註82〕詳見註5〈出境遊山二首〉下注，頁73。

〔註83〕同註5，頁73。

五、邊　塞

　　王勃詩作，描寫邊塞風光、景況、生活而具有邊塞意識之作不多，邊塞意識是指「作者（或抒情主人公）置身邊塞所獲得的體驗與認識，或雖非置身邊塞，但具有與邊塞軍民及生活息息相通的情思與感受。即使是對邊塞的景物、生活進行客觀描述的詩，也應該讓讀者有一種親力感、氣氛感，以見出作者的意識確實進入了邊塞。」〔註84〕此類詩篇多寫報國之志與戍邊戰事，使用動植物或天地意象皆可見勇猛雄渾，歌詠豪邁英武，常以英雄武將入詩，其秋詩中大致有英武、有力、肅殺、緊張、颯颯等意象意涵，王勃詩作中僅有兩首顯見秋蹤。一爲〈隴西行〉十首之七：

　　　　風火照臨洮，榆塞馬蕭蕭。

　　　　先鋒秦子弟，大將霍嫖姚。〔註85〕

風火、榆塞邊關、先鋒、大將，鋪敘出威武勇猛之場景，並且感到戰事緊張，光火四射，激烈危急，戰馬奔馳，使蕭蕭秋日草木搖動起伏，藉描寫前代邊塞戰事與將領英勇，來高歌「抱負」。其次爲〈隴上行〉一詩：

　　　　負羽到邊州，明家渡隴頭。

　　　　雲黃知塞近，草白見邊秋。〔註86〕

主要描寫行旅將至邊塞時所見之景物風光，不同於以往所見，雲非白，而以黃呈現，草非綠亦非黃，呈現出極爲不同的邊塞景緻，同時亦暗藏了「離」的意味。

〔註84〕余恕誠，《唐詩風貌》，（安徽：安徽大學出版社），2000 年，三月），頁 114。

〔註85〕童養年所輯錄之《全唐詩續補遺》中所補之〈隴西行〉十首。收於陳尚君校訂：《全唐詩補編》，（北京：中華書局，1992 年 10 月），頁 330。

〔註86〕童養年所輯錄之《全唐詩續補遺》中所補之〈隴上行〉。收於陳尚君校訂：《全唐詩補編》，（北京：中華書局，1992 年 10 月），頁 330。

表十二：秋意象詞的意涵總統計表

植物意象	花	飄落、紛飛、清新、光透、連繫、死亡、清疏、蕭穆、白淨
		哀悼、高尚、尊儼、相思、相繫、悲怨、清閒、高潔、道佛、愛情、易逝、隱逸、芬芳、傷時
	木	高清、意新、森沉、沉沒、隱蔽、晦暗、稀疏、
		幽密、長青、長壽、永恆、堅忍、尊貴、蕭穆、莊嚴
	葉	飄飛、枯乾、清爽、涼冷
動物	鳥	英武、有力、盪憂、空寂、孤曠、分隔、分別、歸回、離去、孤寂、消衰、悲愁
	獸	肅殺、悲憤、嚴肅、緊張、思慕、淒切、慘淡
	蟲	淒清、飛散
天文、地理	天氣	無邊無際、高遠、空寂、明朗、清閒、邈遠、寒冷、迷濛、氛氳、凌烈、強勁、蒼茫、清爽、荒涼、氣沉、雜蕪、溫和、清冷、高潔、開闊、雄壯、蕭瑟、寥落
	日、月、星	憂傷、恐懼、結束、悠然、自在、危險、艱辛、不安、明亮、流連、眷戀、深沉、悠閒、思念、幻夢、徘徊、不捨、離愁、寂廖、沉默、蒼涼
	水	壯麗、寒冷、流逝不返、世事無常、荒毀、漫長、恆常、分隔、遙遠、流長、幽深、寂靜、寧靜、危疑、暗深、謹慎
	土石、山	清冷、沉寂、蕭瑟、曠遠、蒼涼、壯闊、孤幽、遼闊、高險、峻疊、分隔、離愁、思情、涼爽、舒適、陰暗、幽森、送別、思愁、失落、分隔、遙遠、蒼莽、落寞
其他	※色彩（感官、氣氛）	蕭蕭、涼寒、悵望、肅穆、悠悠、浩蕩、孤空、寂寂、茫茫、蒼蒼、蕭蕭、擾擾、迢遞、清新、光亮、清閒、晴朗、愁苦、哀淒、香、悲切
	人文意象	悲鳴、憤怨、懷想、思念、清冷、欣閒、坐享、空靜、幽獨、閒適、厭倦、悲愁、悠然、懷友、思念、隱逸、悲淒
秋天		長冷、孤寂、清亮、颯颯、枯細、幽寂、冰寒、流逝、變遷、永恆、思鄉、離愁、暗幽、清冷、秋季

第五章　王勃春、秋詩意象的色彩表現

　　初唐詩壇中，代表承前啓後之重要作家——初唐四傑，以不同的方式留下與宮廷詩互補的時代新氣息，既承襲齊、梁餘風，又力求創造與解放，於初唐詩歌呈現新傾向、新精神，除了具承襲與開啓的貢獻外，近人相繼對四傑之文學藝術作研究，且肯定其在藝術上的創新與實驗價值，而四傑之首的王勃，歷來以爲高華秀麗〔註1〕、新的典雅〔註2〕、豪放悲慨、綺麗含蓄、莊嚴沖淡等定義其詩文風格〔註3〕，於其創作的形式表現上，則以辭藻華麗、聲律協美、典故繁複、對偶精工等而給予藝術價值的肯定。〔註4〕

　　就詩歌創作的藝術上，蘇愛風依其內容、意象的表現上，定其詩歌風格爲「壯闊明麗」、「昂揚向上」、「清麗明媚」，如楊炯所言：

〔註1〕　林惠蘭：〈初唐四傑之詩學〉，（蘭陽學報，民九十一年第三期），頁227。

〔註2〕　〔美〕宇文所安（斯蒂芬・歐文）著，賈晉華譯：《初唐詩》，（北京：生活・讀書・新知三聯書店，2004年12月），頁95。

〔註3〕　宋滌姬：《王勃文學述論》，國立中山大學中國文學研究所碩士論文，1998年5月，頁103～110。

〔註4〕　宋滌姬：《王勃文學述論》，國立中山大學中國文學研究所碩士論文，1998年5月，頁81～102。

　　以茲偉鑑，曲其雄伯。壯而不虛，剛而能潤。雕而不碎，
　　按而彌堅。〔註5〕

形式的表現上，王勃詩歌因其語言的用字、句式、詩歌體裁等不拘一格的嘗試與創新，展現出豐富的變化。在詩歌用字上，王勃特擅使用疊字、數字與顏色字，疊字的使用，使其詩歌音節婉轉、音調和諧，而數字的搭配，達成典雅秀麗、凝煉繽紛的效果，色彩的使用上，則多以清麗明亮之色呈現；在句式上，王勃則喜歡以不同常規的句式來增強詩歌的表現力，多以肯定、否定句結尾，增強情志的表達與感受力，另外並採用對仗、比喻、襯托、比較、鋪陳渲染等多種修辭手法，塑造詩句的藝術美，形成美好的詩歌意境；詩歌體裁則兼包五、七言古詩、絕句、排律、律詩，形式表現新鮮活潑、洋溢生動，整體呈現出清麗工致的藝術特色，足見唐詩的成熟風格。〔註6〕

　　本論文於三、四章已就王勃季節詩意象的內容，探討其春、秋詩的意象使用情形與表現意涵，試以重新評定其季節詩風格的展現，並比較詩人於春、秋兩季中不同的詩心與情感，爲能更完整了解王勃季節詩的特色，本章擬就王勃於藝術形式「色彩」的表現，窺探此對於季節意象的影響。由於意象爲客觀事物之「象」與詩人主觀情感之「意」交感相融的體現，因此意象之具體物象呈現於感官審美時的愉悅，便顯得極爲重要。人生活於天地時空之下，面對季節能夠最深刻而直接的感知，莫過於大自然的時序交替、景物變化作用於視覺時的感官饗宴，而視覺之美又以色彩的感官刺激，最直接觸動詩人敏銳的詩心，而生情意發之於言，是故，本章就王勃詩歌多樣的形式藝術中，選取與季節詩意象最直接相關的色彩意象，探討其對王勃春、秋二季意象呈現的影響與差異，並試論其色彩使用的藝術技巧，對季節詩整體風格呈現的形塑之效，觀覽詩文風采。

〔註5〕楊炯：〈王子安集序〉，同註5，頁67。
〔註6〕蘇愛風：《王勃詩歌藝術研究》，南京師範大學碩士文學院中國古代文學學位論文，2007年5月。

第一節　春意象詩的色彩歸納統計與意象表現

　　色彩透過光線通過物體的反射，而作用於人的視覺與大腦，進而使人產生視覺生理和視覺心理的體驗和感受。詩歌藝術中，意象的視覺效果通過重現色彩的記憶而得到，除了視覺的享受外，尚具影響心理的魅力，人的感官藉視覺感受物體的顏色，經由心理的直覺反應、經驗聯想、價值判斷後，使得人對色彩的搭配與組合、對比與映襯等有所反應，而形成「色彩意象」，故詩人匠心獨運的組合與剪裁，透過色彩的屬性、代表語意與象徵意義，成為詩人寄託感情、產生視覺層次美與和諧的有效手段，即所謂「詩中有畫，畫中有詩」。詩歌的世界裡色彩繽紛，傑出的詩人總善於運用色彩詞創造優美動人的藝術境地，並藉以抒發深摯或震觸之心靈情感，促使筆下之景物勾勒出一幅幅質感鮮明的風情畫，喚起讀者感官經驗的各種聯想與想像，從而打動讀者，渲染人心，是故觀察色彩意象的使用，亦可察知觸動詩人情思有感而發的關鍵點，以及詩人作詩偏好等情形，詩歌色澤的明暗與風格呈現，自然流露個人的性情與時代風尚。

　　詩歌在表達各季所特有的自然現象與物色時，必然注意到四季有其相應的色域及光源表現，〔註7〕王勃詩歌作品著重於春、秋兩季的書寫，以大量山水自然物象入詩，詩中顏色詞的屬性、對比等技巧的運用，恰與其處處生機、清麗明媚之春意象詩，高曠清遠、蕭穆傷愁之秋意象詩，相互呼應，而為之增色不少。邱靖雅在《唐詩視覺意象語言的呈現——以顏色詞為分析對象》中，將詩中的顏色詞及其作用分為三類：

> 顏色詞在詩中所產生的效果，我們稱為「色象俱足」的設色；字面上並無顏色詞的出現，但實際上俱有色彩的詩句的分析，我們稱之為「不見之色」的設色；字面上有顏色詞的出現，但實際上並不具真正色彩作用的詩句分析，我

〔註7〕　蔡宇蕙：《李賀、李商隱詩歌「設色濃麗」的色彩析論》，國立成功大學中國文學研究所碩士論文，2004年1月。

們稱之爲「非色之色」的設色。〔註8〕

此三種色彩意象於詩歌中所產生的效果各不相同，各有優劣，「色象俱足」的設色，是指詩歌中直接於字面上表現顏色的「顏色詞」，是色彩中的顯色，又可稱之爲「顯色詞」，例如：紅、黃、綠、藍、紫、黑、白等色系之詞；「不見之色」的設色，是指詩歌中，雖未明確標示出來，但此物象名詞本身的顏色是鮮明的，透過聯想或想像，仍具有色彩視覺意象效果的詞，又可稱之爲「隱色詞」，隱色詞在字面上，顏色是隱藏的，但於視覺意象上卻如顏色詞般活躍於詩篇，不僅產生顏色的效果，更同時一併表現出物象的質感，或喚起人類經驗的某些評價，例如雪、草、蘭、松、夜、玉等，雪色潔白，透過雪還可喚醒腦海中雪的晶瑩、透亮等質感，又如松，松柏常綠，並且同時也產生長青、堅忍的象徵意涵；「非色之色」的設色，是指字面上看來是顏色，但實際上非顏色的詞，故又稱爲「虛色詞」，除可增加字面美感外，又可喚起對實色的聯想，強化詩的視覺感染力，例如王勃詩〈上巳浮江宴韻得阯字〉〔註9〕中「桂馥青谿裏」之「青」，乃是一座高山——青谿山之山名，寫出春日登高山宴享的同時，又浮現了自然山色青綠之印象畫面。

王勃春意象詩之中，顯色詞遠多過隱色顏色詞，〔註10〕顏色詞的使用與盛唐詩人如王維、李賀相較下，多使用純色，表現較爲明晰單一，如紅花、白雲、綠草，此或因詩人在色彩的使用上，受限於仍屬唐詩開拓階段的初唐時期，於藝術表達手法上尚未臻至純熟之故。雖然王勃對顏色詞的色彩表現較爲單一，但顏色詞屬性的鮮明視覺效果，仍爲春、秋二季節特性的表現增色不少。例如王勃的〈上巳浮江宴韻得遙字〉詩：「綠齊山葉滿，紅洩片花銷。」〔註11〕「綠」、「紅」兩亮度最高的互補原色相映，在視覺上形成強烈對比，色彩的對比往

〔註8〕邱靖雅：《唐詩視覺意象語言的呈現——以顏色詞爲分析對象》，國立清華大學語言所碩士班碩士論文，1999 年 7 月，頁 4。

〔註9〕同註 5，頁 60。

〔註10〕參見附件三。

〔註11〕同註 5，頁 67。

往使人產生一種「錯覺」現象，綠色因紅色的襯托而顯得更綠，紅色因綠色的陪襯，顯得更紅，色彩意象效果更為鮮明突出，〔註12〕滿山滿谷的葉子，片片飄飛輕舞的落花，紅花、綠葉的視覺印象相互疊映、剪裁互補後，充分展現出春日蓬勃生機、活潑躍動的山水風情畫。而隱色詞的顏色，富含於自然山水或人文器物等物象之中，有的色彩既定，有的色彩兼包各色系，如雪的色彩是白色，但玉的色彩則或青或白，詩人運用這些物象時，物色的藝術效果經由聯想或想像自然呈現，有助於刻畫或渲染春日、秋日不同的風情與情意。

二、春意象詩的色系歸納統計

據蘇愛風於王勃詩歌中顏色詞的歸類統計，王勃詩歌中一共選用十三種色彩，依使用次數由多至寡排列，分別為青、綠、翠、白、碧、黃、蒼、玄、丹、紅、紫、朱、赤，以綠色系為多，濃艷色彩較少，丹、紫等色，多用於寫仙、道意識或由道觀佛寺時運用，出現次數最少，〔註13〕以下就王勃春詩中的顏色色系，歸納分析，一窺其春季色彩風格的展現。

表十三：春秋詩色彩意象之色系統計表

	詩　題	詩　　句	顏　色　詞	色　系
1	上巳浮江宴韻得阯字	駐賞金臺阯、松吟白雲際	金臺、白雲	黃色系一、白色系一
2	臨高臺	蒼蒼茂陵樹、帝鄉佳氣鬱蔥蔥、紫閣丹樓紛照曜、赤城映朝日、綠樹搖春風、朱輪翠蓋不勝春、歌屏朝掩翠、妝鏡晚窺紅、雲間月色明如素、物色正如此、銀鞍繡轂盛繁華、柏梁銅雀生黃塵	蒼蒼、蔥蔥、綠樹、翠蓋翠、丹樓、赤城、朱輪、紅紫閣、素、銀鞍、黃塵物色	綠色系四、紅色系四紫色一白色系二、黃色系一

〔註12〕國立編譯館主編：《色彩學》，（臺北市：大陸書店，1983 年 8 月），頁 49。
〔註13〕蘇愛風：《王勃詩歌藝術研究》，南京師範大學碩士文學院中國古代文學學位論文，2007 年 5 月，頁 45、46。

3	江南弄	紫露香煙眇難託、草徒綠	紫露、(草徒)綠	紫色一、綠色系一
4	仲春郊外	物色連三月	物色	
5	郊興	唯畏綠尊虛	綠尊	綠色系一
6	春日還郊	草綠縈新帶、榆青綴古錢	草綠、榆青	綠色系二
7	上巳浮江宴韻得遙字	綠齊山葉滿、紅洩片花銷	綠(齊)、紅(洩)	綠色系一、紅色系一
8	易陽早發	危閣尋丹障、回梁屬翠屛	丹障、翠屛	綠色系一、紅色系一
9	三月曲水宴得煙字	列室窺丹洞、分樓瞰紫煙	丹洞、紫煙	紅色系一、紫色一
10	林泉獨飲	物色自輕人	物色	
11	早春野望	江曠春潮白、山長曉岫青	春潮白、曉岫青	白色系一、綠色系一
12	落花落	綠葉青跗映丹萼、與君裴回上金閣 綺閣青臺靜且閒、羅袂紅巾復往還	綠葉、青跗、丹萼、金閣、青臺、紅巾	綠色系三、紅色系二、黃色系一

　　由上表出現之顏色詞可知，王勃春意象詩，表現色彩的計有十二首詩，依邱靖雅的《唐詩視覺意象語言的呈現——以顏色詞爲分析對象》中的分類，[註14] 將出現顏色按多寡排列依次有：綠色系十四次、紅色系九次、白色系四次、黃色系三次、紫色系三次，其中銀色與白色色近且同爲寒冷色，故歸於白色系，金色與黃色色近且同屬暖色，故歸入黃色系。

　　根據以上分類，王勃春意象詩中，綠色系佔總比例近三分之一爲最多，黃色系、紫色所佔比率最少，青色於唐詩的使用可藍可綠，王

〔註14〕邱靖雅在《唐詩視覺意象語言的呈現——以顏色詞爲分析對象》中將唐詩色系分爲紅、黃、綠、藍、黑、白色系，而紫色歸入藍色系中，由於王勃春詩中並無藍夕顏色詞，故直接將紫色提出作一類。（國立清華大學語言所碩士班碩士論文，1999 年 7 月），頁36。

勃春意象詩中皆用爲綠色之青，何耀宗於《色彩基礎》中提到：

> 使人想起如火一樣熱的赤，以及澄、黃等顏色，會使觀看
> 者產生溫暖感，所以稱爲暖色。使人想到如水一般冷的青
> 或青綠色，會使觀看者覺得寒冷，所以稱爲寒色。綠及紫
> 不冷也不暖，是屬於中性的顏色。〔註15〕

是故王勃春意象詩中，中性之色最多，暖色多於冷色，反映出詩人心裡對春日感覺溫暖的心情，同時兼具視、觸覺等體驗的感官享受。

　　由於色彩的直觀，在經過視覺的傳達後因物象各種不同的姿態呈現，而使視覺產生了不同的決定與反映，因此不同顏色的刺激會引起不同的感覺與知覺現象，進而因心理的移情作用，激起不同的情感，此即觸景而生情，由感覺而生感情、情緒、意志，並進而移入人類活動或對事物的認識，形成象徵。例如紅色：

> 具有熱烈而感激的刺激性，容易鼓舞人的勇敢，發生敏捷
> 的行動。……在中國則以紅色代表吉祥及樂觀。〔註16〕

又如白色：

> 也叫無情色，但亦被視爲'表示喜悅、輕快、純潔的象徵，
> 濃白色更能夠表示壯大的氣象。〔註17〕

因此，各種色彩不論綠、紅、黃、白、紫，都有其對應的感情表現，真正的美感經驗是情緒與顏色的姿態融和一氣，〔註18〕而達「物我兩忘」之境。

　　王勃春意象詩出現的五類色系，包括綠色系、紅色系、白色系、黃色系和藍色系，多指色彩單一的純色。故以下就色彩本身的特質與移情作用，探討各色系的意象表現，並就色彩的性質、明暗深淺所表現的調和與對比、寒暖色、輕重等配色之美，略析其藝術造詣。

〔註15〕何耀宗：《色彩基礎》，（臺北：東大圖書，1982 年），頁 66。

〔註16〕虞君質：《藝術概論》，（臺北：黎明文化事業公司，1980 年），頁 50、51。

〔註17〕同前註。

〔註18〕朱光潛：《文藝心理學》，（臺北：漢湘文化公司，2003 年），頁 163。

一、春意象詩的色彩表現與技巧

（一）綠色系

唐詩中屬綠色的詞分別有綠、碧、青、翠、蒼〔註 19〕。綠色爲穩重而積極的顏色，令人感到安適與穩重，代表著積極與充滿青春活力的色彩，將綠色與紅色搭配，可表現出浪漫與青春的氣息，也常有畫龍點睛之效，但兩色本身因皆含積極、挑逗的意味，故亦令人有積極、輕浮的錯覺感。〔註20〕綠色的象徵意義有青春、新鮮、安全、溫和、平實、成長、生命、新生等。〔註21〕王勃詩中，即因綠色的青春活力與積極，增添了春日景物，生機蓬勃的意象意涵，表現於記遊、行旅或春日美好閒適等情趣的詩作主題，例如以下詩句：

帝鄉佳氣鬱蔥蔥。（〈臨高臺〉）〔註22〕

回梁屬翠屏。（〈易陽早發〉）〔註23〕

唯畏綠尊虛。（〈郊興〉）〔註24〕

草綠縈新帶，榆青綴古錢。（〈春日還郊〉）〔註25〕

山長曉岫青。（〈早春野望〉）〔註26〕

或者以綠色強化了春日思愁的意象意涵，反襯詩人愁緒春悲的，如：

綠齊山葉滿。（〈上巳浮江宴韻得遙字〉）〔註27〕

草徒綠（〈江南弄〉）〔註28〕

〔註19〕邱靖雅：《唐詩視覺意象語言的呈現——以顏色詞爲分析對象》，國立清華大學語言所碩士班碩士論文，1999 年 7 月，頁 36。

〔註20〕生活百科叢書編譯組：《美與色彩心理》，（臺北市：國家出版社，1982 年 1 月），頁 8。

〔註21〕邱靖雅：《唐詩視覺意象語言的呈現——以顏色詞爲分析對象》，國立清華大學語言所碩士班碩士論文，1999 年 7 月，頁 26；賴瓊琦：《設計的色彩心理》，（中和市：視傳文化，1999 年 3 月），頁 178、180。

〔註22〕同註 5，頁 62。

〔註23〕同註 5，頁 68。

〔註24〕同註 5，頁 65。

〔註25〕同註 5，頁 66。

〔註26〕同註 5，頁 71。

〔註27〕同註 5，頁 67。

　　綠葉青跗映丹萼。(〈落花落〉)

　　綺閣青臺靜且閒。(〈落花落〉)〔註29〕

在詩裡的各種季節，皆有最具代表性的顏色象徵，以春而言，「綠」
即春天最具鮮明的視覺表徵，而「青」則爲春天草木繁盛時最具代表
性的顏色，〔註30〕這些顏色的作用是爲加強物件的物性之用，是詩歌
中對於色彩的「簡化」，而簡化的結果卻反爲突顯了對物性的加強，
例如〈臨高臺〉之「佳氣蔥蔥」，運用單純綠色，不但加強了佳氣之
鮮活朝氣，同時表現出既茂盛又美好的景物姿態，春日意象立現。又
如〈郊興〉之「綠尊」，以綠之安適與活力，強化了飲尊之欣閒興味。
另外在〈上巳浮江宴韻得遙字〉詩中，王勃以「綠齊」二字兩相互補，
「綠」之盎然生氣加強了「齊」之美好，「齊」則添補了「綠」的廣
大；而〈落花落〉中的「綠葉」、「青跗」兩色相〔註31〕，色彩屬性類
似，爲配色上融合穩靜的調和，產生安適穩重的感覺與知覺，與「丹
萼」相映，紅、綠對比，使視覺上產生對比的「錯覺」，感到紅花更
紅、綠葉更綠，色彩更顯鮮豔。其餘如「草綠」、「翠屏」、「岫青」、「榆
青」，亦爲此種簡化卻達畫龍點睛之效的藝術表現。

　　此外，王勃春意象詩中，亦有以綠色強化春日繁盛意象的用法，
如〈臨高臺〉詩：「朱輪翠蓋不勝春」〔註32〕，同樣運用了「翠」綠
與「朱」紅之鮮明強烈對照，激起興奮情緒的視覺意象，來營塑出長
安盛京的富貴繁麗，但過度強烈的對比之下，反生挑逗與輕浮之感，
由此亦可看出詩人反諷的意味。另外一個特殊的用色是蒼色，蒼爲綠

〔註28〕同註5，頁63。

〔註29〕同註5，頁72。

〔註30〕邱靖雅：《唐詩視覺意象語言的呈現——以顏色詞爲分析對象》，國
　　　　立清華大學語言所碩士班碩士論文，1999年7月，頁34。

〔註31〕色彩三屬性爲色彩的色相、明度與彩度，紅黃藍綠叫做色相，明暗
　　　　程度叫做明度，強弱程度叫做彩度。見賴瓊琦：《設計的色彩心理》，
　　　　(中和市：視傳文化，1999年3月)，頁209。

〔註32〕同註5，頁62。

色系中最深暗的綠色，情緒上應屬於下降的，〔註33〕而春意象詩〈臨高臺〉中的運用，卻產生不同的效果：

俯瞰長安道，萋萋禦溝草。

斜對甘泉路，蒼蒼茂陵樹。（〈臨高臺〉）〔註34〕

萋萋之草與蒼蒼之樹相映，少了分亮綠的興奮刺激，卻顯出較沉穩而強韌的生命力之感，整體氛圍反呈現向上的氣息。

（二）紅色系

唐詩中屬於紅色的詞依深淺排列，分別有朱、赤、丹、紅等色。〔註35〕紅色，是刺激性強烈的顏色，強烈、熱情且活力充沛，並意味著挑逗與燃燒的特質，〔註36〕代表美、尊貴與女性，在中華文化裡紅色為吉利、喜慶的象徵，有豪華顯寵的意思，如達官富豪的門為「朱戶」，權貴、女性居住的樓房為紅樓，年輕女性的房間稱紅閨，故紅色的象徵意義有喜慶、熱情、活潑、鮮艷、年輕、熱鬧、溫暖、野蠻、革命、危險等。〔註37〕

王勃春詩中，多以紅之美與鮮艷來表現春日綻放或繽紛之花，如：「紅洩片花銷」（〈上巳浮江宴韻得遙字〉）〔註38〕、「綠葉青跗映丹萼」（〈落花落〉）〔註39〕。〈上巳〉詩中紅花一洩千里與片片飄飛之

〔註33〕「蒼」所代表的色彩有深綠色、青色以及灰白色，此處指乃指茂密之樹的綠色，深色系的色彩，情緒是屬於沉穩而下降的。見邱靖雅：《唐詩視覺意象語言的呈現──以顏色詞為分析對象》，國立清華大學語言所碩士班碩士論文，1999 年 7 月，頁 53。

〔註34〕同註5，頁 62。

〔註35〕上古時代絳比朱深，朱比赤深，赤比丹深，丹比紅深，中古時代以後朱、赤、紅常混用，較無分別。見吾三省著：《中國文化背景八千詞》，（香港：商務印書館，2008 年），頁 365。

〔註36〕生活百科叢書編譯組：《美與色彩心理》，（臺北市：國家出版社，1982 年 1 月），頁 5、6。

〔註37〕賴瓊琦：《設計的色彩心理》，（中和市：視傳文化，1999 年 3 月），頁 131。

〔註38〕同註5，頁 67。

〔註39〕同註5，頁 72。

描繪，傳神的畫出滿山遍野、鮮明生動的春花之景，營塑出春日繽紛的熱情。此外，又以紅色的視覺意象鋪寫京城建築與器物，透露華貴榮寵的意味，如：

　　紫閣丹樓紛照曜。（〈臨高臺〉）

　　赤城映朝日。（〈臨高臺〉）

　　朱輪翠蓋不勝春。（〈臨高臺〉）〔註40〕

「丹樓」、「赤城」、「朱輪」，皆以刺激而強烈的紅色加強京城、樓房、舟車的物性，形成京城權貴的強烈意象，在明媚蓬勃的春日風光下，勾勒出長安城的繁華熙攘、笙歌景象，而在繁榮的都市生活裡，青樓便成了豪貴、詩人駐足往返的場所，紅色意象也成了青樓女子的代表，如：

　　妝鏡晚窺紅。（〈臨高臺〉）〔註41〕

　　羅袂紅巾復往還。（〈落花落〉）〔註42〕

據邱靖雅於《唐詩視覺意象語言的呈現——以顏色詞為分析對象》研究，唐詩中紅色多用以加強名詞的物性，但在語意上已轉化，紅已「轉喻」為花，或是以紅修飾女子的衣裳和裝飾，唯在詩中用做指稱「美女」。〔註43〕王勃在〈臨高臺〉和〈落花落〉二詩中的用法，即為此種表現法，不論是梳妝打扮之情態，或是女子衣飾往還的舉動，紅色意象皆代表了青樓美女，紅色隱含的挑逗與燃燒的意味便強化了情愛的書寫。但，如此繁華熱鬧的貴氣與景致，落在詩人的心裡，卻反不如春日的生機美好，顯現詩人愛好自然之心，既豪貴同時又危險的紅色，亦能反映出詩人對權貴富豪奢華生活的反諷。

〔註40〕同註5，頁62。

〔註41〕同註5，頁62。

〔註42〕同註5，頁72。

〔註43〕由原來物體的某一特徵轉而為完全代替該物（以部份代替全體、以物件來代替使用者），即為「轉喻」的使用法。見邱靖雅：《唐詩視覺意象語言的呈現——以顏色詞為分析對象》，國立清華大學語言所碩士班碩士論文，1999年7月，頁43。

　　另外，王勃春詩中也使用「丹」字，如：「危閣尋丹障」（〈易陽早發〉）〔註44〕、「列室窺丹洞」（〈三月曲水宴得煙字〉）〔註45〕。〈易陽早發〉詩是以紅色來表現行旅路途的險峻與艱辛之情，〈三月曲水宴得煙字〉中的「丹洞」是指道觀，〔註46〕應爲隱色詞的使用，但因「丹」本有赤、紅色之意，象徵尊貴，故也可視爲顯色詞，具有仙道意識的表現。

（三）白色系

　　唐詩中屬於白色的詞分別有白、素、銀等。〔註47〕白色會反射全部的光線，代表著清爽、乾淨、和平，大都象徵好的一面，〔註48〕表示歡喜、明快、潔白、純眞、神聖、清楚、信仰、眞誠、柔弱、空虛等意涵，〔註49〕而人的生命若以顏色來譬喻，出現素色之「白」則意味著青春的逝去，如白骨、白髮等，沒有華麗的顏色和文飾，故是哀傷的顏色。〔註50〕王勃春詩中白色的運用較單純，多純用以強化物件，有表現春日美景的欣開之情，也有用以反襯人物心情的，前者如：「松吟白雲際」（〈上巳浮江宴韻得阯字〉）〔註51〕、「江曠春潮白」（〈早春野望〉）〔註52〕。描繪春日邈邈白雲，白色潮水，呈現出潔白無暇的景致風情，展現詩人對自然純眞、明快的喜悅；用以反襯人物心情的，如〈臨高臺〉詩：「爲君安寶髻，蛾眉罷花叢。塵間狹路黯將暮，雲間月色明如素。」〔註53〕白素的雲、月，強化明亮的效果，更襯托

〔註44〕同註 5，頁 68。
〔註45〕同註 5，頁 68。
〔註46〕見註五，〈尋道觀〉下注，頁 64。
〔註47〕邱靖雅：《唐詩視覺意象語言的呈現——以顏色詞爲分析對象》，國立清華大學語言所碩士班碩士論文，1999 年 7 月，頁 53。
〔註48〕賴瓊琦：《設計的色彩心理》，（中和市：視傳文化，1999 年 3 月），頁 229。
〔註49〕林文昌：《色彩計畫》，（臺北：藝術圖書公司，1988 年），頁 84。
〔註50〕邱靖雅：《唐詩視覺意象語言的呈現——以顏色詞爲分析對象》，國立清華大學語言所碩士班碩士論文，1999 年 7 月，頁 41。
〔註51〕同註 5，頁 60。
〔註52〕同註 5，頁 71。
〔註53〕同註 5，頁 62。

青樓女子因年華老去，對青春消逝而黯如遲暮的哀傷。

　　銀色因其色相、明度與白色相類，故歸屬於白色系。銀色本為金屬的種類，不但帶有顏色的物性，更具有光澤的質感，而色與光是最容易吸引視覺的要件，故以銀色入詩，既可表現出顏色與光澤感，並且也自然融入金屬的材質與特色，而使物象顏色更表現出精純的質感，增加色彩的變化，〔註54〕是以物性代替色相簡化入詩的藝術特色。王勃春詩中，以銀色描寫物質的，見於〈臨高臺〉詩中：「銀鞍繡轂盛繁華」〔註55〕。灰色與銀色的色相與彩度相類，但銀色的質感與明度高於灰色，「銀鞍」與「灰鞍」相較之下，即明顯呈現出不同的質感與光澤度，銀色的強化可使物象顯得閃閃發光，感覺華麗富貴，王勃此句即運用此法展現京城的繁榮與豪華貴氣。

（四）黃色系

　　唐詩中屬於黃色系的詞分別有黃、褐、金等。〔註56〕黃色，是人類出生時最先感覺的顏色，故為健康耀眼與幼稚單純的表徵，由於在光譜中最易被吸收，故顯得特別耀眼亮麗，而被用以表現「危險」的事物，例如交通號誌，具有健康、幼稚、單純、亮麗等象徵意義。〔註57〕王勃春詩中對黃色意象的使用，明度及彩度都不高，因而呈現出暗沉的黃色，如〈臨高臺〉：

　　　君看舊日高臺處，柏梁銅雀生黃塵。〔註58〕

顏色的深淺，能夠影響情緒的轉換，顏色詞的搭配亦可使效果減輕或衰敗，「黃」受實質物象「塵」所影響，顯出單調混濁之感，同時也

〔註54〕邱靖雅：《唐詩視覺意象語言的呈現——以顏色詞為分析對象》，國立清華大學語言所碩士班碩士論文，1999 年 7 月，頁 33。

〔註55〕同註 5，頁 62。

〔註56〕邱靖雅：《唐詩視覺意象語言的呈現——以顏色詞為分析對象》，國立清華大學語言所碩士班碩士論文，1999 年 7 月，頁 53。

〔註57〕生活百科叢書編譯組：《美與色彩心理》，（臺北市：國家出版社，1982年 1 月），頁 6。

〔註58〕同註 5，頁 62。

感覺悲涼無力，〔註59〕此句，藉由高臺黃塵，傳達富貴華麗終歸塵土的詩人情志，展現其悠豁心境。

金色，豪華而危險，本身便能夠發出華麗而絢爛耀目的光芒與氣氛，〔註60〕與銀色同，皆屬金屬質感的色彩，是高級的材質，若是用以強化婦女的飾品、生活用品、建築等，則有貴重、氣派的意思，用於詩中，常可達到其他顏色詞無法具備的效果，〔註61〕如：

　　駐賞金臺阯。(〈上巳浮江宴韻得阯字〉)〔註62〕

　　與君裴回上金閣。(〈落花落〉)〔註63〕

王勃春詩中，用以表達宴樂或情愛的，皆以金之光芒與質感表達，展現富貴的氣象。

（五）紫　色

紫色為寒色系代表，在中國，紫雲則象徵著神仙的祥瑞之氣，公主、貴人、五品以上的官員、僧侶才可穿著紫色，是權力、貴族意識的表徵，優雅、高貴、浪漫、神秘。〔註64〕王勃春詩中紫色的運用，皆單純用以修飾與強化物象，共出現三次：

　　紫閣丹樓紛照曜。(〈臨高臺〉)〔註65〕

　　列室窺丹洞，分樓瞰紫煙。(〈三月曲水宴得煙字〉)〔註66〕

　　瑤軒金谷上春時，玉童仙女無見期。

　　紫露香煙眇難託，清風明月遙相思。(〈江南弄〉)〔註67〕

〔註59〕邱靖雅：《唐詩視覺意象語言的呈現──以顏色詞為分析對象》，國立清華大學語言所碩士班碩士論文，1999 年 7 月，頁33。

〔註60〕生活百科叢書編譯組：《美與色彩心理》，(臺北市：國家出版社，1982年 1 月)，頁11。

〔註61〕邱靖雅：《唐詩視覺意象語言的呈現──以顏色詞為分析對象》，國立清華大學語言所碩士班碩士論文，1999 年 7 月，頁33。

〔註62〕同註5，頁60。

〔註63〕同註5，頁72。

〔註64〕賴瓊琦：《設計的色彩心理》，(中和市：視傳文化，1999 年 3 月)，頁209。

〔註65〕同註5，頁62。

〔註66〕同註5，頁68。

〈臨高臺〉詩，以紫色的優雅、高貴，歌詠樓臺的華麗尊貴；〈三月曲水宴得煙字〉、〈江南弄〉詩中則運用紫色獨特的神祕氣息，營造飄渺浪漫的神仙之境與仙道意識。

　　色彩的視覺觀感，是一種直接影響心靈的力量，故觀察詩人對於色彩的使用偏好，有助於了解影響詩人詩風，整體明麗或黯淡的色澤呈現，以及認識詩人個人性情之自然流露。王勃春意象色彩的表現，偏愛使用明度、彩度皆高的純色，可知詩人眼中的春天是色彩鮮明、生氣盎然，充滿蓬勃朝氣的感受，而春意象詩中，中性色綠色的使用最多，使其詩清新安適而有活力，表現出一種積極向上的樂觀精神，另外，暖色的使用多於冷色，使春天溫暖而和緩；金色、銀色、紅色的使用，亦強化了華麗富貴之感；而且王勃對紅色意象的使用，又多以紅之濃艷，強化飄飛繽紛的綻放之花，寫出濃濃艷麗的柔媚之春。故由詩人色彩的形塑而觀，恰恰呼應其春意象詩整體呈現溫婉柔美、亮麗喜悅、清麗明媚的風格，並且感受到詩人活潑昂揚的積極精神，與對春天的喜悅心情。

第二節　秋意象詩的色彩歸納統計與意象表現

一、秋意象詩的色系歸納統計

　　秋意象詩的色彩歸納與統計原則，與春意象詩同，選取只出現顏色詞的詩句，歸納統計結果後作分析，並且比較春、秋意象詩的色彩使用差異、助益。王勃秋意象詩中的色系整理歸納如下表十四。

　　表十四：秋詩意象的色系歸納統計表

	詩　題	詩　　　句	顏　色　詞	色　系
1	山亭夜宴	竹晦南汀色	南汀色	
2	秋夜長	月明白露澄清光、丹綺雙鴛鴦	白露、丹綺	白色系一、紅色系一

〔註67〕同註5，頁63。

3	釆蓮曲	綠水芙蓉衣、葉翠本羞眉、花紅彊如頰	綠水、葉翠、花紅	綠色系二、紅色系一
4	尋道觀	碧壇清桂閟、丹洞肅松樞、金箱五嶽圖、空望白雲衢	碧壇、丹洞、金箱、白雲	綠色系一、紅色系一、黃色系一、白色系一
5	麻平晚行	澗葉纔分色	分色	
6	秋日別王長史	野色籠寒霧	野色	
7	焦岸早行和陸四	復嶂迷晴色	晴色	
8	傷裴錄事喪子	流恨滿鸁金	鸁金	黃色系一
9	秋日仙遊觀贈道士	銀牒洞靈宮、回丹縈岫室、複翠上巖樓、霧濃金灶靜	銀牒、回丹、複翠、金灶	白色系、紅色系、綠色系、黃色系
10	山中	山山黃葉飛	黃葉	黃色系一
11	冬郊行望	桂密巖花白、梨疏林葉紅	巖花白、林葉紅	白色系一、紅色系一
12	寒夜懷友雜體，二首之一	北山煙霧始茫茫、南津霜月正蒼蒼	蒼蒼	灰白色
13	出境遊山，二首之二	回鑣凌翠壑、飛軫控青岑	翠壑、青岑	綠色系二
14	有所思	不掩鬐紅頰、無論數綠錢、迢遞白雲天	紅頰、綠錢、白雲天	紅色系一、綠色系一、白色系一
15	盧照鄰九月九日玄武山旅眺	他鄉共酌金花酒	金花酒	黃色系一
16	隴上行	雲黃知塞近，草白見邊秋	雲黃、草白	黃色系一、白色系一

上表所見王勃秋意象詩出現之表現意象的顏色詞，計有十六首詩，同樣依據邱靖雅的分類，〔註68〕按顏色出現多寡排列，依次有：

〔註68〕邱靖雅在《唐詩視覺意象語言的呈現——以顏色詞為分析對象》中將唐詩色系分為紅、黃、綠、藍、黑、白色系，而此處蒼色指的是灰白色，故另列一類。（國立清華大學語言所碩士班碩士論文，1999

綠色系八次、紅色系七次、白色系六次、黃色系六次、灰白色一次。
同春意象詩，銀色歸入白色系，金色歸於黃色系。較特別的是蒼色（灰
白色）的使用，蒼色有藍、綠、灰白三種，春意象詩中，蒼與茂盛的
綠樹組合而爲感覺沉穩的深綠色，而秋意象詩中，蒼色的使用則與霜
之物象搭配，而爲灰白色，兩者皆爲混色（濁色）的使用，故將王勃
秋意象詩的色系分爲五類。

　　根據以上分類，王勃秋意象詩，除了灰白色之外，其他四色系的
使用次數相當。兩季相較，春意象詩出現比例最少的黃色系，於秋意
象詩的著墨，明顯增多，顯然受秋日整體下沉的氛圍，及自然物候呈
現的色調所影響。然總觀之，不論春、秋意象詩，皆以綠色系最多，
影響王勃季節詩，整體呈現出清亮明麗的風格。據何耀宗《色彩基礎》
所言：

> 色彩會使觀看的人引起種種的感情作用。這種感情是因觀
> 看者的主觀因素而起，也有不少是因爲個人的差異而不
> 同，同時有一般性與共通的一面。〔註69〕

客觀的自然物象在經過詩人腦海藝術形象的轉換後，仍深受藝術家個
人觀感與喜好而有所偏向，詩人寫山水自然時，不但都注意到色彩與
光線的捕捉，且透過個人汰選組合所展現的意象，會呈現出不同詩人
的色彩風格。

　　一般而言，赤、橙、黃等純色會引起觀看者的興奮感，青綠、
青等純色會有沉靜感，而綠色和紫色既不具興奮性，亦無沉靜性，
但當這些顏色的彩度變低，它的興奮性與沉靜性都會減少。彩度高
的顏色（深淺）容易使人緊張，彩度低的顏色會給人舒暢之感；明
度高的顏色會使人感覺輕，暗的顏色則會使人感覺重。彩度、明度
越高，則感覺越華麗；彩度、明度（暗）越低，則有樸素之感。赤、
橙、黃色等暖色爲中心的純色或明色，看起來有爽快高興的氣氛；

年 7 月），頁 36。
〔註69〕何耀宗：《色彩基礎》，（臺北：東大圖書，1982 年 7 月），頁 65。

青綠、青等寒冷色或暗濁色，則易生憂鬱感；白色若與其他純色相搭，便有輕快明爽的感覺；黑色則有憂鬱感；灰白色調且又明亮的濁色（如粉彩色），具柔和之感；而純黑或純白則會令人感覺堅固，灰色則感覺柔軟。〔註70〕

　　王勃詩季節的表現，不論春季、秋季，都以中性純色的綠顏色爲主，稍帶有青色（綠），其次爲紅、黃的暖色，最後爲白色的清冷色相，以及屬性獨立的紫色，濁色則有屬於暖色的金，冷色的銀，還有混色後的灰白（蒼）色。從色系歸納來看，其色彩表現，用色單純，僅綠、紅、白、黃的基本色相，並無重色如黑、褐、烏等使人情緒衰落低沉、感覺心情沉重的字眼。春意象詩中，純紅、純黃等明度與彩度皆高的色相，與青色的搭配，使得整體感覺輕快活潑，卻不乏沉靜之感，展現生機喜悅的生命氣息；秋意象詩之中，濁色比春意象詩多，但並無沉重壓抑或感覺悲憤的色系，故鮮明刺激性的色彩，與柔和彩度低的色彩調和，又生柔美之感。

　　王勃春、秋意象詩的色系大抵相同，秋爲純色的綠色系、紅色系、白色系、黃色系四類，灰白色因屬性不同，雖僅出現一次，但仍獨立一類。以下就其色彩性質特色、明暗深淺、寒暖、輕重等調和與對比的視覺技巧，以及其移情作用，分析藝術造詣。

二、秋意象詩的色彩表現與技巧

（一）綠色系與紅色系

　　觀察王勃詩中，顏色的運用喜以二色做對比或調和，以達某些視覺功效，此法在秋詩中運用的比春詩多。王勃秋詩多以綠、紅二色對比相應，故本文將綠色、紅色歸併觀察。此二色系的色彩特質與感情作用、象徵意義等，春詩中已詳敘，於此不再贅述。統計王勃秋詩中綠色系的顏色詞種類，有綠、青、碧、翠四類，紅色則較春詩少，僅

〔註70〕何耀宗：《色彩基礎》，（臺北：東大圖書，1982 年 7 月），頁 65～68。

丹、紅二種。例如：

> 採蓮歸，綠水芙蓉衣。（〈采蓮曲〉）〔註71〕

> 纖羅對鳳皇，丹綺雙鴛鴦。（〈秋夜長〉）〔註72〕

此兩首皆以秋日思愁來描寫女子思念遠方征夫的情態與心情，〈採蓮曲〉中「綠水」與「芙蓉衣」相襯，蓮使水綠如葉，與女子芙蓉花的衣飾相對，一如男子與女子，「綠」字寫景也襯情，使畫面呈現安適寧靜之態；〈秋夜長〉中以稍深的「丹」色強化富貴的鳳凰與鴛鴦，紅色容易激起興奮的情緒，與「雙鴛鴦」的成對意象形成喜慶的畫面，便反襯女子形單影隻的狀態，對比出孤單思念的身影。

　　色相差距大的兩色配合，因配合的角度遠，類似的要素少，故會產生鮮明的對照，有純正堅強的感覺，若兩色互爲補色，這種配合的刺激感最強，明度與彩度若越接近，則對比越強，並且容易有炫目之感，〔註73〕紅、綠二色的明度、彩度同樣高，且爲互補的二色，因此往往使人在視覺上因強烈對比而生「錯覺」效果，唯詩歌的顏色搭配並非視覺的直視，而是透過意象的浮現生發效果，故較不易有炫目之感。王勃詩中以此手法表現的作品有：

> 葉翠本羞眉，花紅疆如頰。（〈采蓮曲〉）〔註74〕

> 不掩蘡紅頰，無論數綠錢。（〈有所思〉）〔註75〕

以紅花配綠葉，襯托男與女，來寄託女子的相思之情，強烈鮮明的活潑配色，用來描繪女子美好的姿態，在「羞」、「頰」、「掩」等情態的表達下，不同於春日充滿鮮活朝氣與青春活力的躍動之感，而顯得優柔美麗。同以此法表現的尚有：

> 碧壇清桂閾，丹洞肅松樞。（〈尋道觀〉）〔註76〕

〔註71〕同註5，頁61、62。

〔註72〕同註5，頁61。

〔註73〕國立編譯館主編：《色彩學》，（臺北市：大陸書店，1983年8月），頁48。

〔註74〕同註5，頁61。

〔註75〕同註5，頁73。

回丹縈岫室，複翠上巖櫳。(〈秋日仙遊觀贈道士〉)〔註77〕

碧與丹、丹與翠，都是透過強烈的視覺對比來強化道觀的形象。除以強烈的對比手法刺激視覺外，有時綠色也會以類色進行調和，如〈出境遊山〉二首之二：

回鑣淩翠壑，飛軨控青岑。〔註78〕

此詩運用同樣屬沉穩安適的綠色系之「翠」與「青」，來強化「壑」與「岑」的土石物象，此表現法又稱「同類色配合」或「單色配合」，即以某一色系做明度與彩度的變化配合來取得和諧的效果，因含有較多共同要素而呈現靜、柔的調子，但也容易顯得單調較無變化，常會產生安靜、柔和、高雅的感覺。〔註79〕而王勃出境遊山、尋道觀的氛圍，透過此法顯得沉靜而肅穆。

（二）白色系

白色代表著清爽、乾淨、和平、歡喜、明快、潔白、純眞、神聖、清楚、信仰、眞誠、柔弱、空虛，若人的生命以素色之「白」來譬喻，則意味青春的逝去，顯得哀傷。〔註80〕王勃秋詩中白色出現六次，有以白色強化物件，表現秋日高遠清曠之境，如：

蒼蚪不可得，空望白雲衢。(〈尋道觀〉)〔註81〕

清爽、潔白且神聖的飄渺「白雲」與「空」境相搭，浮現秋日山林遠景的悠悠之氣。另外，又以素白之色，與女子思愁對照相映，如：

月明白露澄清光，層城綺閣遙相望。(〈秋夜長〉)〔註82〕

相思明月夜，迢遞白雲天。(〈有所思〉)〔註83〕

〔註76〕同註5，頁64。
〔註77〕同註5，頁69。
〔註78〕同註5，頁73。
〔註79〕國立編譯館主編：《色彩學》，(臺北市：大陸書店，1983年8月)，頁47。
〔註80〕見春詩色彩意象的表現與技巧的「白色系」分析。
〔註81〕同註5，頁64。
〔註82〕同註5，頁61。
〔註83〕同註5，頁73。

透亮的明月與素白之色，明度越高，越照映思婦年華老去，對青春消逝的哀愁。此外，王勃秋詩中，〈冬郊行望〉一詩則運用了「紅──白」色彩調和，營塑對比而柔和的視覺效果：

桂密巖花白，梨疏林葉紅。〔註84〕

純色的紅色為暖色系，明度高，彩度強，能夠高度吸引視覺，在無色彩的白色調和之下，可減弱明度、彩度的視覺感，使色彩較為柔和，此詩中巖花之白與林葉之紅相襯，本應枯萎蕭瑟而單調的秋日景色，顯得鮮明優美。

　　不論春與秋意象詩，王勃皆喜以「銀」色呈現道觀的器物。如〈秋日仙遊觀贈道士〉詩：「石圖分帝宇，銀牒洞靈宮。」〔註85〕金屬之銀色的色相淨白，色澤明亮有質感，運用銀色使意象閃閃發光，其色濁，又為冷色，華貴沉靜，頗有道境靜謐尊貴的氣息。

（三）黃色系

　　黃色，意味著健康、耀眼、亮麗、幼稚、單純、危險。〔註86〕王勃秋詩中使用的黃色有亮度、彩度極高的純色黃、色深較暗的濁色土黃、秋天枯槁樣貌的枯黃，以及金色，整體黃色意象的使用較春詩豐富。以黃色意象表現的詩篇如：

他鄉共酌金花酒，萬里同悲鴻雁天。（〈盧照鄰九月九日玄武山旅眺〉）〔註87〕

雲黃知塞近，草白見邊秋。（〈隴上行〉）〔註88〕

況屬高風晚，山山黃葉飛。（〈山中〉）〔註89〕

〔註84〕同註5，頁71。
〔註85〕同註5，頁69。
〔註86〕見春詩的色彩意象表現與技巧「黃色系」分析。
〔註87〕〔唐〕王勃著，〔明〕張燮輯，王雲五主編：《王子安集》，臺北：商務印書館，1976年3月，頁29。
〔註88〕童養年所輯錄之《全唐詩續補遺》。收於陳尚君校訂：《全唐詩補編》，（北京：中華書局，1992年10月），頁330。
〔註89〕同註5，頁71。

在〈盧照鄰九月九日玄武山旅眺〉一詩中，使用「金花酒」的典故入詩，一方面將隱居田園、送酒陶家的閒適入詩，一方面也藉此抒發懷才不遇之悲，金花是指菊花，故為色澤明亮的鮮黃色，健康而亮麗，並且單純，使得田居閒情更添向上的氣息，強化了時節的美好。〈隴上行〉一詩，運用了與〈冬郊行望〉相同的調和色彩來營塑視覺效果，以「黃——白」來突顯塞漠風光，濁色黃，呈現的是較重、較暗的沉色，草白而非枯，拉強了視覺的明度與純度，因此，王勃詩中，即使寫秋日邊景，基調都還是明朗爽健的，並無沉重壓抑的感覺。〈山中〉一詩，黃葉顯現衰落、下沉的感覺，但因疊字「山山」、「飛」動線的延展開拓而添補了清爽的生氣。

金色，豪華而危險，華麗而絢爛，是高級的材質，用以修飾婦女的飾品、生活用品、建築物件等，有貴重、氣派的意思，同時也有豪華、奢侈的意味。以金色意象入詩的有：

芝焚空歎息，流恨滿蠡金。（〈傷裴錄事喪子〉）〔註90〕

玉笈三山記，金箱五嶽圖。（〈尋道觀〉）〔註91〕

霧濃金灶靜，雲暗玉壇空。（〈秋日仙遊觀贈道士〉）〔註92〕

王勃喜以金屬的質感，表現道佛之境，但銀為冷色，金為暖色，銀則沉靜，金則濃麗，〈尋道觀〉、〈秋日仙遊觀贈道士〉以金色修飾器物，表現出道觀貴重、氣派的色感。〈傷裴錄事喪子〉詩中之「金」，既指色相，也為真正的黃金，傷悼之悲如金之貴重盈滿。

（四）蒼　色（灰白）

王勃秋意象詩，僅〈寒夜懷友雜體〉二首之一中，運用了此顏色：

北山煙霧始茫茫，南津霜月正蒼蒼。〔註93〕

蒼之色，有天之蒼蒼、樹之蒼蒼，以及氣色蒼蒼，分別有青藍、深

〔註90〕同註5，頁68。
〔註91〕同註5，頁64。
〔註92〕同註5，頁69。
〔註93〕同註5，頁72。

綠與灰白三種色相，皆爲混濁之色。此詩蒼蒼與茫茫相對，皆呈不清楚的色調，霜爲隱色，爲霜白，蒼蒼爲灰白，是爲「關係色調和」[註94]，爲色彩鄰接色相的配合，即色相相差小的配色，因色相與類似要素接近且多，故若使用明度相差較大的對比調和，可得到舒適的刺激，霜白爲純色，明度高，與鄰近明度低的灰白色相配，則產生這種調和的舒適感，兩者皆清冷色，故煙霧茫茫與霜月蒼蒼強化了寒夜的孤寂與對友人的思念。

　　整體觀之，王勃春意象詩中，中性色最多，暖色多於冷色，春日的感覺是鮮明亮麗，但兼具溫暖柔和的；而秋意象詩的色彩呈現，受秋日下沉氛圍、衰落的物候色調影響，黃色系增多。但不論春詩或秋詩的色彩塑造，皆以中性之綠色系爲主，故而清亮明麗，使得王勃秋意象詩，未若一般秋日整體意象，呈現濃濃秋愁悲苦的抒寫，而多了清新安適的欣閒之感。在色彩的搭配運用上，亦不同於一般人對春明、秋沉色彩意象的既定觀感，皆以綠——紅爲色彩基調，因此即使是衰亡下沉的秋感，也有沉靜明亮的鮮明色彩。另外，尚有以色表色的情形，如春意象詩的「物色」，秋詩的「晦色」、「野色」、「澗葉分色」、「晴色」等，以「色」字來表現春天明媚鮮豔的物色，與秋天的金黃、綠、灰黑、透明等顏色，亦增添了視覺效果的豐富與變化性。這些色彩特性的組合運用，正爲王勃詩整體風格之所以充滿活潑熱情的生氣，與積極樂觀、昂揚向上，但仍見溫婉柔美、清麗明媚的原因之一，鮮明艷麗與舒適和緩的色彩意象組合之下，營塑出既有開闊壯志，又兼具典麗的獨特詩歌風格，反映詩人性情。

[註94] 國立編譯館主編：《色彩學》，（臺北市：大陸書店，1983 年 8 月），頁 47。

表十五：春、秋意象詩色彩歸納統計比較表

色系統計	詩作	色		系		
春	12	綠*14	紅*9	白*4	黃*3	紫*3
		青、蔥、翠、蒼	丹、赤、朱	白、銀	黃、金	
秋	16	綠*8	紅*7	白*6	黃*6	灰白*1
		青、碧、翠	丹	白、銀	純黃、土黃、枯黃、金	蒼

表十六：王勃春、秋意象色彩呈現比較表

春	中性色最多，暖色多於冷色	中性之綠色系為主，故而清亮明麗	鮮明亮麗，但兼具溫暖柔和	綠－紅，為色彩基調	
秋	中性色最多，黃色系增多		清新安適的欣閒		沉靜明亮的鮮明色彩

第六章　結　論

　　王勃八十四題一○九首詩作 [註1] 中，春夏秋冬四季，僅「春」、「秋」意象便佔七十二首，近全詩三分之二，「夏」意象詩無，「冬」意象詩僅一首，而「春」、「秋」意象詩，以植物、天文、地理等自然意象表意爲大宗，足見詩人王勃受季節物色、景物變化對應人事感知之影響特別強烈，而四季之中，相較於夏日酷熱的慵懶，與冬日嚴寒的長眠，春、秋兩季的變化，便顯得鮮明易感，和煦安適許多，此亦爲王勃詩之所以使用柔軟溫和的意象頻率，遠高過強烈壯闊的意象之主因，並爲其溫婉雅正詩風大體成形，與呈現清麗明媚風貌之重要依據，故，王勃詩之風格深受季節因素影響。

　　影響王勃詩風形成之因，本文歸納爲四點分論之：其一爲自然與人之生理、心理交互影響；其二爲詩人本身特殊喜好；其三是與所處時代背景、生命歷程境遇相關；其四乃因外在節令、節日影響人事活

〔註1〕　本論文選詩收〔清〕蔣清翊《王子安集註》共分二十卷，收七十九題，九十五首詩全部；加以〔明〕張燮輯《王子安集》爲十六卷，共七十七題，九十一首中蔣本未見之〈盧照鄰和得樽字【附】〉、〈盧照鄰九月九日玄武山旅眺【附】〉、〈邵大震九月九日玄武山旅眺【附】〉三首；與童養年所輯錄之《全唐詩續補遺》中所補之〈隴西行〉十首、〈隴上行〉一首，收於陳尚君校訂《全唐詩補編》（北京：中華書局，1992 年 10 月），頁 330。

動。上述一、二點為內緣因素；三、四點則是受外在影響。

（一）自然與人之生、心理交互影響

中國古典詩人寫詩側重春、秋，最直接因素即為自然與人生理、心理之交互影響，松浦友久〈中國古典詩中的「春」與「秋」〉對此現象提出三點看法〔註2〕：

第一、生理、感覺層次，如上所述，為最直接之反應影響。

第二、心理、思維層次，為春秋推移變動、夏冬凝固安定的時間
　　　屬性差異之對比感受。

第三、抽象層次─陰陽之氣，以寒暑氣候而論，夏為春之延伸，
　　　冬為秋之接續，夏為春時陽氣加層推累形成極盛，冬因秋
　　　陰不斷鬱積凝滯而為至深之結果，故中國詩人時常以春含
　　　夏，以秋概冬，潛在互通於中國傳統的陰陽二分思想，以
　　　平衡陰陽二氣之消長變化。

炎夏酷暑，無論景物、動物皆歸於平穩沉靜，萬象充斥凝滯之氣。在沉寂炎熱的氛圍下，人自然而然感知節制而顯得慵懶閒散，人事活動亦趨緩減，如林庚言：

> 由匆忙多變化的春天的驚異，變為好睡沉沉的夏日。生活
> 的苦悶，在暫時的統一下，獲得較好的解決。過度的疲勞
> 後，一切方面都須長期休息，於是一切都走上鬆懈的路程，
> 不論那是快樂還是痛苦，男性的冒險追求，乃暫時擱置，
> 而女性家的安息，成為必要了。〔註3〕

而嚴寒烈冬，景物枯萎，蟄蟲動物避寒、縮逃、冬眠，死寂凋零之氣起，寒風冷冽刺骨，冰雪覆蓋大地，農作業歇冬藏，人事活動自然停止，隨氣候之趨而順應等待。

〔註2〕〔日〕松浦友久著，孫昌武、鄭天剛譯〈詩與時間‧中國古典詩歌
　　　中的「春秋」與「冬夏」〉，收於《中國詩歌原理》第一篇（臺北市：
　　　洪葉文化出版社，1993 年 5 月），頁 11～13。

〔註3〕林庚：《中國文學史》，（廈門市：國立廈門大學出版社，1947 年 5 月），
　　　頁 75。

　　相對於平穩休息、死寂等待之夏、冬，在經歷漫長嚴冬沉寂過後，
東風撫吹，呼喚大地，冰解雪融，蟄蟲蠢動，草木萌發，紅花綠葉，
爭相競放，萬物醒甦，春日，成爲生機昂揚、欣欣向榮之表徵。而在
盛夏凝固靜止之後，花草樹木、百鳥萬禽開始有了變化，壯盛茂密轉
爲單薄稀疏，鮮豔調色換爲黯淡衿裳，大地凋落飄零，一片冷清枯槁，
成爲秋日蕭索寂廖之代言，春、秋時序之變顯得劇烈撼動。故夏、冬
的持續不變比之春、秋的瞬息萬變，對依賴天地萬物生存之人而言，
急烈的變化自易吸引注意與觀察，震撼內心，過冷與過熱相對於溫
暖、涼爽，生理的感覺反應自然不同，生理感覺之強烈與快意，又易
於引起愛惡情愁，洩內心蘊藉積累之情與創作意願，正如劉勰《文心
雕龍·物色》所言：「春秋代序，陰陽慘舒，物色之動，心亦搖焉。……
若夫珪璋挺其惠心，英華秀其清氣，物色香照，人誰獲安？」〔註4〕
更遑論以物遷情，以情發辭特別敏銳之詩人詩心。

（二）詩人本身特殊喜好

　　由王勃季節詩意象觀察可知，其春、秋詩中，自然意象的使用多
過人文意象。在春意象詩中，春天清麗明媚、活潑生命力之動植物意
象，與清新遼闊的天文地理意象詞被大量使用，表達春日美景賞玩，
與閒適安寧等，美好喜悅之情占絕大多數，充分展現王勃對自然、春
日之喜愛偏好。而在濃愁秋悲息氣之秋意象詩中，王勃使用清遠肅穆
之天文地裡意象、幽靜神秘的植物意象，與悲啼哀鳴之動物意象，使
秋日兼具清遠蒼茫之欣悅、淒寒無奈之衰悲，即使在濃烈秋悲之中，
亦有清閒欣然之豁然心情，可見詩人本身對大自然與季節反映之特別
喜好，而此特性，更於其詩作或季節詩中，最直接呈顯地反映出來。

（三）與詩人所處時代背景、生命歷程境遇相關

　　自唐高祖（618～626）開國休養生息，至太宗（627～649）「貞

〔註4〕〔梁〕劉勰著，〔清〕范文瀾註：《文心雕龍注》，（臺北：學海出版
　　　社，1988 年 3 月），頁 693。

觀之治」，唐代四夷臣服，國力強盛，高宗（650～684）、武后（685
～704）、中宗（705～707）繼之，乃至玄宗初（713～741）達於巔峰，
王勃生活的時代（650～676）正當繁盛之世，生活富裕且藝術蓬發，
故詩人精神多積極進取，昂揚向上，相對於如此繁華強盛的時代背
景，身處社會中層地位之王勃，少有神童之譽，年少即出仕備受重用，
才氣縱橫、意氣風發，擁有壯烈年華之凌雲壯志，對未來前景充滿希
望，期可經世致用，然卻因青春年華之際，未明世事、官場險惡而屢
受重創，甚至歷經死劫，生平境遇大喜大悲，如同其詩作表現喜悲心
情之兩極，牽動喜樂之春情，與陪襯悲淒愁苦之秋意，自然震觸詩心，
不由得一吐為快，其懷抱遼闊以至驚懼心情之轉折，亦如實反映於其
春、秋二季詩作中，由清麗溫和一反而為危峻肅密之景物意象。

（四）因外在節令、節日影響人事活動

　　初唐時期宮廷詩人權高位重，故人多效尤，奉和應制、宮廷遊苑
等承迎之宮廷詩作占絕大多數，僅以「奉和」、「應制」為題者即超過
七百多首。王勃詩作中，屬奉和應制性質之作，皆為春、秋二時之立
春、上巳、重陽時節，乃因應節令宴遊之時機而作，多為節令慶典而
感懷詠歎。節令民俗至唐，由袚禊祭祀等迷信觀念轉為純娛樂慶祝性
質，節令歡慶熱鬧，而春時美好充滿希望，故奉和圖名之心易生，然
又因春時美好卻懷才不遇，感時思歸，故也悲鳴歎怨；而秋氣蕭蕭，
悲傷之氣正好襯托淒情哀愁，故羈旅之思易於登高而望生悲恨。

　　因此可知，王勃之詩，與中國古典詩人側重春、秋季節之規律相
符，但卻因其偏好自然山水之性，而呈顯與時人不同之反映。初唐節
令詩，特多奉和、感懷之作，然王勃處於布衣，在宮廷、山林間載浮
載沉的遭遇，使得其節令詩少奉和而多感懷，故就季節意象所表現之
詩情詩意以觀，其詩是為承襲初唐詩雕琢美文，與歌詠富貴華麗的奉
和特徵、規律，典型的印證，但於大時代共性原則之下，卻又映照出
詩人致力於開拓創新之精神，感情自然真摯，凸顯其獨特之個別性，

既溫婉又雅正，既高曠清麗而又柔和明媚，季節對詩人及其作品影響之要，可見一斑。

王勃作品中，與季節相關之作占其詩歌作品近三分之二，其中，春意象詩三十首，秋意象詩四十首，在綜合、比較春、秋意象詩的使用規律後，發現處處可見其詩獨特之個別性，以下根據本文研究的結果，統整王勃季節詩之特色，共有四點：

（一）表現形式上，春意象詩多「以物詠春」，秋意象詩多「以秋表意」

藉由王勃春、秋意象詩的觀察，發現詩人作詩時，用以呈現季節感的意象，可分為「以物詠季節」或「以季節表意」兩大表現類型，而此亦為一般詩人表現季節，以季節意象入詩的呈現通則。王勃詩之春感、秋感呈現方式恰相反，春多「以物詠春」，「秋則多以秋表意」。就春意象詩而論，詩人王勃喜愛春天，表達春日欣閒情意的詩，多過融融春怨的傷逝之情，故其作品「以物詠春」而表現「春情」者為多，即以季節時空下之動態、靜態所呈現的物象，以各種時空物象之動與靜的觀感或印象，建構出對此季節的基本意象，而流露詩人當下特別的心緒。王勃「以物詠春」之詩，皆因春日美好時光，生機蓬勃，而感閒適喜悅之情，流露詩人對春日的柔美、活潑、明媚的享受與喜愛。

王勃的秋意象詩，雖有表現「閒爽」的秋意詩作，但整體而言，大部分的秋意象仍以「悲愁」為主，表現秋感之詩，因受秋時天地自然景物衰枯的影響，故多以既已形成之下沉、衰亡、愁苦的悲秋模式，來抒發因肅穆沉寂，而感傷愁寂寥的心情，而「以秋表意」。由於秋意象詩，重在氛圍的營造，為更精確清楚傳遞抒發秋日悲懷，王勃喜以天地萬物之象，清楚營造秋氣氛圍後，再以建構出之秋意象，表達所欲發抒之主題情意。王勃「以秋表意」之詩，有以秋之思愁，寫濃濃的鄉愁、對故舊之思懷，以及男女相思之怨；有以秋之傷時、傷逝等衰亡的意象，寫對時光易逝、年華老去、物是人非之嘆；又有以秋

之清冷肅穆氛圍，傳達遊道觀、深山的心境。

王勃春感、秋感意象所塑造的表現形式有別，若單純以第一種形式爲詩者，目的多半爲歌詠季節（春、秋）之美好，由歌詠之中見詩人閒適之情；第二種表現形式主要是以季節（春、秋）意象呈述詩人敏銳詩心的感受、觀察與關注。在藝術表現上，第二種形式可傳達出的意涵層次較豐富，且往往蘊含更深沉的情感呈現。

（二）春意象詩多用動植物意象，秋意象詩多用天文、地理意象

王勃春、秋意象的偏重現象，除對應自然時序變化的定律，亦反映出詩人對春天活潑鮮豔的印象，對秋愁氛圍，則是清爽又沉落的感受，因而呈現出溫婉柔美、清麗明媚，與高曠清遠、肅穆悲戚的春、秋基調。

就意象統計概況觀之，王勃春意象詩中，寫春時景物變化的動、植物意象，更多於營造自然氛圍之天文、地理意象之使用，而秋意象詩中，用以營造秋天自然氛圍之天文、地理意象，遠多於動、植物意象之使用。此相異現象，緣於春時時序下，草綠花紅、游魚戲水、鳥燕齊鳴，處處生息，故動、植物的變化最明顯易感，詩人在此活潑與躍動的氣息之下，實難掩雀躍的詩心，加以詩人自身的喜愛與柔情的催化，便紀錄下大地之生機蓬勃、鮮豔繽紛，而熱鬧、繁盛的萬種姿態，有如一幅幅色彩鮮麗的山水風情畫的詩篇，因活躍靈動、青春洋溢的喜悅、樂觀氣息，與積極昂揚的詩人情志，使整體展現春天溫婉柔美、亮麗喜悅的清麗明媚之詩風。

秋意象詩，重秋氣氛圍，自然之風雲雨露、高山遠流，萬有恆常之天體規律、時光運行間，閒止之感，正適合秋之特性，故此類意象，雖於季節感知上較模糊緩慢，但對營造秋日之氣息，卻能潛移默化，天地之氣與山川之壯，交錯混合之姿態，正適合營塑秋詩意境，相較於春天的千動萬變，在此緩慢開闊而靜謐的氣息裡，使秋日整體呈現

高曠清遠之心境、沉寂肅穆之秋愁，與蒼涼悲戚之樣貌。

王勃季節詩在春、秋意象的使用上，另有一特殊現象，表達「知春」、「感春」為要的「草」意象，在秋詩中僅因描寫邊景出現過一次，且其色白，與一般習用枯黃之草的衰落秋意大不相同。整體而言，春時千動萬變，而秋則踏著沉靜緩慢的腳步；春感時光緊而湊，秋覺光陰疏而緩，季節詩在意象的選用上，受各季節的性質、特性，與自然時序的變化關聯密切。

（三）季節詩多用自然意象，但秋季節令詩受人文意象影響深

唐代由於君主重視節令，逢節則君宴群臣，舉行盛大儀式的慶祝活動，加上社會繁榮帶動娛樂宴遊的風氣，文人遊賞宴慶時，往往作詩助興，因而產生許多依節令而題之節令應制，或應節令民俗感懷而作的「節令詩」。此類詩作既為應節令之制而作，故或因圖官求名而奉和，或因節令感懷而興發，不論是歌詠華貴富麗的宮殿、高舉帝國的強盛，或唱和節慶時的人文活動、習俗等，此類詩篇在意象的選用上，深受人文因素的影響，與王勃的季節詩整體著重自然意象，使用情形不同。

王勃八十四題詩中，節令詩只有九題，所詠節令，亦僅春、秋二季，春時節令為「立春」、「上巳」，詩四首；秋時節令獨九九「重陽」，共五首詩。秋日節令詩中自然意象與人文意象之使用比例不到二比一，相較於春日節令詩的二比一，人文意象的使用比例更多，若相較於整體秋意象詩作的總表現比例：自然意象與人文意象的比例近八比一，則秋日節令詩，更加倍突顯詩人作詩受人文活動的影響。

秋詩則雖獨寫重陽，然同為九日登高而作，詩人表達情意卻可以閒喜，能夠思悲，用以傷時，藉意懷故，「登高」、「賞菊」、「送酒」這類意象，成為「重九」節令詩必備的代表意象，顯見受節慶活動，時久而成之人文習俗、事蹟等影響深。

　　秋日節令詩，天地、人文意象的描寫，遠多於對動植物的著墨，
春日節令詩，自然意象遠多於人文意象。大抵春時溫婉柔美，但帶了
點落寞的哀愁，而秋時清曠廖落，懷故傷時，但無論春、秋，皆兼具
閒喜、去悲、感時、思懷之情。總言之，可謂，春令依應制而圖官名，
秋慶因物候而思歸。

（四）季節詩意象意涵豐富，傳達詩人多樣的情志

　　王勃的春、秋意象詩，在天候景物的鋪排，與詩人情志的溶合中，
營造出春之萬種風情，與秋之欣悲交織，春、秋的意象意涵豐富，故
乃結合意象意涵、詩旨、詩人情感，分別統整出用以傳遞春之「生機」、
「思愁」、「惜時」、「繁盛」意象意涵的春情表現，及傳遞秋之「悠豁」、
「衰亡」、「思愁」、「蕭穆」、「邊塞」意識的秋意展現。

　　王勃春意象詩，共三十首，表現「生機」類的，共十七首，最多，
用以傳達「春閒、記遊、宴享」三種主題情意，有歌詠春日美好風光，
與愉快喜樂之閒適，也有嚮慕仙道隱者生活的避世之懷。其意象多選
用生活中陽光、積極的物象，不同於唐代詩人多為春日悲怨的抒寫，
為王勃春意象詩與他人迥異的一個特點。「思愁」類，呈現春情的另
一面，為悲春的寫照，傷恨、悲怨與思愁，王勃用以表達男女情愛之
思（夫妻、情人、青樓女子）、懷友之情，及羈旅思鄉之愁。不論何
種，此時的春意象，皆化身為詩人怨悶、自憐的情愁。「惜時」類，
乃詩人觀物有感、見景生情、因慶思悲，故寄託於「詠物、宴享、記
遊」三種主題情意，王勃現實遭遇，與其滿懷用世的激情大相逕庭，
在離志向抱負越行越遠，羈旅等待的心慌與愁悶之下，自然悲時光飛
逝之歎。「繁盛」類，僅見於〈臨高臺〉一詩，以金碧輝煌、華麗富
貴，喻春景的繁華盛況，暗喻人文雕鏤，比不上自然萬物，篷勃繁茂、
欣欣向榮之景致，流露對自然的喜好情懷。

　　王勃秋意象詩共四十首，表現「思愁」類的最多，用以描述「愛
情、閨怨、懷友、離別、懷鄉、記遊」等主題情意，且是唐代寫遊子

離人的詩篇，使用數量最多的。詩情的悲哀，刻畫深切眞摯，易引發同處其境者，心有戚戚之憂悲憐憫，情懷動人而低迴沉吟、潸然淚流。秋意象詩中少見的「欣秋」情志，於王詩中則表現於「悠豁」一類，表現於「詠物、宴享、閒情」三類主題情意，主要因登高觀覽山水自然之景，透顯對自然山水之欣然喜好，流露詩人內心欣閒之興，而有豁然淡遠之味，是爲中國古典詩歌，濃濃的秋愁悲苦中，少見的欣秋情懷。秋天的整體氣象，大抵是「衰亡」的，王詩用以表達「閨怨、離別、傷逝哀悼、懷鄉、詠物」等主題情意，人於處處凋零寥落之氣息中，感知大自然生命落敗與衰頹即將開始，不禁悲窮生命光陰一步步走向消亡，哀悼衰落、消褪、死亡，感時傷逝情懷油然而生，並慨歎世事無常。「蕭穆」類於王詩中，主用以敘寫道佛意象，整體呈現莊嚴肅穆、幽森空寂、危密暗深之氣息，乃王勃遊道觀佛寺或出境之域，敘寫沿途景物，有道悟而作，多以古樹、冷泉、嚴洞、宗教器物、神仙典故等，鋪敘隱僻晦暗、幽暗神秘的氛圍場景，點出詩人追求得道成仙的幻想，與人生浮雲，蒼海成塵的豁達悟道心境，是秋天意象表現中十分獨特的意象意涵。「邊塞」類，多寫報國之志與戍邊戰事，使用動意象，皆可見勇猛雄渾，歌詠豪邁英武，並常以英雄武將入詩，王勃詩中僅〈隴西行〉十首之七、〈隴上行〉顯見秋蹤，前者主要藉描寫前代邊塞戰事與將領英勇，來高歌詩人自身「抱負」，後者主要描繪邊塞景色。

　　秋天有思念傷愁，春天亦有怨悶傷悲，然秋之思愁詩中，相較於春愁，則滿是孤寂、悲情、愁怨、哀苦與憂傷，即便秋節慶宴、賞望登高，皆缺了分遊戲玩笑的興味，整體氣息是蕭瑟索然、淒切慘澹的。

　　內容表現外，由於色彩爲視覺上感受季節變化最直接的要素，故繼以色彩的移情作用，分析此對王勃春、秋意象風格形塑的強化與影響。整體觀之，春、秋二季皆無使人情緒衰落低沉、感覺心情沉重的字眼，色彩表現上，皆以中性色最多，故不論春、秋的色彩，皆清亮明麗，使得王勃秋意象詩，未若一般秋詩整體呈現濃濃秋愁悲苦的抒

寫，而多了清新安適的欣閒之感。其次，在色彩的搭配運用上，亦不同於一般人對春明、秋沉色彩意象的既定觀感，皆以綠──紅爲色彩基調，因此即使是衰亡下沉的秋感，也有沉靜明亮的鮮明色彩。另外，春意象的色彩使用上，多明度與彩度皆高的純紅、純黃，刺激視覺，產生感覺輕快活潑之感，中性青色的搭配，不乏沉靜之感，與生命力的氣息，故春日的感覺是鮮明亮麗，但兼具溫暖柔和；秋詩意象，仍以鮮明色調爲基，雖受下沉氛圍、衰落的物候色調影響，而使濁色增多，但並無出現沉重悲憤的色系，鮮明刺激性的色彩，與彩度低的色彩調和，反生柔美之感。故由色彩特性的組合運用，可知王勃春、秋意象詩的色彩使用極具個人個性的特色，色彩的視覺效果與移情作用，亦影響其季節詩整體風格之所以充滿活潑熱情的生氣，與積極樂觀、昂揚向上，但仍見溫婉柔美、清麗明媚的原因之一，鮮明艷麗與舒適和緩的色彩意象組合之下，營塑出既有開闊壯志，又兼具典麗的獨特詩歌風格，且對應詩人性情。

　　統觀而論，王勃不論於其所處時代環境，或其詩意象的整體表現，是兩相互現，甚而矛盾的，介於齊梁唯美形式的雕鏤，與強調自然風骨，兩時期風尚的過渡，使得其詩力求情感自然眞摯，但同時卻又不離形式美文，與濃麗之風；其情既求放曠自然，卻又希冀圖官求名；詩意象的整體風格，既壯大開闊，卻又柔媚華麗；哀戚傷愁之中，卻又見悠豁之跡。因此，就季節詩意象的整體表現上，自然意象與人文意象融合交用，傳達豐富、深沉的意涵，並藉此抒發詩人複雜多樣的情志，對詩藝術之美，不論內容或形式的技巧皆有其造詣，不僅對當時的詩壇，對繼起之後進，亦有開拓與效仿之功，確實有所貢獻。

　　由於王勃的相關研究資料，不論在其生平、著作、或詩的研究上，既駁雜且無定說，就其詩歌藝術的研究，目前僅一本碩士論文，探討其整體詩歌的藝術與價值，於其詩意象的研究，並無專論探討，資料著實有限，故本論文研究過程中，多試以個人發現與視角分析評述，詮釋詩旨，故若有不全之處，尚待後學進一步深入剖析，以求對才華

卓具之詩人王勃，有更深，更多方的認識。又，因時間與篇幅之限，本論文僅就其季節意象爲範圍探討，但在王勃詩藝術的研究領域上，亦可就其詩的整體意象，另作概觀而全體的分析，或於王勃藝術形式的美學上，作深入比較與探討，不論在研究的範圍或視角上，尚待開發的領域皆眾，且具價值，望往後於此領域上，亦能有更進一步的開發。

參考文獻

【說　明】

▲參考、徵引之書目、資料，依性質相似者加以臚列。每書按作者、書名、出版地、出版時間排列。

▲參考文獻，依原典文獻、今人專著、學位論文、期刊論文分四大類，第一類又分經、史、子、集四項；二、三、四類又分生平、詩歌研究二項。

▲原典文獻，依朝代先後，再依出版時間排列，今人之箋注原典古籍者，亦歸入原典文獻類。

▲今人專著、學術論文書、篇目，皆依出版時間依序排列。

一、原典文獻

（一）經　部

1. 《毛詩》，上海：上海商務印書館，1965 年。
2. 《禮記注疏》，〔清〕阮元校勘，《十三經注疏本》五，臺北：藝文印書館，1985 年 12 月。

（二）史部

1. 〔漢〕司馬遷撰，王雲五主編：《史記》，臺北：臺灣商務印書館，

2010 年 9 月。

2. 〔唐〕房喬撰：《晉書》，臺北：臺灣商務印書館，1937 年 1 月。

3. 〔唐〕張鷟：《朝野僉載》，北京：中華書局，1979 年 10 月。

4. 〔梁〕宗懍撰，王毓榮校注《荊楚歲時記校注》，臺北：文津出版社，1992 年 6 月。藝文印書館：二十五史《唐書》，臺北市：藝文印書館編印。

5. 〔後晉〕劉昫等撰：百納本二十四史《舊唐書》，臺北：臺灣商務印書館，2010 年 9 月。

6. 〔宋〕陳元靚：《歲時廣記》，臺北：新文豐出版有限公司，1984 年 6 月。

7. 〔宋〕晁公武：《郡齋讀書志校証》，上海：上海古籍出版社，1990 年。

8. 〔清〕朱又增，王雲五主編：《逸周書集訓校釋》，臺北：臺灣商務印書館，1971 年 11 月。

（三）子　部

1. 〔清〕黎翔鳳撰，梁運華整理：《管子校注》，臺北：中華書局，2004 年。

（四）集　部

1. 〔唐〕王勃著，〔明〕張燮輯，王雲五主編：《王子安集》，臺北：商務印書館，1976 年 3 月。

2. 〔唐〕王勃著，〔清〕蔣清翊注：《王子安集注》，臺北：大化書局，1977 年 5 月。

3. 〔唐〕盧照鄰：《幽憂子集》，《四部叢刊正編》，臺北：臺灣商務印書館，1983 年。

4. 〔唐〕駱賓王著：《駱臨海集箋注》，上海：上海古籍出版社，1985 年。

5. 〔唐〕王勃著，〔清〕蔣清翊注：《王子安集注》，上海：上海古籍出版社，1995 年版。

6. 〔梁〕昭明太子撰，〔唐〕李善注：《昭明文選》，臺北：文化圖書公司，1995 年 3 月。

7. 〔梁〕劉勰著，〔清〕范文瀾註：《文心雕龍注》，臺北：學海出版社，1988 年 3 月。

8. 〔宋〕魏慶之：《詩人玉屑》，臺北：世界書局，1960 年 5 月。

9. 〔宋〕李昉等奉敕撰：《太平廣記》，天津：古籍出版社，1994 年。

10. 〔宋〕洪興祖撰：《楚辭補注》，臺北：頂淵文化，2005 年 10 月。

11. 〔元〕辛文房著，戴揚本注譯：《新譯唐才子傳》，臺北：三民書局，2005 年 9 月。

12. 〔明〕胡應麟撰：《詩藪》，臺北：廣文書局，1973 年。

13. 〔明〕王國維著，徐調孚校注：《人間詞話》，臺北：頂淵文化，2001 年 6 月。

14. 〔清〕董誥等編，〔清〕陸心源補輯拾遺，《全唐文及拾遺》，臺北：大化書局，1987 年。

15. 〔清〕彭定求、沈三曾、汪士紘、汪繹、俞梅等十人奉敕編校，王啓興主編：《校編全唐詩》，武漢：湖北人民出版社，2001 年 1 月。

16. 丁福保：《歷代詩話續編》，臺北：木鐸出版社，1983 年 9 月。

17. 陳尚君校訂：《全唐詩補編》，北京：中華書局，1992 年 10 月。

18. 汪中著：《樂府詩選注》，臺北：學海出版社，1994 年 3 月。

二、專　書

（一）生平研究

1. 林庚：《中國文學史》，廈門：國立廈門大學出版社，1947 年 5 月。

2. 劉開揚著：《初唐四傑及其詩》，《唐詩論文集》，上海：上海古籍出版社，1979 年。

3. 劉開揚：《唐詩論文集》，上海：上海古籍出版社，1979 年。

4. 鄭賓于：《中國文學流變史》，河南：中州古籍出版社，1980 年。

5. 聞一多著：《唐詩大系》，《聞一多全集》第四冊，北京：三聯書店，1982 年。

6. 聶文郁：《王勃詩解》，西寧：青海人民出版社，1982 年。

7. 陸侃如、馮沅君：《中國詩史》中冊，北京：人民文學出版社，1983 年。

8. 中國社科院文學研究所編：《中國文學史》，北京：人民文學出版社，1985 年。

9. 游國恩等主編：《中國文學史》，臺北：五南圖書出版公司，1990 年。

10. 沈惠樂、錢偉康著：《初唐四傑和陳子昂》，臺北：萬卷樓出版社，1991 年 12 月。

11. 王士菁著：《唐代文學史略》，長沙：湖南師範大學出版社，1992 年。

12. 駱翔發著：《初唐四傑研究》，北京：東方出版社，1993 年 9 月。

13. 張松如主編，霍然著：《隋唐五代詩歌史論》，長春：吉林教育出版社，1995 年 12 月。

14. 王忠林、左松超、皮述民、金榮華、邱燮友、黃錦鋐、傅錫壬、應裕康合編：《中國文學史初稿》，臺北：福記圖書有限公司，1998 年 10 月。

15. 鄭振鐸：《插圖本中國文學史》上冊，北京：北京出版社，1999 年。

16. 劉大杰著：《中國文學發展史》，臺北：華正書局有限公司，2003 年 9 月。

17. 陳良運著：《中國詩學批評史》，南昌：江西人民出版社，2007 年 3 月。

（二）詩歌研究

1. 黃永武：《中國詩學‧設計篇》，臺北：巨流出版社，1976 年 8 月。

2. 丁福保：《歷代詩話續編》，臺北：木鐸出版社，1983 年 9 月。

3. 袁行霈：《中國詩歌藝術研究》，北京：北京大學出版社，1987 年 6 月。

4. 林文昌：《色彩計畫》，臺北：藝術圖書有限公司，1988 年。

5. 龔鵬程：《春夏秋冬──中國古典詩歌中的季節》，臺北：故鄉出版社，1989 年 4 月。

6. 范之麟、吳庚舜主編：《全唐詩典故辭典下》，武漢：湖北辭書出版社，1989 年 2 月。

7. 陳植鍔：《詩歌意象論》，北京：中國社會科學出版社，1990 年 8 月。

8. 〔日〕松浦友久著，孫昌武、鄭天剛譯，《中國詩歌原理》，臺北：洪葉文化出版社，1993 年 5 月。

9. 王立：《中國古代文學十大主題──原型與流變》，臺北：文史哲出版社，1994 年 7 月。

10. 楊義：《中國敘事學》，嘉義：南華管理學院出版，1998 年 6 月。

11. 王立：《心靈地圖──文學意象的主題史研究》，上海：學林出版社，1999 年 2 月。

12. 林家驪注釋，簡宗梧、李清筠校閱：《阮籍詩文集》，臺北：三民書局，2001 年 2 月。

13. 〔美〕宇文所安斯蒂芬‧歐文著，賈普華譯：《初唐詩》，北京：生活‧讀書‧新知三聯書店，2004 年 12 月。

14. 余恕誠著:《唐詩風貌》,合肥:安徽大學出版社,2000 年 3 月。

15. 朱光潛:《文藝心理學》,臺北:漢湘文化公司,2003 年。

16. 沈松勤、胡可先、陶然著:《唐詩研究》,杭州:浙江大學出版社,2006 年 1 月第一版。

(三)其　他

1. 虞君質:《藝術概論》,臺北:黎明文化事業公司,1980 年。

2. 生活百科叢書編譯組:《美與色彩心理》,臺北:國家出版社,1982 年 1 月。

3. 何耀宗:《色彩基礎》,臺北:東大圖書,1982 年 7 月。

4. 國立編譯館主編:《色彩學》,臺北:大陸書店,1983 年 8 月。

5. 林文昌:《色彩計畫》,臺北:藝術圖書公司,1988 年。

6. 賴瓊琦:《設計的色彩心理》,中和:視傳文化,1999 年 3 月。

7. 孟樊:《論文寫作方法與格式》,臺北:威仕曼文化,2009 年 2 月。

8. 羅敬之:《文學論文寫作講義》,臺北:里仁書局,2001 年 10 月。

9. 林慶彰:《學術論文寫作指導》,臺北:萬卷樓出版社,2003 年 10 月。

10. 常見華:《歲時節日裡的中國》北京:中華書局,2006 年 6 月。

11. 吾三省著:《中國文化背景八千詞》,香港:商務印書館,2008 年。

12. 魯迅、周樹人、程小銘、袁政謙、邱瑞祥譯:《唐宋傳奇集全譯》,貴陽:貴州人民出版社,2009 年。

四、學位論文

(一)生平研究

1. 黃晴惠:《初唐四傑傳記考辨及其文學思想研究》,臺灣師範大學中國文學研究所碩士論文,1995 年。

2. 何宜靜:《王勃的心靈與思想及其形成背景》,國立清華大學歷史研究所碩士論文,2000 年。

3. 陳志平:《四傑與初唐詩歌的新變》,華中師範大學中國古代文學研究碩士論文,2003 年。

4. 張麗:《詩人王勃略論》,南昌大學中國古代文學碩士論文,2000 年。

（二）詩歌研究

1. 陳錦文：《王勃詩賦研究》，中國文化大學中國文學研究所碩士論文，1991年。

2. 歐麗娟：《杜甫詩之意象研究》，國立臺灣大學中文研究所碩士論文，1991年。

3. 凌欣欣：《初唐詩歌中季節之研究》，中國文化大學中國文學研究所碩士論文，1996年。

4. 宋滌姬：《王勃文學述論》，國立中山大學中國文學研究所碩士論文，1998年。

5. 蔡淑月：《初唐四傑邊塞詩研究》，彰化師範大學國文學系碩士論文，1998年。

6. 邱靖雅：《唐詩視覺意象語言的呈現——以顏色詞為分析對象》，國立清華大學語言所碩士班碩士論文，1999年。

7. 邱永昌：《唐詩三百首星象意象研究》，屏東師範學院國民教育研究所碩士論文，2003年。

8. 吳賢妃：《唐詩中桃源意象之研究》，中正大學中國文學研究所，2003年。

9. 蔡宇蕙：《李賀、李商隱詩歌「設色濃麗」的色彩析論》，國立成功大學中國文學研究所碩士論文，2004年。

10. 吳啓禎：《王維詩之意象研究》，中國文化大學中國文學研究所碩士論文，2006年。

11. 蘇愛風：《王勃詩歌藝術研究》，南京師範大學碩士文學院中國古代文學學位論文，2007年。

12. 林曉虹：《魏晉詩歌中月意象研究》，雲林科技大學漢學資料整理研究所碩士論文，2008年。

13. 劉淑菁：《漱玉詞花鳥意象研究》，臺灣師範大學國文學系在職進修碩士論文，2008年。

14. 余毓敏：《溫庭筠詞閨情意象探析》，國立師範大學國文學系在職進修班碩士論文，2008年。

15. 徐雪櫻：《臺灣童詩自然意象研究》，臺北教育大學語文與創作學系語文教學碩士暑期班碩士論文，2008年。

16. 袁小晴：《梁代閨怨詩研究》，逢甲大學中國文學系碩士在職專班碩士論文，2009年。

17. 劉奇慧：《唐代節令詩研究》，國立臺灣師範大學國文學系博士論

文，2010 年。

四、期刊論文

（一）生平研究

1. 〔清〕姚大榮〈王子安年譜〉，《惜道味齋集》，傅斯年圖書館善本書室。

2. 田宗堯：〈王勃年譜〉，《大陸雜誌》，第三十卷第十二期，頁 5～15。

3. 姚大榮〈書王勃秋日登洪府滕王閣餞別序後〉，《惜道味齋集》，傅斯年圖書館善本書室。

4. 楊萬里〈「滕王閣序」的兩個問題〉，《大陸雜誌》第十六卷第九期，頁 1～5。

5. 岑仲勉〈王勃疑年〉，《唐詩質疑》，《唐人行第錄》外三種，上海：上海古籍出版社，1978 年，頁 356～358。

6. 劉開揚著：〈初唐四傑及其詩〉，《唐詩論文集》，上海：上海古籍出版社，1979 年，頁 1～25。

7. 姚乃文〈王勃生卒年考變——兼與何林天商榷〉，《晉陽學刊》，1982 年第二期，頁 93～96。

8. 張志烈〈王勃雜考〉，《四川大學學報》，1983 年第二期，頁 70～78。

9. 何林天：〈論王勃〉，《晉陽學刊》，1983 年第二期，頁 94～99。

10. 徐俊：〈初唐「四傑之冠」王勃〉，《文史知識》，第四十四期，1985 年 2 月，頁 81～85。

11. 王氣中：〈王勃〉，《中國古代著名文學家》，濟南：山東教育出版社，1986 年，頁 187～188。

12. 徐俊：〈王勃行年辨正〉，《文史》，第二七輯，1986 年 12 月，頁 327～332。

13. 王天海：〈王勃生卒年與籍貫考辨〉，《貴州民族學院學報社會科學版）》，1994 年第一期，頁 48～50。

14. 何林天：〈王勃之死新證〉，《中國古代‧近代文學研究》，1994 年 6 月，頁 193～194。

15. 陳偉強：〈王勃「滕王閣序」校訂——兼談日藏卷子本王勃「詩序」〉，《書目季刊》，第三十五卷第三期，2001 年 12 月，頁 65～88。

16. 陳偉強：〈王勃著述考錄〉，《書目季刊》，第三十八卷第一期，2004 年 6 月，頁 71～92。

（二）詩歌研究

1. 蔣寅：〈大歷詩的意象與結構〉,《中國詩學》第一輯,1987 年 9 月,頁 54～72。

2. 劉道明：〈論王勃對唐詩發展的貢獻〉,《黃懷學刊》,1989 年第一期,頁 28～32。

3. 田媛：〈初唐四傑的並稱與排名〉,《文史知識》,2006 年 12 月第三○六期,頁 14～16。

4. 顏進雄：〈初唐奉和應制詩歌中的季節意象探析〉,《花蓮師院學報》,2003 年,十六期,頁 91。

5. 林惠蘭：〈初唐四傑之詩學〉,《蘭陽學報》,2002 年 3 月,頁 227～234。

6. 周淑芳：〈節令詩：人生況味的沈美創造〉,《新亞論叢》第四期,2002 年 8 月,頁 237。

7. 林惠蘭：〈初唐四傑之詩學〉,《蘭陽學報》,2002 年第三期,頁 227～234。

8. 胡曉靖：〈淺談意象在詩歌中的地位和作用〉,《許昌師專學報》,第二一卷,第四期,2002 年,頁 61～62。

9. 顏進雄：〈初唐奉和應制詩歌中的季節意象探析〉,《花蓮師院學報》,第十六期綜合類,2003 年 6 月,頁 91～118。

附件一　詩題檢索表

1	倬彼我系（九首）	25	白下驛餞唐少府
2	上巳浮江宴韻得阯字	26	杜少府之任蜀州
3	春日宴樂遊園賦韻得接字	27	仲春郊外
4	山亭夜宴	28	郊興
5	詠風	29	郊園即事
6	懷仙	30	觀佛跡寺
7	忽夢遊仙	31	山居晚眺贈王道士
8	田家，三首之一	32	八仙逕
9	田家，三首之二	33	春日還郊
10	田家，三首之三	34	對酒春園作
11	秋夜長	35	觀內懷仙
12	采蓮曲	36	秋日別王長史
13	臨高臺	37	上巳浮江宴韻得遙字
14	滕王閣	38	銅雀妓，二首之一（王勃）
15	江南弄	39	銅雀妓，二首之二
16	聖泉宴	40	長柳
17	尋道觀	41	羈游餞別
18	散關晨度	42	易陽早發
19	別薛華	43	焦岸早行和陸四
20	重別薛華	44	深灣夜宿
21	遊梵宇三覺寺	45	傷裴錄事喪子
22	麻平晚行	46	泥谿
23	送盧主簿	47	三月曲水宴得煙字
24	餞韋兵曹	48	秋日仙遊觀贈道士

49	晚留鳳州	80	普安建陰題壁
50	羈春	81	九日
51	林塘懷友	82	秋江送別，二首之一
52	山扉夜坐	83	秋江送別，二首之二
53	春莊	84	蜀中九日
54	春游	85	寒夜懷友雜體，二首之一
55	春園	86	寒夜懷友雜體，二首之二
56	林泉獨飲	87	雜曲
57	登城春望	88	落花落
58	他鄉敘興	89	九日懷封元寂
59	夜興	90	出境遊山，二首之一
60	臨江，二首之一	91	出境遊山，二首之二
61	臨江，二首之二	92	有所思
62	江亭夜月送別，二首之一	93	河陽橋代竇郎中佳人答楊中舍
63	江亭夜月送別，二首之二	94	示知己
64	別人，四首之一	95	述懷擬古詩
65	別人，四首之二	96	盧照鄰和得樽字（附）
66	別人，四首之三	97	盧照鄰九月九日玄武山旅眺（附）
67	別人，四首之四	98	邵大震九月九日玄武山旅眺（附）
68	贈李十四，四首之一	99	隴西行，十首之一
69	贈李十四，四首之二	100	隴西行，十首之二
70	贈李十四，四首之三	101	隴西行，十首之三
71	贈李十四，四首之四	102	隴西行，十首之四
72	早春野望	103	隴西行，十首之五
73	山中	104	隴西行，十首之六
74	冬郊行望	105	隴西行，十首之七
75	寒夜思友，三首之一	106	隴西行，十首之八
76	寒夜思友，三首之二	107	隴西行，十首之九
77	寒夜思友，三首之三	108	隴西行，十首之十
78	始平晚息	109	隴上行
79	扶風晝屆離京浸遠		

附件二　詩作分析總表

（依《王子安集》順序排列）

	詩　題／詩　作	季節、意涵	表現主題	詩體
1	倬彼我系，九首之一 倬彼我系，出自有周。分疆錫社，派別支流。 居衛仕宋，臣嬴相劉。迺武迺文，或公或侯。 之二 晉曆崩坼，衣冠擾弊。粵自太原，播徂江澨。 禮喪賢隱，時屯道閉。王室如燬，生人多殪。 之三 伊我有器，思逢其主。自東旋西，擇木開宇。 田彼河曲，家乎汾浦。天未厭亂，吾將誰輔。 之四 伊我祖德，思濟九埏。不常厥所，於茲五遷。 欲及時也，夫豈願屈。其位雖屈，其言則傳。 之五 爰述帝制，大蒐王道。曰天曰人，是祖是考。 禮樂鹹若，詩書具草。貽厥孫謀，永爲家寶。 之六 伊餘小子，信慚明哲。彼網有條，彼車有轍。 思屏人事，克終前烈。於噭代網，卒餘來緤。 之七 來緤伊何，謂餘曰仕。我瞻先達，三十方起。 夫豈不懷，高山仰止。願言毓德，啜菽飲水。 之八 有鳥反哺，其聲嗷嗷。言念舊德，憂心忉忉。 今我不養，歲月其滔。僶俛從役，豈敢告勞。 之九 從役伊何，薄求卑位。告勞伊何，來參卿事。 名存實爽，負信愆義。靜言遐思，中心是愧。		自述身世	四言古詩

2	上巳浮江宴韻得阯字 披觀玉京路，駐賞金臺阯。逸興懷九仙，良辰傾四美。 松吟白雲際，桂馥青谿裏。別有江海心，日暮情何已。	春－惜時	宴享（節令奉和、傷時）	五言古詩
3	春日宴樂遊園賦韻得接字 帝裏寒光盡，神皋春望浹。梅郊落晚英，柳甸驚初葉。 流水抽奇弄，崩雲灑芳牒。清尊湛不空，暫喜平生接。	春－生機	宴享（節令奉和、閑情）	五言古詩
4	山亭夜宴 桂宇幽襟積，山亭涼夜永。森沈野徑寒，蕭穆巖扉靜。 竹晦南汀色，荷翻北潭影。清興殊未闌，林端照初景。	秋－悠豁	宴享（閑情、清淨自然）	五言古詩
5	詠風 蕭蕭涼景生，加我林壑清。驅煙尋澗戶，卷霧出山楹。 去來固無跡，動息如有情。日落山水靜，爲君起松聲。	秋－悠豁	詠物（日至暮視、聽、觸、嗅、動靜）	五言古詩
6	懷仙【案：並序。】 鶴岑有奇徑，麟洲富仙家。紫泉漱珠液，玄巖列丹葩。 常希披塵網，眇然登雲車。鸞情極霄漢，鳳想疲煙霞。 道存蓬瀛近，意愜朝市賒。無爲坐惆悵，虛此江上華。		懷仙（道成在己的悟道心得）	五言古詩
7	忽夢遊仙 僕本江上客，牽跡在方內。寤寐霄漢間，居然有靈對。 翕爾登霞首，依然躡雲背。電策驅龍光，煙途儼鸞態。 乘月披金帔，連星解瓊珮。浮識俄易歸，眞魂邈難再。 寥廓沈遐想，周遑奉遺誨。流俗非我鄉，何當釋塵昧。		懷仙（避世遊仙）	五言古詩
8	田家，三首之一 阮籍生年嬾，嵇康意氣疏。相逢一飽醉，獨坐數行書。 平池聊養鶴，閑田且牧豬。草生元亮徑，花暗子雲居。 倚床看婦織，登壟課兒鋤。迴頭尋仙子，併是一空虛。		閑情（田園逸樂）	五言古詩
9	田家，三首之二 家住箕山下，門枕潁川濱。不知今有漢，爲言昔避秦。 琴伴前庭月，酒勸後園春。自得中林士，何忝上皇人。	春－生機	閑情（田園逸樂）	五言古詩
10	田家，三首之三 平生唯以樂，作性不能無。朝朝訪鄉里，夜夜遣人酤。 家貧留客久，不暇道精粗。抽簾特益炬，拔簀更燃爐。 恒聞飲不足，何見有殘壺。		閑情（田園隱逸）	五言古詩
11	秋夜長 秋夜長，殊未央。月明白露澄清光，層城綺閣遙相望。 遙相望，川無梁。北風受節南雁翔，崇蘭委質時菊芳。 鳴環曳履出長廊，爲君秋夜擣衣裳。 纖羅對鳳皇，丹綺雙鴛鴦，調砧亂杵思自傷。 思自傷，征夫萬裏戍他鄉。鶴關音信斷，龍門道路長。 君在天一方，寒衣徒自香。	秋－思愁	閨（宮）怨（思念征夫）	七言古詩

12	采蓮曲【案：《樂府》作〈採蓮歸〉。】 採蓮歸，綠水芙蓉衣。秋風起浪鳧雁飛。 桂棹蘭橈下長浦，羅裙玉腕搖輕櫓。 葉嶼花潭極望平，江謳越吹相思苦。 相思苦，佳期不可駐。 塞外征夫猶未還，江南採蓮今已暮。 今已暮，採蓮花，渠今那必盡倡家。 官道城南把桑葉，何如江上採蓮花。 蓮花復蓮花，花葉何稠疊。葉翠本羞眉，花紅彊如頰。 佳人不在茲，悵望別離時。牽花憐共蒂，折藕愛連絲。 故情無處所，新物徒華滋。不惜西津交佩解，還羞北海雁書遲。 採蓮歌有節，采蓮夜未歇。 正逢浩蕩江上風，又值徘徊江上月。 徘徊蓮浦夜相逢，吳姬越女何豐茸。 共問寒江千裡外，征客關山路幾重。	秋－思愁	閨（宮）怨（思念征夫）	七言古詩
13	臨高臺 臨高臺，高臺迢遞絕浮埃。瑤軒綺構何崔嵬，鸞歌鳳吹清且哀。俯瞰長安道，萋萋禦溝草。 斜對甘泉路，蒼蒼茂陵樹。高臺四望同，帝鄉佳氣鬱蔥蔥。紫閣丹樓紛照曜，璧房錦殿相玲瓏。 東彌長樂觀，西指未央宮。赤城映朝日，綠樹搖春風。 旗亭百隧開新市，甲第千甍分戚裏。朱輪翠蓋不勝春，疊樹層楹相對起。 復有青樓大道中，繡戶文窗雕綺櫳。 錦衣晝不襲，羅帷夕未空。歌屏朝掩翠，妝鏡晚窺紅。 爲君安寶髻，蛾眉罷花叢。塵間狹路黯將暮，雲間月色明如素。鴛鴦池上兩兩飛，鳳凰樓下雙雙度。 物色正如此，佳期那不顧。銀鞍繡轂盛繁華，可憐今夜宿娼家。娼家少婦不須嚬，東園桃李片時春。 君看舊日高臺處，柏梁銅雀生黃塵。	春－生機、惜時、繁盛	記遊（純記遊覽景況、遊京、繁華盛世、長安青樓）	七言古詩
14	滕王閣 滕王高閣臨江渚，珮玉鳴鸞罷歌舞。 畫棟朝飛南浦雲，珠簾暮捲西山雨。 閒雲潭影日悠悠，物換星移幾度秋。 閣中帝子今何在，檻外長江空自流。	秋－衰亡	詠物—（物是人非）	七言古詩
15	江南弄 江南弄，巫山連楚夢，行雨行雲幾相送。 瑤軒金谷上春時，玉童仙女無見期。 紫露香煙眇難託，清風明月遙相思。 遙相思，草徒綠，爲聽雙飛鳳凰曲。	春－思愁	愛情—（男女相思）	七言古詩

16	聖泉宴 披襟乘石磴，列籍俯春泉。蘭氣熏山酌，松聲韻野弦。 影飄垂葉外，香度落花前。興洽林塘晚，重巖起夕煙。	春－生機	宴享（夜宴 閒情）	五言 律詩
17	尋道觀【案：其觀即昌利觀。張天師居也。】 芝廛光分野，蓬闕盛規模。碧壇清桂閾，丹洞肅松樞。 玉笈三山記，金箱五嶽圖。蒼虯不可得，空望白雲衢。	秋－肅穆	記遊（歷覽 佛寺道觀 、懷仙）	五言 律詩
18	散關晨度 關山淩旦開，石路無塵埃。白馬高譚去，青牛眞氣來。 重門臨巨壑，連棟起崇隈。即今揚策度，非是棄繻回。		記遊（晨度 行旅艱辛 、去官羈旅）	五言 律詩
19	別薛華【案：英華作秋日別薛升華。】 送送多窮路，遑遑獨問津。悲涼千里道，悽斷百年身。 心事同漂泊，生涯共苦辛。無論去與住，俱是夢中人。		離別（留別 、悲悽）	五言 律詩
20	重別薛華【重別薛升華】 明月沈珠浦，風飄灩錦川。樓臺臨絕岸，洲渚互長天。 旅泊成千里，棲遑共百年。窮途唯有淚，還望獨潸然。		離別（留別 、悲孤）	五言 律詩
21	遊梵宇三覺寺 香閣披青磴，雕臺控紫岑。葉齊山路狹，花積野壇深。 蘿幌棲禪影，松門聽梵音。遽忻陪妙躅，延賞滌煩襟。		記遊（遊佛 寺、嚮慕佛 道）	五言 律詩
22	麻平晚行 百年懷土望，千里倦遊情。高低尋戍道，遠近聽泉聲。 澗葉纔分色，山花不辨名。羈心何處盡，風急暮猿清。	秋－思愁	記遊（羈旅 倦遊、懷 鄉）	五言 律詩
23	送盧主簿 窮途非所恨，虛室自相依。城闕居年滿，琴罇俗事稀。 開襟方未已，分袂忽多違。東巖富松竹，歲暮幸同歸。		離別（送別 、孤寂憾恨）	五言 律詩
24	餞韋兵曹 征驂臨野次，別袂慘江垂。川霽浮煙斂，山明落照移。 鷹風凋晚葉，蟬露泣秋枝。亭皋分遠望，延想間雲涯。	秋－思愁	離別（送別 、潸然慘悲）	五言 律詩
25	白下驛餞唐少府 下驛窮交日，昌亭旅食年。相知何用早，懷抱即依然。 浦樓低晚照，鄉路隔風煙。去去如何道，長安在日邊。		離別（送別 、留滯吶喊）	五言 律詩
26	杜少府之任蜀州【杜少府之任蜀川】 城闕輔三秦，風煙望五津。與君離別意，同是宦遊人。 海內存知己，天涯若比鄰。無爲在岐路，兒女共霑巾。		離別（送別 、樂觀勸勉）	五言 律詩
27	仲春郊外 東園垂柳徑，西堰落花津。物色連三月，風光絕四鄰。 鳥飛村覺曙，魚戲水知春。初晴山院裡，何處染嚣塵。	春－生機	閒情（田園 逸樂）	五言 律詩
28	郊興 空園歌獨酌，春日賦閒居。澤蘭侵小徑，河柳覆長渠。 雨去花光溼，風歸葉影疏。山人不惜醉，唯畏綠罇虛。	春－生機	閒情（郊外 賞春、獨酌）	五言 律詩

29	郊園即事 煙霞春早賞，松竹故年心。斷山疑畫障，縣溜瀉鳴琴。 草遍南亭合，花開北院深。閒居饒灑賦，隨興欲抽簪。	春－生機	閒情（且賞春郊、隨興自得）	五言律詩
30	觀佛跡寺 蓮座神容儼，松崖聖跡餘。年長金跡淺，地久石文疏。 頹華臨曲磴，傾影赴前除。共嗟陵谷遠，俄視化城虛。		記遊（遊舊佛跡、物事悲虛）	五言律詩
31	山居晚眺贈王道士 金壇疏俗宇，玉洞侶仙群。花枝棲晚露，峰葉度晴雲。 斜照移山影，回沙擁籀文。琴尊方待興，竹樹已迎曛。		贈送（道觀晚景、以道會友）	五言律詩
32	八仙逕【案：寺南又有昌利觀。去寺有數裡。巖逕窈窕。杖而後進。】 柰園欣八正，松巖訪九仙。援蘿窺霧術，攀桂俯雲煙。 代北鸞驂至，遼西鶴騎旋。終希脫塵網，連翼下芝田。		記遊（遊觀景，思脫去俗塵）	五言律詩
33	春日還郊 閒情兼嘿嘿，攜杖赴巖泉。草綠縈新帶，榆青綴古錢。 魚床侵岸水，鳥路入山煙。還題平子賦，花樹滿春田。	春－生機	閒情（遊郊春景、享受自然田園）	五言律詩
34	對酒（春園作） 投簪下山閣，攜酒對河梁。狹水牽長鏡，高花送斷香。 繁鶯歌似曲，疏蝶舞成行。自然催一醉，非但閱年光。	春－生機	閒情（春遊郊外、享受自然）	五言律詩
35	觀內懷仙 玉架殘書隱，金壇舊跡迷。牽花尋紫澗，步葉下清谿。 瓊漿猶類乳，石髓尚如泥。自能成羽翼，何必仰雲梯。		懷仙（觀內尋跡、道成在己）	五言律詩
36	秋日別王長史 別路餘千里，深恩重百年。正悲西候日，更動北梁篇。 野色籠寒霧，山光斂暮煙。終知難再奉，懷德自潸然。	秋－衰亡思愁	離別（留別、悲淒潸然）	五言律詩
37	上巳浮江宴韻得遙字 上巳年光促，中川興緒遙。綠齊山葉滿，紅洩片花銷。 泉聲喧後澗，虹影照前橋。遽悲春望遠，江路積波潮。	春－思愁悲春	宴享（奉和應制、思歸不遇）	五言律詩
38	長柳 晨征犯煙磴，夕憩在雲關。晚風清近壑，新月照澄灣。 郊童樵唱返，津叟釣歌還。客行無與晤，賴此釋愁顏。		記遊（羈旅、晨、夕、晚行旅孤愁）	五言律詩
39	銅雀妓，二首之一【案：王勃。】 金鳳鄰銅雀，漳河望鄴城。君王無處所，臺榭若平生。 舞席紛何就，歌梁儼未傾。西陵松檟冷，誰見綺羅情。		閨怨、宮怨（不幸婦女自比受冷落）	五言律詩
40	銅雀妓，二首之二【案：王勃。】 妾本深宮妓，曾城閉九重。君王歡愛盡，歌舞為誰容。 錦衾不復襞，羅衣誰再縫。高臺西北望，流涕向青松。		閨怨、宮怨（宮妓失寵自比不得志）	五言律詩

41	羈遊餞別 客心懸隴路，遊子倦江幹。槿豐朝砌靜，篠密夜窗寒。 琴聲銷別恨，風景駐離歡。寧覺山川遠，悠悠旅思難。	秋－思愁	離別（留別、懷鄉、倦遊羈旅、惆悵）	五言律詩
42	易陽早發 飭裝侵曉月，奔策候殘星。危閣尋丹障，回梁屬翠屏。 雲間迷樹影，霧裡失峰形。復此涼飆至，空山飛夜螢。	春－生機	記遊（晚春入夏、行旅艱辛、晨發趕路、羈旅寂廖）	五言律詩
43	焦岸早行和陸四 侵星違旅館，乘月戒征儔。復幛迷晴色，虛巖辨暗流。 猿吟山漏曉，螢散野風秋。故人渺何際，鄉關雲霧浮。	秋－思愁	離別（送別、清晨帶月別友、行旅惆悵）	五言律詩
44	深灣夜宿【案：主人依山帶江。】 津塗臨巨壑，村宇架危岑。堰絕灘聲隱，風交樹影深。 江童暮理楫，山女夜調砧。此時故鄉遠，寧知遊子心。	秋－思愁	懷鄉（行旅記遊、離愁）	五言律詩
45	傷裴錄事喪子 蘭階霜候早，松露穸臺深。魄散珠胎沒，芳銷玉樹沈。 露文晞宿草，煙照慘平林。芝焚空歎息，流恨滿籯金。	秋－衰亡	傷逝（悼亡、為生者洩哀痛）	五言律詩
46	泥谿 弭櫂凌奔壑，低鞭躡峻岐。江濤出岸險，峰磴入雲危。 溜急船文亂，巖斜騎影移。水煙籠翠渚，山照落丹崖。 風生蘋浦葉，露泣竹潭枝。泛水雖雲美，勞歌誰復知。		記遊（純記遊覽景況、山水急峻，如人生坎坷）	五言排律
47	三月曲水宴得煙【樽】字 彭澤官初去，河陽賦始傳。田園歸舊國，詩酒間長筵。 列室窺丹洞，分樓瞰紫煙。縈回亙津渡，出沒控郊廛。 鳳琴調上客，龍轡儼群仙。松石偏宜古，藤蘿不記年。 重簷交密樹，複磴擁危泉。抗石晞南嶺，乘沙眇北川。 傅巖來築處，磻谿入釣前。日斜眞趣遠，幽思夢涼蟬。	春－生機	宴享（聚會宴集遊苑、奉和應制、思隱閒情）	五言排律
48	秋日仙遊觀贈道士【案：一作駱賓王詩。無首四句。】 石圖分帝宇，銀牒洞靈宮。回丹縈岫室，複翠上巖櫳。 霧濃金灶靜，雲暗玉壇空。野花常捧露，山葉自吟風。 林泉明月在，詩酒故人同。待余逢石髓，從爾命飛鴻。	秋－肅穆	贈送（嚮慕成仙，以道交友）	五言排律
49	晚留鳳州【晚屆鳳州】 寶雞辭舊役，仙鳳歷遺墟。去此近城闕，青山明月初。		記遊（行旅艱辛、羈旅）	五言絕句
50	羈春 客心千里倦，春事一朝歸。還傷北園裡，重見落花飛。	春－惜時悲春	記遊（羈旅懷鄉、倦遊）	五言絕句
51	林塘懷友 芳屏畫春草，仙杼織朝霞。何如山水路，對面即飛花。	春－思愁	懷友（關切友人）	五言絕句

52	山扉夜坐 抱琴開野室，攜酒對情人。林塘花月下，別似一家春。	春－生機	閒情（夜月對酒）	五言絕句
53	春莊 山中蘭葉徑，城外李桃園。豈知人事靜，不覺鳥聲喧。	春－生機	閒情（安寧閒適）	五言絕句
54	春遊 客念紛無極，春淚倍成行。今朝花樹下，不覺戀年光。	春－惜時悲春	記遊（懷鄉思歸、感時傷逝）	五言絕句
55	春園 山泉兩處晚，花柳一園春。還持千日醉，共作百年人。	春－生機	閒情（晚春共賞、閒興自得）	五言絕句
56	林泉獨飲 丘壑經塗賞，花柳遇時春。相逢今不醉，物色自輕人。	春－生機	閒情（春美人融）	五言絕句
57	登城春望 物外山川近，晴初景靄新。芳郊花柳遍，何處不宜春。	春－生機	閒情（春至欣喜）	五言絕句
58	他鄉敘興 綴葉歸煙晚，乘花落照春。邊城琴酒處，俱是越鄉人。	春－生機	閒情（春晚應景、偷閒無愁）	五言絕句
59	夜興 野煙含夕渚，山月照秋林。還將中散興，來偶步兵琴。	秋－悠豁	閒情（黃昏閒散興致）	五言絕句
60	臨江，二首之一 泛泛東流水，飛飛北上塵。歸驂將別櫂，俱是倦遊人。	秋－思愁	懷鄉（羇旅思鄉、氣勢開闊）	五言絕句
61	臨江，二首之二 去驂嘶別路，歸櫂隱寒洲。江皋木葉下，應想故城秋。	秋－思愁	懷鄉（羇旅思歸、行旅懷想）	五言絕句
62	江亭夜月送別，二首之一 江送巴南水，山橫塞北雲津亭秋月夜，誰見泣離群。	秋－思愁	離別（送別、客中送客、泣相離）	五言絕句
63	江亭夜月送別，二首之二 亂煙籠碧砌，飛月向南端。寂寂離亭掩，江山此夜寒。	秋－思愁	離別（送別、客中送客、愁漂泊）	五言絕句
64	別人，四首之一 久客逢餘閏，他鄉別故人。自然堪下淚，誰忍望征塵。	秋－思愁	離別（送別、客中送客、傷悲）	五言絕句
65	別人，四首之二 江上風煙積，山幽雲霧多。送君南浦外，還望將如何。	秋－思愁	離別（送別、客中送客、無奈）	五言絕句
66	別人，四首之三 桂輶雖不駐，蘭筵幸未開。林塘風月賞，還待故人來。	秋－思愁	離別（送別、客中送客、思愁）	五言絕句

67	別人，四首之四 霜華淨天末，霧色籠江際。客子常畏人，何爲久留滯。	秋－思愁	離別（送別 、客中送客 、畏羈滯）	五言 絕句
68	贈李十四，四首之一 野客思茅宇，山人愛竹林。琴尊唯待處，風月自相尋。		贈送（閒情 、會道友， 賞山林）	五言 絕句
69	贈李十四，四首之二 小徑偏宜草，空庭不厭花。平生詩與酒，自得會仙家。	春－生機	贈送（隱 逸、嚮慕隱 逸生活）	五言 絕句
70	贈李十四，四首之三 亂竹開三徑，飛花滿四鄰。從來揚子宅，別有尚玄人。	春－生機	贈送（隱逸 、歌詠隱居 生活）	五言 絕句
71	贈李十四，四首之四 風筵調桂軫，月徑引藤杯。直當花院裡，書齋望曉開。	春－生機	贈送（隱逸 、深居修學 避世）	五言 絕句
72	早春野望 江曠春潮白，山長曉岫青。他鄉臨眺極，花柳映邊亭。	春－生機	閒情（早春 、閒適心境）	五言 絕句
73	山中 長江悲已滯，萬里念將歸。況屬高風晚，山山黃葉飛。	秋－思愁	懷鄉（晚秋 登高觸愁、 臨水思悲）	五言 絕句
74	冬郊行望 桂密巖花白，梨疏林葉紅。江皋寒望盡，歸念斷征篷。	秋－思愁	懷鄉（晚秋 應景、思悲）	五言 絕句
75	寒夜思友，三首之一 久別侵懷抱，他鄉變容色。月下調鳴琴，相思此何極。	秋－思愁	懷友（思念）	五言 絕句
76	寒夜思友，三首之二 雲間征思斷，月下歸愁切。鴻雁西南飛，如何故人別。	秋－思愁	懷友（歸愁）	五言 絕句
77	寒夜思友，三首之三 朝朝翠山下，夜夜蒼江曲。復此遙相思，清尊湛芳綠。		懷友（傷時 、歎人事依 舊）	五言 絕句
78	始平晚息【始平曉息】 觀闕長安近，江山蜀路賒。客行朝復夕，無處是鄉家。		懷鄉（羈旅 哀苦、行旅 悲離）	七言 絕句
79	扶風晝屆離京浸遠 帝裡金莖去，扶風石柱來。山川殊未已，行路方悠哉。		記遊（去京 歸隱、行旅）	七言 絕句
80	普安建陰題壁 江漢深無極，梁岷不可攀。山川雲霧裡，遊子幾時還。		懷鄉（羈旅 思歸、歸京 路遙）	七言 絕句
81	九日 九日重陽節，開門有菊花。不知來送酒，若箇是陶家。	秋－悠豁	閒情（應節 飲酒賞菊、 歸隱閒適）	七言 絕句

82	秋江送別，二首之一 早是他鄉值早秋，江亭明月帶江流。已覺逝川傷別念，復看津樹隱離舟。	秋－思愁	離別（送別、清晨江送傷別）	七言絕句
83	秋江送別，二首之二 歸舟歸騎儼成行，江南江北互相望。誰謂波瀾纔一水，已覺山川是兩鄉。	秋－思愁	離別（送別、分隔思友）	七言絕句
84	蜀中九日【案：紀事作和邵大震。一作蜀中九日登玄武山旅眺。】 九月九日望鄉臺，他席他鄉送客杯。人情已厭南中苦，鴻雁那從北地來。	秋－思愁	懷鄉（重陽應節、登高思歸哀傷）	七言絕句
85	寒夜懷友雜體，二首之一 北山煙霧始茫茫，南津霜月正蒼蒼。秋深客思紛無已，復值征鴻中夜起。	秋－思愁	懷友（思念）	七言古詩
86	寒夜懷友雜體，二首之二 複閣重樓向浦開，秋風明月度江來。故人故情懷故宴，相望相思不相見。	秋－思愁	懷友（思念）	七言古詩
87	雜曲【附】 智瓊神女，來訪文君。蛾眉始約，羅袖初薰。歌齊曲韻，舞亂行紛。。		神話人物	六言古詩
88	落花落【案：以下詩集不載。】 落花落，落花紛漠漠。 綠葉青趺映丹萼，與君裴回上金閣。 影拂妝階玳瑁筵，香飄舞館茱萸幕。 落花飛，撩亂入中帷。落花春正滿，春人歸不歸。 落花度，氛氳繞高樹。落花春已繁，春人春不顧。 綺閣青臺靜且開，羅袂紅巾復往還。 盛年不再得，高枝難重攀。 試復旦遊落花裡，暮宿落花間。 與君落落院，臺上起雙鬢。	春－思愁	青樓女子處境	七言古詩
89	九日懷封元寂 九日郊原望，平野遍雙威。蘭氣添新酌，花香染別衣。九秋良會夕，千里故人希。今日籠山外，當憶雁書歸。	秋－思愁	懷友（九日重陽，登高思友）	五言律詩
90	出境遊山【題玄武山道君廟】，二首之一 源水終無路，山阿若有人。驅羊先動石，走兔欲投巾。洞晚秋泉冷，巖朝古樹新。峰斜連鳥翅，礎疊上魚鱗。化鶴千齡早，元龜六代春。浮雲今可駕，滄海自成塵。	秋－肅穆 春－生機	記遊（記遊覽景況）	五言排律
91	出境遊山【題玄武山道君廟】，二首之二 振轡凌霜吹，正月佇天潯。回鑣凌翠巘，飛軫控青岑。巖深靈灶沒，澗毀石渠沈。宮闕雲間近，江山物外臨。玉壇棲暮夜，珠洞結秋陰。蕭蕭離俗影，擾擾望鄉心。誰意山遊好，屢傷人事侵。	秋－肅穆	記遊（記遊覽景況）	五言排律

92	河陽橋代竇郎中佳人答楊中舍 披風聽鳥長河路，臨津織女遙相妒。 判知秋夕帶啼還，那及春朝攜手度。	秋－思愁 春－思愁	愛情（女子 情思）	七言 絕句
93	有所思 賤妾留南楚，征夫向北燕。三秋方一日，少別已經年。 不掩嚬紅頰，無論數綠錢。相思明月夜，迢遞白雲天。	秋－衰亡 思愁	閨怨（思念 征夫）	五言 律詩
94	示知己 客書同十奏，臣劍已三奔。			
95	述懷擬古詩 僕生二十祀，有志十數年。下策圖富貴，上策懷神仙。		抒懷（探詠 懷仙）	五言 絕句
96	盧照鄰和得樽字【附】 風煙彭澤里，山水仲長園。繇來棄銅墨，本自重琴樽。 高情邈不嗣，雅道今復存。有美光時彥，養德坐山樊。 門開芳杜徑，室距桃花源。公子黃金勒，仙人紫氣軒。 長懷去城市，高詠狎蘭蓀。蓮沙飛白鷺，孤嶼嘯玄猿。 日影巖前落，雲花江上翻。興闌車馬散，林塘夕鳥喧。		宴享（隱居 閒情、田園 之樂）	五言 古詩
97	盧照鄰九月九日玄武山旅眺【附】 九月九日眺山川，歸心歸望積風煙。他鄉共酌金花 酒，萬里同悲鴻雁天。	秋－思愁	懷鄉（應節 赴宴而思 歸）	七言 絕句
98	邵大震九月九日玄武山旅眺【附】 九月九日望遙空，秋水秋天生夕風。寒雁一向南飛 遠，遊人幾度菊花叢。	秋－衰亡	懷鄉（應節 赴宴、登高 傷時）	七言 絕句
99	隴西行，十首之一 隴西多名家，子弟復豪華。千金買駿馬，蹀躞長安斜。		邊塞（隴西 貴族豪華 生活）	五言 絕句
100	隴西行，十首之二 彫弓侍雨林，寶劍照期門。南來射猛虎，西去獵平原。		邊塞（邊地 景物）	五言 絕句
101	隴西行，十首之三 既夕罷朝參，薄暮入終南。田間遭罵詈，低語示乘驂。		邊塞（貶謫 去官、歸田 遭罵）	五言 絕句
102	隴西行，十首之四 入被蠻輿寵，出視轅門勇。無勞豪吏猜，常侍當無恐。		邊塞（官場 現實）	五言 絕句
103	隴西行，十首之五 充國初上邽，李廣出天水。門弟倚崆峒，家世垂金紫。		邊塞（歷史 人物）	五言 絕句
104	隴西行，十首之六 麟閣圖良將，六郡名居上。天子重開邊，龍雲疊相向。		邊塞（邊 事、豪邁）	五言 絕句
105	隴西行，十首之七 風火照臨洮，榆塞馬蕭蕭。先鋒秦子弟，大將霍嫖姚。	秋－邊塞	邊塞（邊地 戰事場面、 勇猛豪壯）	五言 絕句

106	隴西行，十首之八 開壁左賢敗，夾戰樓蘭潰。獻捷上明光，揚鞭歌入塞。		邊塞（邊地 戰事、勝仗）	五言 絕句
107	隴西行，十首之九 更欲奏屯田，不必樂燕然。古人薄軍旅，千載僅邊關。		邊塞（邊景）	五言 絕句
108	隴西行，十首之十 少婦經年別，開簾知禮客。門戶爾能持，歸來笑投策。		邊塞（閨情）	五言 絕句
109	隴上行 負羽到邊州，明家渡隴頭。雲黃知塞近，草白見邊秋。	秋－邊塞	邊塞（邊景 、記遊）	五言 絕句